KB235415

봄

여름 끝에 찾아온...

봄

신양중 각본 | 조민기 소설

가연

차례

그 여자, 민경

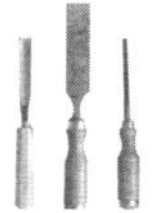

뜨거운 햇볕이 쨍쨍한 여름, 궁색한 차림의 사람들이 땀을 뻘뻘 흘리며 줄을 길게 서 있다. 사람들이 줄을 선 곳은 교회 앞이었다. 지붕에 설치된 하얀 십자가 덕분에 간신히 교회라는 것을 알아볼 수 있는 입구에는 '충신감리교회'라는 나무로 만든 간판이 붙어 있었다. 사람들은 한 달에 한 번 무료로 나눠주는 쌀을 기다리고 있었다.

주름이 하나둘 생기기 시작한 고운 얼굴의 정숙과 희끗거리는 머리칼을 지닌 중년의 남자가 댄 앞쪽에 자리를 잡자 사람들의 얼굴이 기대감으로 부풀었다. 뒤늦게 헐레벌떡 뛰어온 사람들은 익숙한 듯 알아서 뒤로 돌아가 줄을 섰다.

사람들의 모습이 처음부터 이처럼 질서정연했던 건 아니었다. 처음 쌀을 나눠주기 시작했을 때는 줄을 서기는커녕 서로 먼저 쌀을 받아가려고 아웅다웅하며 다투는 일이 다반사였다.

사람들이 스스로 줄을 서게 만든 것은 바로 교회의 집사인 중년의 남자였다. 그는 쌀을 받아가는 사람들의 이름과 주소를 일일이 기록하여, 한 가족 당 한 번씩만 쌀을 받아가도록 했고, 나이를 내세워 큰소리를 쳐도 새치기를 절대 허용하지 않았다. 또한 아무리 먼저 도착했다 하더라도 줄을 제대로 선 사람에게만 차례대로 쌀을 나눠주었다.

소리를 지르며 자신이 먼저 왔다고 항의를 하거나 쌀을 조금이라도 더 달라며 하소연을 하는 사람도 있었지만 남자는 강단 있게 원칙을 밀고 나갔다. 그러다보니 언제부터인가 사람들은 알아서 온 순서대로 차례차례 줄을 서기 시작했다. 쌀을 타가는 사람끼리 핏대 높여 싸우는 것보다 줄을 서는 편이 훨씬 빨리 쌀을 받을 수 있었기 때문이었다.

중년의 남자 옆에는 멋을 잔뜩 부린 젊은 여자가 이름과 주소를 말하고 온 사람들에게 쌀을 한 바가지씩 담아주었다. 정숙은 쌀을 받아가는 사람들에게 성경 구절이 인쇄된 종이를 한 장씩 나눠주었다. 하지만 종이를 받아가는 사람은 드물었다. 쌀을 받기가 무섭게 돌아가는 사람들이 대부분이었다.

"아이고, 덥다. 권사님은 괜찮으세요?"

아직도 한참이나 남아 있는 사람들을 보면서 한 손으로 허리를 두드리던 여자가 문득 정숙에게 물었다. 젊은 자신도 이렇게 힘든데 정숙은 괜찮을까 싶었기 대문이다. 단정하게 정장을 입은 정숙은 손수건으로 이마에 송골송골 맺힌 땀을 닦으며 여자를 향해 미소 지으며 말했다.

"괜찮아요, 전도사님."

쌀을 받은 사람들이 북적이는 교회 마당을 조금씩 빠져나가고 있었지만 쌀을 받아가려는 줄은 여전히 길었다. 그 중에는 갓난아기를 등에 업은 민경도 있었다. 다른 사람들에 비해 유난히 키가 껑충하고 마른 몸을 지닌 민경은 최대한 사람들의 눈에 띄지 않으려 애를 쓰며 구부정한 자세로 서 있었다.

민경은 초조한 마음에 연신 주변의 눈치를 보며 아기를 자꾸만 들쳐 업었다. 얼른 차례가 돌아와 쌀을 받게 되기만을 기다렸다. 줄 끄트머리에는 다섯 살 난 딸 송이가 조마조마한 마음으로 민경을 지켜보고 있었다.

민경은 송이와 눈이 마주치자 지레 가슴이 뜨끔하여 고개를 돌렸다. 사실 아침 일찍 교회에 도착한 민경은 쌀을 한 번 받아온 후 송이에게 쌀 봉투를 맡기고 다시 줄을 선 상황이었다. 민경이 쥐어 준 쌀 봉투를 단단히 품에 안은 송이는 까맣게 때가 긴 손톱을 잘근잘근 씹었다.

자신의 차례가 가까워오자 민경은 등에 업힌 기주를 괜히 한 번 더 치켜 업고는 손에 들고 있던 헝겊 주머니를 꽉 움켜쥐었다.

차르르.

찌그러진 깡통에 하얀 쌀이 담기는 소리가 청아하게 울렸다. 그 소리에 그만 식욕이 자극된 사람들은 침을 꿀꺽 삼켰다. 한 달 내내 수제비나 밀가루 죽으로 연명하던 사람도 오늘 저녁에는 어쨌거나 쌀이 들어간 밥을 먹을 수 있을 것이란 기대감에 다들 조금씩 흥분한 상태였다. 이윽고 민경의 차례가 되었다.

"이름하고 주소 불러주세요."

"이름은 이민경이고예……."

줄을 서서 기다리는 내내 마음을 졸였던 민경은 남자의 눈을 피한 채 이름과 주소를 작게 중얼거렸다. 그런데 민경의 이름을 들은 남자가 고개를 갸웃하더니 명단을 몇 장 넘겼다.

"이민…… 어?"

"여, 여기다 주시면 됩니더."

남자의 시선을 느낀 민경은 쿵쾅거리는 심장소리를 들킬까 두려워 얼른 쌀을 받을 주머니부터 내밀었다. 멀리서 이 모습을 지켜보던 송이는 입술을 꽉 깨물었다. 민경은 제발 남자가 자신을 알아보지 않기를 빌었다. 하지만 야속하게도 남자의 입에서 민경이 두려워하던 질문이 흘러나왔다.

"저기, 혹시 아주머니. 아까 한 번 타가지 않았나요?"

남자의 말에 민경의 얼굴은 순식간에 붉게 달아올랐다. 하지만 그녀는 손을 내저으며 고개를 흔들었다. 하지만 이미 당황한 민경의 목소리는 떨리고 있었다.

"지, 지 지가예? 언제예?"

"이름이 같은 분이 아까 계셨던 것 같은데."

"지 아닌데예."

애써 태연한 척했지만 민경의 목소리는 창피함을 억지로 무릅쓰느라 점점 커지고 있었다. 순조롭던 행사가 지연되자 사람들의 시선이 자연히 민경에게 집중되었다. 그 순간 뒤에 서 있던 한 여자가 민경을 손가락으로 가리키며 큰소리로 말했다.

"맞네, 맞아! 아까 저 서 있는 거 내가 봤구만."

"지, 지를 봤다고예?"

여자의 말에 놀란 민경은 꽥 소리를 지르며 말을 더듬었다. 민경의 시선이 흔들리는 것을 본 여자는 잘 걸렸다는 얼굴로 아예 삿대질을 하며 소리를 지르기 시작했다.

"누굴 빙신으로 아나, 어데 속이려고 드는데!"

"뭐꼬? 무슨 일인데?"

"누가 쌀을 두 번 받아가려고 했다 안 카나."

여자의 목소리가 점점 커지자 줄을 서 있던 사람들도 민경을 보면서 술렁이기 시작했다. 한 여자는 아예 민경을 향해 욕지거리를 퍼부었다.

"저런 도둑년을 봤나! 어데 여서 도둑질이고!"

"양심도 없는 년이구먼. 여 온 사람 중에 어데 배 안 곯는 사람 있나?"

"생사람 잡지 마이소. 지 아니라니까예!"

궁지에 몰린 민경은 울음 섞인 목소리로 고개를 흔들며 소리를 쳤다.

금방이라도 싸움이 벌어질 것 같은 소란에 사람들은 저마다 머리를 쑥 빼고 귀를 쫑긋 세웠다. 이 세상에서 제일 재밌는 것이 싸움구경이라고 하지 않던가. 먹고살기 지쳐 거칠고 날카로워진 사람들의 시선에는 일말의 연민도 담겨 있지 않았다.

남자는 더 이상 소란을 크게 만들면 안 되겠다고 생각했다. 쌀을 나눠 줄 때마다 간혹 두 세 번씩 받아가려는 사람들이 있어 골치를 앓고 있던 차였다.

"아주머니."

남자의 부름에 민경의 어깨가 움찔했다.

"이러시면 곤란합니다."

더할 나위 없이 부드럽고도 단호한 남자의 말에 민경의 입술이 파르르 떨렸다.

"도둑년이 누군데? 얼굴 함 보자! 누고?"

“머고, 거 빨리 빨리 좀 하소. 이러다 날 새것소.”

남자가 나섰음에도 민경이 미동도 하지 않은 채 가만히 있자 사람들의 입에서 볼멘소리가 터져 나왔다. 이미 더위와 기다림 그리고 배고픔으로 지칠 대로 지친 사람들에게 인내심은 남아 있지 않았다. 사람들이 술렁거리는 소리가 커질 때마다 민경의 얼굴은 불에 데기라도 한 것처럼 화끈거렸다. 하지만 쌀을 포기할 수가 없었다.

한편 정숙은 시끄러운 소리가 들리자 누가 또 쌀을 두 번 받아가려다 들켰구나 하고 대수롭지 않게 생각했다. 한두 번 겪는 일이 아니었기 때문이다. 하지만 소란이 점점 길어지자 누구기에 저러나 싶어 고개를 돌렸다. 순간 민경을 본 정숙의 표정이 살짝 변했다.

궁색해 보이는 치마저고리를 입은 민경은 어떻게든 눈에 띄지 않으려고 아이를 업은 허리를 한껏 굽힌 채 불안한 표정을 짓고 있었다. 연신 마른침을 삼키느라 팽팽해진 목 아래로 쇄골이 또렷하게 드러났고 아이를 받친 팔에는 단단한 근육이 잡힌 것과 대조적으로 팔목은 가늘고 연약해 보였다. 긴 다리를 감당하지 못한 치마 아래로 단단하면서도 늘씬한 장딴지가 그대로 드러나 있었다. 껑충한 키 때문에 더욱 깡말라 보이는 모습이 애처로웠다.

“그냥 주세요, 집사님.”

창피함과 민망함으로 빨갛게 달아오른 민경을 찬찬한 눈

으로 보던 정숙은 남자를 향해 입을 열었다.

"권사님, 그래도……."

"애기 엄마, 이쪽으로 오세요."

정숙은 남자의 말을 미소로 막은 채 민경을 향해 손짓을 했다. 민경은 어안이 벙벙해 정숙을 향해 쭈뼛거리며 다가갔다. 정숙은 민경의 주머니에 쌀을 한 바가지 담아 주고는 성경구절이 적힌 종이를 내밀며 환한 미소로 말했다.

"이번 주 일요일 아침에, 시간이 되면 꼭 교회에 나와 보세요."

"고, 고맙심더."

정숙의 다정한 목소리에 괜히 눈물이 날 것 같아 민경은 고개를 푹 숙인 채 웅얼거리듯 대답을 하고는 도망치듯 빠른 걸음으로 교회를 빠져나갔다. 한바탕 시끄러울 것 같았던 소란이 싱겁게 끝나자 사람들은 아쉽다는 표정으로 입맛을 다셨지만 이내 민경의 존재를 잊어버렸다.

행렬이 끝나는 곳에 이르러서야 민경은 잠시 걸음을 멈추고 정숙을 힐끔 돌아보았다. 쪼르르 달려온 송이가 한 손으로 민경의 치마를 잡았다. 송이의 다른 한 손에는 민경이 아까 받은 쌀 봉투가 들려 있었다. 정숙은 민경과 송이의 모습이 사라질 때까지 시선을 떼지 못했다.

"저런 사람이 꼭 있더라구요, 줄 서 계신 분들에게 나눠드리기도 빠듯한데 말이에요."

쌀을 나눠주던 젊은 여자가 정숙에게 종알댔다.

"괜찮아요, 전도사님."

정숙은 건성으로 대답을 하며 민경과 송이가 사라진 골목을 다시 돌아보았다. 정숙의 시선을 오해한 여자가 고개를 갸웃거리더니 이내 눈을 동그랗게 뜨고 소곤댔다.

"왜 그러세요? 혹시 아시는 분인가요?"

호기심에 가득 찬 여자의 표정을 본 정숙은 이내 차분하게 미소를 지으며 고개를 저었다.

"아니에요."

여자는 그럼 그렇지 하는 표정으로 고개를 끄덕거리며 다시 쌀을 푸기 시작했다. 하지만 정숙은 쌀을 모두 나눠줄 때까지 민경의 모습을 머릿속에서 떨칠 수가 없었다.

"수고하셨습니다. 집사님도 수고하셨습니다. 그럼 주일날 뵙겠습니다."

이윽고 사람들이 모두 돌아가고 뒷정리를 마친 전도사가 싹싹하게 인사를 했다. 정숙은 일부러 천천히 정리를 하며 사람들의 명단을 기록한 남자 집사를 기다렸다.

"아이고, 아직까지 계셨네요. 권사님도 오늘 수고 많으셨습니다. 매번 너무나 감사합니다."

"아니에요, 집사님이 제일 수고 많으셨어요. 그런데 저기……"

"네?"

"혹시, 아까 쌀 두 번 타갔다는 그 분 이름하고 주소 좀 알 수 있을까요?"

몇 번이나 입술을 달싹거리던 정숙은 남자가 들고 있는 명단을 힐끔 쳐다보며 짐짓 아무렇지 않게 물었다. 정숙의 말에 남자는 알았다는 표정을 지었다.

"또 몰래 도와주시려고요?"

"아니에요. 그냥 아직 한참 젊은데 안 돼 보여서."

"아까 애기 엄마 이름하고 주소, 불러드릴까요?"

정숙의 미소를 긍정으로 해석한 남자는 이내 민경의 이름을 찾아냈다.

"아, 여깄네요. 이름은 이민경, 주소는……."

잠시 후 정숙의 손에는 민경의 이름과 주소가 적힌 종이가 들려 있었다.

민경의 이름과 주소가 적힌 종이를 보면서 정숙은 잠시였지만 강렬했던 민경의 첫인상을 떠올렸다. 궁색한 치마저고리로 가리고 있긴 했지만 민경은 무지렁이 아낙답지 않은 마르고 탄탄한 몸매를 지니고 있었다. 어쩌면 민경이 준구의 의욕을 찾아주게 될지도 모른다는 생각에 정숙은 민경의 주소가 적힌 종이를 다시 한 번 찬찬히 보았다.

그 남자, 준구

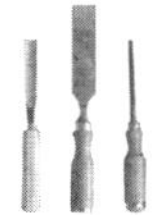

안채와 사랑채, 별채와 행랑채 등을 거느린 커다란 기와집의 안채 마당에서 젊은 여자와 나이 지긋한 여자가 빨래를 널고 있다. 너른 마당 한쪽에는 반짝반짝한 자동차도 한 대 세워져 있었다.

"아따, 볕이 좋아서 빨래 한 번 금방 마르것다."

나이 든 여자가 능숙한 솜씨로 빨래를 널며 말했다. 준구의 부모님이 살아계실 때부터 집안일을 해왔던 경산댁이었다. 식모는 아닌 것 같은 젊은 여자의 이름은 향숙이다.

이 집의 주인인 준구는 사랑채에 있는 서재에 있었다. 장식장과 책장, 책상과 탁자가 놓인 서저는 서양 스타일로 꾸

며져 있었다. 흔들의자에 앉아 눈을 감고 있는 준구의 얼굴에서 표정을 가늠할 수가 없었다. 불을 켜지도, 문을 열어 놓지도 않아 한낮인데도 어두침침했다.

마당에는 뜨거운 여름 햇살을 받은 나무들이 싱싱한 생명을 빛내고 있었다. 향숙은 생기발랄한 얼굴로 노래를 흥얼거렸다.

"노오란 샤스 입은 말 없는 그 사나이!"

한 손에 수건을 든 향숙이 통통한 엉덩이를 씰룩거리며 신나게 노래를 부르는 모습에 경산댁은 어이가 없다는 듯 작게 웃었다.

"아따, 가스나. 가수 났다, 가수 났어!"

경산댁이 그러거나 말거나 흥에 겨운 향숙은 아예 수건을 빙빙 돌려가며 몸을 신나게 흔들었다. 경산댁은 고개를 절레절레 흔들며 빨래를 탁탁 털었다. 본격적으로 노래를 부르는 향숙의 치마 자락이 때마침 불어오는 바람에 너울댔다.

"아! 야릇한 마음 처음 느껴본 심정. 아! 그이도 나를 좋아하고 계실까."

서재에 앉아 있던 준구는 마당에서 들려오는 향숙의 노랫소리에 감았던 눈을 서서히 떴다.

"가스나, 지랄을 한다, 지랄을 해."

발랄한 향숙의 노랫소리 사이로 경산댁의 구수한 욕설이 들렸다. 밖에서 들리는 소리만으로도 두 사람이 지금 어떤 모습일지 눈에 훤히 보이는 것 같았다.

준구는 손등으로 뻑뻑해진 눈을 비비다가 문득 부자연스럽게 오그라든 자신의 두 손을 가만히 내려다보았다. 휴식을 취하면 나아질 것이라는 작은 기대를 안고 고향에 내려온 것이 벌써 몇 년째였다. 하지만 오그라든 손은 펴지지 않았다.

준구의 몸에 이상이 생긴 건 몇 년 전이었다. 전도유망한 조각가이자 대학에서 학생들을 가르쳤던 준구는 어느 날 한창 작업에 몰두하던 중 몸이 뻣뻣해지는 경험을 했다. 한 번 작품에 몰두하면 작업실에서 밤을 새우거나 밥 먹는 걸 잊어버리는 일도 다반사였던 터라 처음에는 대수롭지 않게 생각했다.

하지만 단순히 피곤함 때문일 것이라는 준구의 생각과 달리 증상은 점점 자주 찾아왔고 정도가 심해졌다. 보다 못한 아내의 부탁으로 병원에 간 그는 완치될 가능성이 없는 병이 자신의 몸에 들어왔음을 알게 되었다. 준구에게 찾아온 증상은 근육이 점점 위축되어 가는 희귀한 병이었다.

수술을 해서 낫는 병이 아니라는 의사의 말은 준구를 충격에 빠뜨렸다. 준구는 자신의 병을 받아들일 수가 없었다. 게다가 약을 먹어도 증상을 좀 완화시키거나 진행속도를 늦출 뿐 완전히 고칠 수는 없다는 이야기를 들은 후에는 어떤 말도 귀에 들어오지 않았다. 보다 못한 병원에서는 보호자인 정숙을 불러 준구에게 가장 필요한 것은 최대한 스트레스 없이 몸과 마음을 편안하게 하는 것이라고 말해주었다.

정숙은 준구 집안의 주치의인 홍 박사에게 연락을 했다. 정숙에게 준구의 상태를 전해들은 홍 박사는 준구를 직접 불러 당장 서울 생활을 정리하라며 설득했다. 준구는 의사이기 전에 자신의 작품 세계를 누구보다 이해하고 인정해주었던 홍 박사의 간곡한 설득을 차마 외면하지 못했다.

그 후 정숙은 준구를 달래서 고향으로 내려왔다. 포항으로 내려올 때 준구는 내심 수년째 작업에만 몰두해왔으니 몸에 무리가 온 것은 당연하다는 정숙의 위로와 공기 좋은 곳에서 쉬다보면 좋아질 수도 있을 것이라는 홍 박사의 말을 못이기는 척 믿어보고 싶었다.

조각을 다시 할 수 없을 것이라는 말에 벼랑 끝에 선 기분으로 하루하루를 살던 준구는 여태껏 사용하지 않았던 긴 휴가를 보낸다는 기분으로 꼬박꼬박 홍 박사를 찾아가 검사도 받으며 치료에 집중했다. 정숙이 정성껏 챙겨주는 몸에 좋다는 음식을 챙겨먹고 규칙적으로 생활을 하고 약도 꼬박꼬박 먹자 몸이 점점 좋아지는 것을 느꼈다. 몸이 조금 나아지자 잊어버린 척했던 조각을 다시 하고 싶은 욕망을 누를 수가 없었다.

결국 준구는 집사인 오 서방을 시켜 작업실을 다시 만들었다. 공기가 좋고 조용한 곳이었으면 좋겠다는 정숙의 말에 오 서방은 강이 보이는 언덕 위에 작업실을 지었다. 작업실을 짓는 동안 준구는 마치 병이 찾아온 적이 없는 사람처럼 활기가 넘쳤다. 그는 매일같이 집과 작업실을 오가며 건물이 완성되는 모습을 눈으로 확인했다. 그러면서 저수지 쪽으로 창을 내고 바깥과 연결되는 데크가 있으면 좋겠다며 의견을 제시하기도 했다. 이처럼 꼼꼼한 관리 감독 하에 마침내 작업실이 완성되었을 때 준구는 아이처럼 행복하게 웃었다.

작업실이 완성되자 서울 집에서 모시천에 곱게 쌓여 있던 모든 작품들이 그대로 내려와 자리를 잡았다. 준구는 흐뭇한 마음으로 작업실을 바라보았다. 조업도구들과 작품들이 놓인 모습을 다시 보는 것만으로도 숨이 트이는 것 같았다. 준구의 상태가 결코 조각을 다시 할 수 있을 정도가 아니라는 것을 알고 있던 홍 박사는 환하게 웃는 그를 보며 차마 조각을 아예 그만두는 것이 좋겠다는 말을 하지 못했다.

한편 서울에서 유명한 교수였다던 준구가 갑자기 고향으로 내려오자 마을에서는 이런저런 이야기가 돌았다. 하지만 작업실을 만들고 작품들을 옮기자 즈각이나 예술에 대해 모르는 사람들도 엄청난 작품을 만들기 위해 내려왔나 보다 생각하며 자기들끼리 고개를 주억거렸다. 예술가가 살고 있다는 것을 증명해주는 〈김준구 조형연구스〉는 마을 사람들에게 작은 자부심이기도 했다.

홍 박사의 염려어린 시선에도 아랑곳없이 준구는 다시 조

각을 시작했다. 너무 오래 쉬는 바람에 손이 굳지는 않았을
까 걱정했던 준구는 곧 훨씬 큰 좌절을 만나야 했다.

　조각을 다시 시작한 지 얼마 되지 않아 다시 몸이 굳는 증
상이 반복되었고 증상은 반복될 때마다 조금씩 심해졌다.
결국 가장 많이 사용하던 두 손에 마비 증상이 나타났고 마
비가 잦아지면서 두 손은 조금씩 오그라들었다. 준구가 가
장 두려워하던 증상이 나타난 것이다.

　조각가에게 생명과도 같은 두 손을 자유롭게 사용할 수
없다는 사실에 준구는 절망했다. 몸이 회복되면 조각도 다
시 할 수 있을 것이라 생각했던 준구는 희망이 얼마나 잔인
한 고문인지를 깨달았다. 희망을 완전히 잃어버린 준구는
한동안 무력감에 빠져 술에 절어 살았다. 이런 몸으로 살아
서 뭐하나 하는 심정이었다. 그런 남편을 곁에서 지켜볼 수
밖에 없던 정숙의 마음은 바짝바짝 타들어갔다. 하지만 준
구의 마음을 너무나 잘 알기에 그녀는 남편을 차마 말리지
도 못했다.

　자학과도 같았던 폭음은 결국 준구가 병원으로 실려 가면
서 끝이 났다. 한 달이 넘게 입원치료를 받은 후 준구는 오
서방의 부축을 받으며 집으로 돌아왔다. 힘겹게 한 발자국
씩 걷는 준구의 손에는 지팡이가 들려 있었다. 누군가의 부
축 없이는 거동도 제대로 할 수 없게 된 준구는 더 이상 집
밖으로 나가려하지 않았다. 준구의 모습이 보이지 않자 사

람들 사이에서는 포항 만석군집 아들, 서울에서 내려온 조각가 김준구 선생이 중풍에 걸려 폐인이 되었다는 이야기가 퍼졌다.

정숙은 준구의 의욕을 되살리고자 안간힘을 썼다. 하지만 그 어떤 노력도 준구의 의욕을 되살리지 못했고, 그 어떤 치료도 준구의 몸이 점점 굳어가는 것을 막지는 못했다. 처음에는 작업실에서 이런저런 작업을 해보기도 했던 준구는 손이 오그라들면서 독탄을 쥐는 것조차 마음대로 되지 않자 점차 작업실 쪽으로는 발걸음도 하지 않았다. 사람이 드나들지 않는 작업실에는 금방 먼지가 뽀얗게 쌓였다. 정숙은 준구가 작업실에 가든 안 가든 경산댁과 향숙을 시켜 한 달에 한 번씩은 꼬박꼬박 청소를 하도록 했다.

준구는 헌신적인 아내 정숙에게 미안한 마음이 들수록 병을 받아들이는 것이 힘겨웠다. 그는 오그라든 두 손을 볼 때마다 숨이 턱턱 막혔다. 하지만 조각가로써 생명이 끝났다는 것을 인정하기가 죽기보다 고통스러웠던 그는 아무 것도 할 수 없는 하루하루가 지옥 같았다.

무력감에 젖은 준구의 시선이 문득 장식장을 향했다. 장식장 안에는 고급스러운 소형 리볼버 권총이 놓여 있었다. 한참을 아무 말 없이 권총만 바라보던 준구는 문득 장식장 유리에 비친 자신의 얼굴을 바라보았다. 세상에서 가장 쓸모없는 인간이 그곳에 있었다.

“하아.”

가슴이 다시 답답해왔다. 갑자기 책상을 향해 저벅저벅 걸어간 준구는 서랍에서 자동차 키가 있는 열쇠 뭉치를 꺼내들고 서재 밖으로 나갔다.

“아, 야릇한 마음, 처음 느껴본 심정. 아, 그이도 나를 좋아하고 계실까.”

안채 마당에서는 빨래는 아예 잊은 채 무아지경으로 노래에 심취한 향숙을 향해 경산댁이 소리를 빽 질렀다.

“아이고 마! 여는 됐신께 니는 선생님 오후 약 챙기드리라!”

경산댁의 말에 향숙은 콧방귀를 뀌며 뾰로통한 얼굴로 되받아쳤다.

“맨날 드려봐야 드시지도 않드만!”

“이 가스나가 주딩이를 콱!”

경산댁이 머리를 쥐어박는 시늉을 하자 향숙은 못마땅한 표정으로 이마에 맺힌 땀을 팔로 쓰윽 닦고는 빨래를 확 제쳤다. 그 순간 구부정한 자세로 마당을 가로지르는 준구가 보였다. 향숙은 동그래진 눈으로 외쳤다.

“아지매, 선생님 밖으로 나가시는데예.”

향숙의 말에 빨래를 담았던 바구니를 들고 안채로 들어가려던 경산댁은 깜짝 놀라 고개를 확 돌렸다. 과연 준구가 나가는 것이 보였다.

“니, 얼른 따라 가봐라. 얼른.”

가뜩이나 몸도 성치 않은데다가 평소 서재 밖으로 잘 나오지 않았던 준구에게 무슨 일이 있는지 걱정이 된 경산댁은 빨래 바구니를 내려놓고는 얼른 향숙어게 따라가라는 손짓을 했다.

"야!"

덩달아 심각한 표정이 된 향숙이 비장하게 대답을 하며 준구의 뒤를 따라갔다.

준구는 마당 한구석을 차지하고 있는 자동차 운전석에 앉아 있었다. 향숙은 무슨 일이 있을까 싶어 걱정스런 눈으로 그를 지켜보았다.

핸들이며 계기판을 가만히 쓰다듬던 준구는 자동차 시동을 걸었다. 한참 동안 방치된 탓에 엔진 스리가 힘겹게 울렸다. 준구는 자동차의 엔진 소리가 자신의 모습을 닮은 것처럼 느껴졌다. 시동이 걸린 차 안에서 엔진 소리를 듣던 준구는 기어를 중립에 놓고 액셀러레이터를 지긋이 밟아보았다.

부르르르릉.

엔진 소리가 육중하게 울려 퍼졌다. 엔진 소리에 깜짝 놀라 어느새 뛰어온 경산댁은 준구가 대체 뭘 하려는 것인지 몰라 향숙 옆에 서서 준구가 하는 양을 지켜보고만 있었다.

두 사람의 걱정을 아는지 모르는지 준구는 엔진 진동을 느끼며 진동에 맞춰 미세하게 떨리는 쉬프트레버와 계기판의 바늘을 가만히 바라보았다. 문득 건강한 몸으로 자동차를 운전했었던 날들이 떠올라 왈칵 그리움이 쏟아졌다. 그 순간, 준구는 시동을 끄고는 열쇠를 확 뽑았다.

"선생님……."

무거운 얼굴로 차에서 내린 준구는 두 사람의 시선을 외면한 채 다시 서재로 돌아갔다.

최고의 조각가로 명성이 자자했던 남편은
병을 얻으면서 다른 사람이 되어버렸다.

그의 아내, 정숙

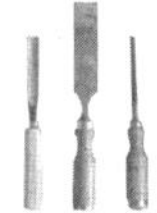

집에서 일어난 조용한 소란을 몰랐던 정숙은 가벼운 걸음으로 집으로 향했다. 오늘 알게 된 민경에 대해 준구에게 이야기해 볼 생각에 기분이 좋았던 것이다. 싱그러운 바람을 맞으며 돌다리 길을 지나 집에 도착한 정숙은 양산을 접고 대문을 밀고 들어갔다.

"나 왔네."

시무룩한 얼굴로 건성건성 걸레질을 하던 경산댁은 정숙의 목소리가 들리자 반색을 하며 뛰어나왔다.

"아이고 다녀오셨습니꺼."

"오후에 선생님 약은 드셨나?"

자신이 집을 비울 땐 경산댁이 알아서 잘 한다는 것을 알면서도 정숙은 습관적으로 준구가 약을 제때 먹었는지부터 챙겼다. 그런데 경산댁의 표정이 이상했다.

"무슨 일 있었나?"

"아, 그기……."

정숙의 물음에 경산댁은 눈썹을 찌푸리며 고개를 절레절레 흔들고는 낮에 있었던 일을 재빨리 이야기했다.

"선생님이 많이 답답하셨는지 아까 낮에 갑자기 차에 타셨습니다. 향숙이 말로는 차 안에서 한참을 앉아계셨다 하데예. 그런데 갑자기 부르릉 하고 시동을 거시지 몹니꺼. 깜짝 놀라가 가봤더니 그냥 나오시더라고예."

경산댁의 말을 들은 정숙은 알았다는 듯 고개를 끄덕이고 마루로 올라갔다. 집에만 있는 것이 얼마나 답답하면 그랬을까 싶은 생각에 마음이 아팠다. 준구가 있는 서재의 닫힌 문을 가만히 보던 정숙은 방으로 들어갔다. 그리고 가방에서 민경의 이름과 주소가 적힌 종이를 꺼냈다. 큰 키에 마르고 단단한 몸을 지닌 민경의 모습이 떠올랐다. 정숙은 최대한 빨리 민경을 만나보기로 결심을 굳혔다. 준구가 조금이라도 삶의 의미를 찾을 수만 있다면 못할 것이 없었다.

시계 바늘이 여섯시를 가리키자 쟁반에 준구의 식사를 받쳐 든 향숙이 서재 앞에서 노크를 세 번 하고는 안으로 들어갔다. 향숙이 서재로 들어가자 정숙은 조용히 경산댁을 불렀다.

"경산댁."

"야?"

정숙은 경산댁에게 오늘 낮에 본 민경의 이야기를 했다. 경산댁은 정숙의 이야기를 들으며 점점 얼굴이 심각해졌다. 하지만 그녀는 이내 정숙을 돕기로 마음을 굳혔다.

경산댁은 예술이며 조각이 뭔지는 몰랐지만 스스로를 희생하면서까지 준구를 위하는 정숙에게 늘 깊이 감동하고 있었다.

"그럼 내일 나랑 같이 좀 가주게."

"야, 그라지요."

정숙의 말에 경산댁은 고개를 끄떡이며 힘 있게 대답했다. 그제서야 정숙의 얼굴에 안도의 빛이 살짝 떠올랐다. 경산댁은 그런 정숙을 보며 마음이 뿌듯했다.

한 시간 뒤 향숙은 울상인 얼굴로 거의 손도 대지 않은 쟁반을 들고 다시 나왔다. 향숙이 쟁반을 들고 부엌으로 돌아가는 것을 확인한 정숙은 손수 준구의 약들을 챙겼다.

정숙은 약과 물이 담긴 쟁반을 들고 서재에 들어갔다. 언제부터 불이 꺼져 있었는지 서재는 깜깜했다. 깜깜한 서재를 채운 것은 흑백 TV에서 나온 빛이었다. TV 화면에서는 월남에 파병됐다가 귀국한 군인들의 카퍼레이드와 태극기를 흔드는 시민들의 모습이 아나운서의 돈소리에 실려 흘러나오고 있었다.

정숙은 무심한 얼굴로 TV를 보는 준구 옆에 쟁반을 내려놓았다. 그때 정숙의 눈에 테이블 위에 올려진 자동차 키가 들어왔다. 정숙은 아까 경산댁이 했던 말을 떠올리며 자동차 키를 물끄러미 바라보았다. 하지만 준구와 눈이 마주치자 아무렇지 않은 얼굴로 웃어주었다.

정숙의 시선을 알아차린 후에도 TV에서 눈을 떼지 않았던 준구는 정숙이 건넨 물 컵과 약을 받으며 별일 아니라는 듯 말했다.

"마당에 저 차. 좀 처분해요."

차를 처분하라는 준구의 말에 정숙의 마음은 바늘에 찔린 것처럼 아파왔다. 건강했을 때에는 운전하는 것을 좋아했던 준구였다. 그래서 정숙은 준구가 운전을 하지 않게 된 후에도 그가 언제고 다시 운전대를 잡을 날을 기다리며 오 서방이나 향숙을 시켜 차를 반짝반짝하게 닦아놓곤 했었다.

"참, 여보. 오늘 낮에 교회에서 젊은 애기 엄마 한 명을 봤는데요."

정숙은 준구의 말을 못들은 척 열쇠를 다시 책상 서랍에 넣으며 짐짓 쾌활한 목소리로 화제를 돌렸다. 하지만 TV에 고정된 준구의 시선은 미동도 없었다.

"여보, 내 말 좀 들어보아요."

평소의 정숙은 먼저 뭔가를 요구하는 사람이 아니었다. 그런 아내가 할 말이 있다면 분명 자신에 대한 것이리라. 그래서 더 듣고 싶지 않았지만 준구는 마지못해 TV를 끄고 아내를 물끄러미 쳐다보았다.

준구가 TV를 끄자 정숙은 신이 난 표정으로 입을 열었다.

"그 애기 엄마가 말이에요, 남들보다 키가 한 뼘은 크고, 팔다리가 길고 가는 게……."

아내의 얼굴에 생기가 도는 이유가 그 때문이었나 싶은 준구는 낮게 한숨을 쉬었다.

"당신 다시 작업……."

준구의 한숨소리를 놓치지 않은 정숙의 목소리가 작아졌다. 준구는 그런 아내의 얼굴을 보기가 힘들어 정숙의 눈을 피하며 물 컵을 입으로 가져갔다.

탁!

하지만 컵은 준구의 입 근처에도 가기 전 바닥에 떨어지고 말았다. 정숙은 깜짝 놀라 바닥에 떨어진 컵을 잡았다. 그러자 준구의 오그라진 손이 눈앞에 보였다.

"물 컵 하나도 제대로 못 잡는 이 손으로 무얼 할 수 있겠어!"

준구는 일부러 보란 듯이 정숙의 눈앞에 손을 내밀며 괴로운 목소리로 말했다. 준구의 목소리에는 깊은 슬픔이 배어 있었다.

"여보, 그래도……."

"쓸데없는 짓 하지 말아요."

정숙은 무릎을 꿇고 부자연스럽게 오그라든 남편의 양손을 꼭 잡으며 간절하게 말을 했지만 준구는 정숙이 말을 이을 기회를 주지 않았다. 의자에서 일어난 준구는 정숙에게서 손을 빼낸 후 다시 TV를 틀었다. 아무 말 없이 테이블에 놓은 알약을 내려다보던 정숙은 눈물이 그렁한 눈으로 남편의 등을 바라보았다. 준구는 끝내 돌아서지 않았다. 더 이상 이야기를 하지 말라는 남편의 행동에 정숙은 천천히 서재를 나왔다. 하지만 그녀는 포기할 수 없었다.

뜻밖의 제안

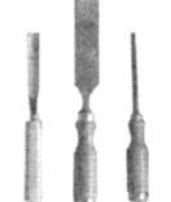

시장통 입구에 위치한 국밥집에는 점심어는 주로 일꾼들이 오고, 저녁에는 술손님이 많았다. 일꾼들이 몰려오는 점심에 한바탕 전쟁 같은 시간이 지나면 술을 마시거나 허기를 채우려는 사람들이 오는 저녁까지는 거짓말처럼 한가했다.

민경은 이곳에서 허드렛일을 했다. 여주인은 짜증을 달고 살았지만 상관없었다. 송이와 기주를 데리고 일 할 수 있는 곳이 많지 않았기 때문에 민경은 이곳조차 감지덕지해야 했다. 송이는 민경이 일을 하는 동안 가게 뒤편에 있는 수도가 딸린 작은 마당에서 시간을 보냈다.

"니 맨날 그래 굼떠가 언제 이거 다 치우고 저녁 손님 받겠나?"

여주인의 신경질이 또 시작되었다. 기주를 등에 업은 민경은 무표정한 얼굴로 잔뜩 어질러진 탁자를 정리하고 빈 그릇들과 수저를 고무대야에 담았다.

"삐쩍 말라가꼬. 쓸데없이 키만 커가……."

여주인의 눈에 비친 민경은 손님이 많을 땐 빠릿빠릿하지 않았고, 사람이 없을 땐 손님도 아니면서 송이까지 세 식구가 가게에 하릴 없이 앉아 있는 것 같아 답답했다. 여주인에게 들들 볶이는 것에 익숙한 민경은 아무런 대꾸도 하지 않은 채 설거지거리를 챙겨들고 나갔다. 대야 한가득 빈 그릇을 들고 가게 뒤쪽으로 나가는 민경의 뒷모습을 보면서 여주인은 못마땅하다는 표정으로 중얼거렸다.

처음 국밥집에 왔을 때 기주를 등에 업은 민경은 여주인에게 제발 일을 하게 해달라고 애원을 했다. 민경이 일을 하지 않으면 송이까지 굶을 수밖에 없는 형편이었기 때문이다. 여주인은 혼자 국밥집을 꾸려가기가 버거운 상황이었지만 당장 일자리가 아쉬운 사람은 민경이었다. 송이와 기주를 데리고 국밥집에 나온다는 이유로 민경은 일하는 것에 비해 훨씬 짜게 월급을 받았다. 하지만 몸이 건강해도 일자리가 없어 굶은 사람이 태반인 마당에 불평할 겨를조차 없었다. 눈치가 빤한 송이는 장사를 방해하거나 엄마를 귀찮게 한 적이 없었지만 여주인의 기분이 나쁠 때면 눈치를 봐야 했다.

36

저녁 손님이 오기 전 설거지를 마쳐야 하는 민경은 곧장 설거지를 시작했다. 혼자 놀고 있던 송이는 민경이 오자 고무 대야에서 물을 튕기며 물장난을 했다. 맞은편에서 담배를 피우던 일꾼 서넛이 치마를 걷어 올리고 앉은 민경의 하얀 허벅지를 흘끔거렸다. 바람 한 점 없는 쨍쨍한 날씨에 설거지를 하는 민경의 이마에서는 연신 땀이 흘렀다. 민경의 긴 목선을 타고 내려간 땀방울이 가슴골 깊숙이 들어가자 곁눈질로 훔쳐보던 일꾼들은 침을 꼴깍꼴깍 삼켰다.

"자알 하고 있다. 우짤라고 여태까지 설거지를 하고 앉았노? 어이?"

갑작스럽게 나타난 여주인의 호통에 일꾼들은 황급히 시선을 돌렸다. 민경은 여주인의 잔소리를 듣는 둥 마는 둥 설거지만 했다.

"니 그래가 이거는 언제 다 할끼고?"

여주인은 대야에 가득한 채소를 민경 옆에 내려놓은 뒤 얼굴을 찡그리며 답답하다는 듯 신경질을 부렸다. 대꾸가 없는 민경이 못마땅한지 가게로 들어가려고 몸을 돌리던 여주인이 일꾼들과 눈이 마주쳤다. 어처구나 없다는 듯 여주인이 눈을 치켜 올리며 째려보자 일꾼들은 담배를 발로 비벼 끄면서 딴청을 부렸다.

"퍼득퍼득 좀 해라!"

짜증이 잔뜩 난 여주인이 소리를 빽 지르자 송이는 물장

난을 멈추고 눈치를 보았다. 여주인은 민경이 일꾼들과 노닥
거릴 리가 없다는 것을 알면서도 못마땅했다. 그녀는 민경
을 향해 혀를 끌끌 찬 후에야 가게로 들어갔다. 그러거나 말
거나 민경은 설거지가 끝나자 그때서야 허리를 펴고 땀을
닦았다.

가게 안으로 들어온 여주인은 탁자를 정리하며 궁시렁댔다.

"언제 설거지를 다 할끼고, 언제."

"계십니꺼?"

양산을 손에 든 정장 차림의 정숙이 경산댁과 함께 국밥
집으로 들어왔다.

"어서 오이소."

손님의 인기척에 인사부터 하고나서야 고개를 든 여주인
은 세련된 옷차림을 한 정숙을 보며 의아한 표정을 지었다.

"이민경 씨라고 하는 사람을 좀 만나고 싶은데예."

경산댁이 여주인에게 말했다.

"이민경 씨예? 송이 에미예?"

여주인이 고개를 돌리는 순간 설거지를 끝내고 들어오던
민경은 손님이 있는 것을 발견했다. 무심히 고개만 숙이고는
그릇을 정리하려면 민경은 정숙의 얼굴을 알아보고는 어색
하게 인사를 했다. 여주인은 민경과 정숙을 보며 둘이 아는
사이인가 싶어 뜨악한 표정을 지었다.

"이민경 씨랑 둘이서 이야기를 좀 하고 싶은데."

정숙이 여주인에게 조용한 목소리로 말했다. 정숙의 교양 있는 모습에 살짝 기가 눌린 여주인은 그녀가 민경을 찾자 당황한 표정을 지었다. 하지만 그것도 잠시, 민경과 이야기를 하고 싶다는 정숙의 말에 어이가 없다는 표정을 지었다. 그리고는 이내 얼굴을 잔뜩 찡그리며 짜증을 내려던 찰나, 얼른 여주인 앞으로 간 경산댁이 주머니에서 돈을 꺼내 국밥 값이라며 여주인의 손에 쥐어주었다.

"이기는 국밥 값인디, 국밥은 안 먹어도 됩니더. 잠깐이면 됩니더."

경산댁이 내민 돈은 국밥 10그릇 값이었다. 공돈을 손에 쥔 여주인은 그때서야 표정을 살짝 풀었다

"니, 이따 저녁 전까지 저거 다 다듬어놔야 하는 거 알제?"

일단 돈을 주머니 깊숙한 곳에 찔러 넣은 여주인은 민경을 향해 소리를 빽 지르고는 자리를 비워주었다.

"자, 그럼 두 분 이야기 나누시소."

여주인이 나가자마자 경산댁도 얼른 가게 뒤편으로 나갔다. 경산댁을 본 송이와 기주는 물장난을 멈췄다.

"자, 아즈매랑 놀자. 아이고 덥다."

경산댁은 송이에게 웃어준 뒤 기주를 안고 평상 위로 올라갔다. 그때서야 안심을 한 송이가 경산객 옆으로 올라가서 놀기 시작했다.

정숙과 마주앉은 민경은 정숙이 왜 자신을 찾아왔는지

몰라 마른침만 삼켰다. 정숙은 딱 보기에도 자신과 전혀 다른 세계의 사람이었다. 민경의 머리에는 여러 가지 생각이 떠올랐다. 혹시 저번에 교회에서 쌀을 두 번 타간 것을 이야기하러 왔을까 아니면 일요일에 교회에 나오지 않은 것을 뭐라고 하려나, 민경의 입이 바짝 말라갔다. 쌀은 이미 거의 다 먹은 후였다.

"조각가 김준구 선생이라고 들어본 적 있어요?"

하지만 정숙의 입에서 나온 말은 뜻밖이었다.

'조각가 김준구 선생?'

정숙의 물음에 처음에는 무슨 소리인가 싶어 멀뚱멀뚱 있던 민경은 아! 하는 표정으로 입을 열었다.

"아, 서울서 오신 유맹한 교수님이 계시다카는 얘기는……."

민경은 대답을 하면서 머리를 갸웃거렸다. 포항 최고 갑부 집 아들에 서울에서 온 유명한 교수님을 왜 물어보나 싶었다.

"맞아요. 그 교수님이 조각가 김준구 선생이에요."

"아, 그래예?"

정숙은 민경이 준구를 알고 있다는 것을 흐뭇해하며 말을 이었다.

"선생님이 조각을 하려면 모델이 필요한데, 민경 씨가 해줬으면 좋을 것 같아서요."

정숙의 단도직입적인 말에 민경은 눈을 동그랗게 떴다. 조각가 김준구 선생의 모델을 한다는 것이 도대체 무엇인지, 그리고 왜 자기에게 이런 제안을 하는지 이해가 가지 않았다.

"모델이라꼬예? 와 지한테 그런……."

정숙은 민경의 반응을 충분히 이해한다는 듯 인자한 미소를 지으며 입을 열었다.

"애기 엄마는 모델로서 훌륭한 몸을 가졌어요."

"야? 지가예?"

민경은 느닷없는 정숙의 칭찬에 어쩔 줄을 몰랐다. 하지만 모델이라는 것이 대체 무엇인지는 여전히 감이 잡히지 않았다.

"그라믄 그 모델이라는기……."

정숙은 고개를 갸웃거리는 민경에게 진지한 얼굴로 민경이 다른 생각을 하기 전, 가장 중요한 이야기를 먼저 해야 할 것 같았다.

"지금 일하는 데서 한 달에 얼마나 받노요?"

"한 오백 원쯤?"

갑자기 정숙이 화제를 돌리자 민경은 우물쭈물하면서 작은 목소리로 대답을 했다.

"한 달에 오천 원 어때요?"

"네? 오, 오천 원예?"

한 달에 오천 원을 주겠다는 정숙의 말에 민경의 눈이 휘둥그레 커졌다. 국밥집에서 일을 하며 교회에서 나눠주는 쌀을 받아먹고 살아도 한 달 생활이 빠듯한 민경에게 오천 원이면 1년 내내 국밥집에서 설거지와 허드렛일을 해도 손에 쥐기 힘든 큰돈이었다.

"두 아이들 데리고 식당일 하기 힘들죠? 애기 엄마가 모델로 일하는 동안 아이들도 우리가 봐줄게요."

"가만 서 있기만 하면 그 큰돈을 주신다꼬예?"

민경은 믿을 수가 없다는 듯 재차 물었다. 그러자 정숙은 가방에서 팸플릿과 사진을 꺼내 안절부절 못하는 민경 앞에 내려놓았다. 정숙이 꺼낸 팸플릿에는 '1962년 김준구 개인전시회'라는 제목이 박혀 있었다. 조심스럽게 팸플릿을 펼쳐 보던 민경은 여자의 나체를 거침없이 표현한 누드 조각들의 사진을 보더니 식겁을 했다.

"아이고 우짤꼬."

민경의 얼굴은 못 볼 것이라도 본 것처럼 시뻘겋게 달아올라 있었다.

"이, 이, 이기 이래 다 벗는 거면……. 아이고."

민경은 충격으로 말을 제대로 잇지 못한 채 연거푸 냉차를 들이마시더니 고개를 절레절레 흔들었다. 그리고는 단호하게 말했다.

"사람 잘못 봤심더."

정숙은 애써 미소를 잃지 않은 채 민경을 찬찬히 바라보았다.

"이름이 이민경이라고 했죠?"

민경은 자신의 처지를 빤히 아는 것 같은 정숙의 시선을 피하며 고개만 끄덕거렸다. 정숙은 그런 민경을 보며 무거운 목소리로 말했다.

"사실 민경 씨가 하겠다고 마음먹어도 모델이 되는 건 아니에요. 선생님이 거절하실 수도 있는 거고."

이건 또 무슨 소리인가 싶어 고개를 든 민경의 눈에 어느새 눈가가 살짝 붉어진 정숙의 안타까운 표정이 들어왔다. 민경은 괜히 자신이 정숙을 슬프게 만든 것 같아 고개를 푹 숙였다. 하지만 정숙은 이내 기운을 차린 듯 잠시 숨을 고른 후에 민경을 향해 말했다.

"만약 선생님께서 거절하시면 나도 어쩔 수 없어요. 그렇더라도 민경 씨가 해보겠다고 결심만 해준다면 내가 사례는 할 거예요."

억지로 미소를 짓는 정숙의 밝은 얼굴과 달리 그녀의 목소리에는 간절함이 담겨 있었다. 민경은 뭐라고 대답을 해야 할지 몰라 고개를 숙인 채 애매하게 손가락만 만지작거렸다.

"그럼, 생각이 정해지면 연락 주세요. 조각가 김준구 선생의 집이라고 하면 알려줄 거예요."

정숙은 애써 담담한 얼굴로 웃으며 경산댁과 함께 국밥집을 나왔다. 돌아가는 정숙의 뒷모습을 한참 바라보던 민경은 국밥집 뒤에서 놀고 있는 송이를 보면서 두 손으로 이마를 감쌌다. 뜻밖의 이야기를 듣는 바람에 마음이 너무나 복잡해졌다.

"아이고 우짤꼬."

정숙과 경산댁이 간 뒤 민경은 무거운 마음으로 송이와 기주가 노는 모습을 가만히 바라보았다. 송이의 웃는 얼굴에 정숙의 얼굴이 겹쳐보였다.

"그럼, 잘 생각해보기 바라요. 애기 엄마의 결정을 기다릴게요."

민경은 애매한 이마만 손등으로 비벼대며 한숨을 푹푹 쉬었다.

집으로 돌아가는 내내 정숙은 아무 말이 없었다. 주변을 둘러보지도 않은 채 천천히 걷기만 하는 정숙의 눈치를 보던 경산댁이 조심스럽게 물었다.

"그쯤하면 아무래도 안 오겠지예?"

정숙은 경산댁의 물음에 대답하지 않았다. 안 온다면 올 때까지 찾아가볼 생각이었다. 두 사람은 집에 도착할 때까지 아무 말도 하지 않은 채 조용히 걷기만 했다.

집으로 돌아온 정숙은 민경에게 보여주었던 준구의 전시 팸플릿을 한참 동안 들여다보았다. 작품을 할 때면 시간 가는 줄도 모른 채 에너지가 넘쳤던 준구의 모습이 머릿속에 아른거렸다. 좋은 모델을 발견했을 때, 마음에 드는 자세를 찾았을 때 준구는 눈빛부터 달라지곤 했었다. 조각가가 천직인 사람이었다.

정숙은 차츰 몸이 굳어가는 병에 걸렸다는 선고를 받았을 때 절망하던 준구의 모습을 떠올렸다. 조각을 하면 안 된다는 말에 준구는 자포자기한 사람처럼 한동안 술만 마셔댔다. 헌신적으로 준구를 돌본 정숙이 아니었으면 술병과 화병으로 벌써 세상을 떴을 것이다.

준구는 자신의 손이 굳어간다는 것을 인정하지 못했다. 하지만 점차 스케치조차 맘대로 하지 못하고 굳어진 손이 조금씩 오그라들고 움직이지 않게 되자 준구는 미친 사람처럼 울었다 웃었다를 반복하며 작업실을 난장판으로 만들기도 했다.

정숙은 무슨 일이 있어도 반드시 자신의 손으로 준구의 의욕을 되살려내고 희망을 찾게 해줄 작정이었다. 방법은 단 하나, 작품을 할 수 있게 해주는 것뿐이었다.

"선생님, 식사 들어갑니더."

벽시계가 여섯시를 가리키자 향숙이 쟁반을 들고 서재로 들어갔다. 민경은 걱정스러운 눈으로 서재를 바라보았다. 오늘도 준구는 서재에 틀어박힌 채 집 밖에 한 발자국도 나가지 않았던 것이다.

“또 거의 다 남기셨네.”

한 시간 뒤, 향숙은 울상을 하며 손을 거의 대지 않은 식사를 가지고 나왔다. 거실에 앉아 민경을 언제 다시 만나러 갈지, 어떻게 설득할지 고민하던 정숙은 일단 준구에게 먼저 이야기를 해야겠다고 생각했다. 민경을 설득하는 것도 중요하지만 그보다 준구가 민경의 존재를 모델로 받아들일 마음을 먹는 것이 먼저였다.

정숙은 준구가 잠을 자는 사랑채로 가서 이부자리를 깔고 모기장을 준비했다. 고향에 돌아온 뒤 준구는 정숙이 있는 안채가 아닌 사랑채를 자신이 자는 방으로 사용했다. 잠시 후 목욕을 마친 준구가 방으로 들어왔다. 준구는 아무 말 없이 이불 위에 앉았다.

생기라고는 한 점도 찾아볼 수 없는 준구의 눈은 공허했다. 그 모습이 너무나 가슴이 아파 정숙은 얼른 불을 끄고 작은 스탠드를 켰다. 삶의 방향과 목표를 잃은 채 하루하루 죽지 못해 살아가는 준구의 얼굴을 보는 것은 정숙에게도 고통이었다.

불을 끈 후에도 방을 나가지 않은 채 모기장을 만지작거리던 정숙은 준구의 초췌한 얼굴을 흘끗거리다가 힘들게 입을 열었다.

“저기, 제가 찾았다는 그 모델 있잖아요.”

“그 얘기는 이미 끝난 걸로 알고 있는데.”

준구는 서늘한 표정으로 정숙의 말을 매정하게 잘랐다. 희망을 품었다가 좌절하는 아픔을 다시는 겪고 싶지 않았다. 폐인이 된 자신을 돌보게 하는 것은 정숙에게도 못할 짓이었다.

"그러지 말고 한 번……."

하지만 정숙은 이 정도는 예상했다는 듯 꿋꿋하게 말을 이었다. 하지만 준구는 이부자리 위에 누운 채 팔로 눈을 가렸다. 더 이상 정숙의 말을 듣지 않겠다는 뜻이었다. 그러나 정숙은 포기하지 않았다.

"한 번 보기만 해봐요. 네? 며칠 내로 데려올게요."

자신을 달래듯 애원하는 정숙의 목소리를 들으며 준구는 그녀가 지금 어떤 표정일지 눈에 선했다. 그래서 더 괴로웠다. 이런 마음을 들키기 싫어 준구는 아예 정숙에게 등을 돌린 채 누웠다.

"보고 아니면, 다시는 안 그럴게요."

한참 동안이나 준구의 야윈 등을 보고 있던 정숙이 오랜 침묵 끝에 방을 나가기 전 작게 속삭였다. 준구는 못 들은 척 두 눈을 감은 채로 미동도 하지 않았다. 하지만 문이 닫히는 소리가 들리자마자 준구는 감았던 눈을 떴다. 정숙의 마음을 모르는 것은 아니었지만 답답함은 사라지지 않았다. 그는 한숨을 길게 내쉬며 다시 눈을 감았다. 잠이 올 것 같지 않았다.

　정숙과 만나고 집으로 돌아온 민경 역시 잠을 이루지 못하고 있었다. 세간이라고 할 것도 없는 단출한 단칸방에서 민경은 정숙의 제안을 떠올려 보았다.

　민경의 고민을 알 리가 없는 기주가 칭얼거리며 엄마의 가슴을 파고들었다. 민경은 얼른 기주에게 젖을 물렸다. 하루 종일 설거지며 허드렛일을 하느라 지친 민경은 기주가 젖을 빨자 자신도 모르게 벽에 기댄 채 스르르 잠이 들었다.

　기주가 칭얼대는 소리에 잠이 깬 송이는 부스스한 눈을 비비며 편히 눕지도 못한 채 꾸벅꾸벅 졸고 있는 민경에게 다가와 몸을 꼭 붙이고 누웠다. 민경은 피곤이 가득한 게슴츠레한 눈으로 송이와 기주를 보면서 안타까움에 한숨을 푹푹 내쉬었다.

　일찍 철이 들어버린 송이를 볼 때마다 자식에게 해줄 수 있는 게 너무 없는 어미인 것이 항상 미안했다. 송이는 이런 엄마의 마음을 아는 듯 투정 한 번 부리지 않는 착한 딸이었다.

　"자장자장 우리 송이 자장자장 잘도 잔다."

　민경은 자신에게 몸을 꼭 붙인 채 잠이 든 송이를 다독거리며 작게 자장가를 불러주었다. 민경의 자장가 소리에 무서운 꿈이라도 꾸고 있는 것처럼 심각했던 송이의 얼굴이 편안해졌다. 민경은 안쓰러운 마음으로 송이의 등을 계속 토닥였다.

향숙과 민경

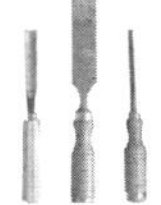

"뭐꼬, 이게 몇 번째인교."

청소도구를 잔뜩 든 향숙의 입이 댓 발이나 나와 있었다. 향숙과 경산댁은 정숙이 시킨 대로 준구의 작업실을 청소하고 돌아오는 중이었다. 양동이며, 빗자루, 걸레 등을 양손 가득 들고 논길을 걸어오는 향숙과 경산댁의 치맛단은 먼지로 얼룩덜룩했다. 바로 작업을 다시 시작할 수 있도록 깨끗하게 청소를 하라는 정숙의 말에 아침 내내 준구의 작업실을 치웠던 것이다.

"선생님이 언제 작업실에 가실지도 모르는데 또 청소부터 하능교?"

향숙은 통통 부은 입을 더욱 쑥 내밀었다.

"사모님이 뭐 생각하시는 기 안 있겠나."

작업실을 청소하라고 시킨 정숙의 마음을 잘 아는 경산댁의 얼굴은 향숙과 달리 무거웠다.

"치. 며칠 지나면 또 먼지 쌓일낀데."

경산댁의 말에 향숙은 볼멘소리로 투덜거렸다.

"확! 가시나 말 많구로."

향숙이 계속 투덜거리자 경산댁은 향숙에게 알밤이라도 쥐어박으려는 듯 손을 치켜들었다. 하지만 향숙은 하나도 안 무섭다는 듯 흥 하고 고개를 획 돌렸다.

"시끄럽고. 사모님 애기 엄마 집에 또 가본다캤다."

경산댁은 향숙이 그러거나 말거나 심각한 얼굴로 말을 이었다.

"진짜 얼마나 대단하길래 그러는데예?"

정숙이 민경을 다시 찾아간다는 말에 향숙은 고개를 다시 획 돌리며 진짜 궁금했던 속내를 살짝 드러냈다. 얼굴과 몸매라면 웬만하면 뒤지지 않을 자신이 있었지만 언감생심 모델은 꿈조차 꿔보지 않았던 향숙은 그 애기 엄마라는 사람이 얼마나 대단한지 궁금했다.

도대체 어떤 여자이기에 저토록 정숙이 애를 태우는 것일까. 그렇게 중요한 일이면서 자기한테 먼저 이야기를 해주지 않은 것이 야속하기도 했다. 경산댁은 이런 향숙의 마음을 아는지 모르는지 심각한 얼굴로 중얼거렸다.

"우쨌든 선생님이 계속 저라시믄 오래 몬 사신데이. 적어도 사모님은 그리 생각하시는갑다."

경산댁은 준구 뿐 아니라 정숙을 위해서라도 민경에게서 좋은 소식을 듣게 되길 바라는 마음이었다.

집 앞에 먼저 도착한 향숙은 기주를 업은 민경이 송이와 함께 대문 앞에 서 있는 모습을 보며 의아한 표정을 지었다.

"어, 누구신데예?"

그 순간 경산댁이 반색을 하며 달려왔다.

"아이고, 애기 엄마!"

민경은 경산댁을 보며 어색한 얼굴로 인사를 했다.

"잘 생각했데이, 어여 들어오소."

경산댁은 민경의 손을 덥석 잡고 집으로 들어갔다. 민경은 쭈뼛거리며 한 손으로 송이의 손을 잡은 채 경산댁을 따라 대문 안으로 들어섰다. 민경의 눈에 비친 준구의 집은 그야말로 별세계였다. 넓은 마당에 커다란 한옥이 몇 채나 되는 구조에 민경은 입을 다물지 못했다.

"이짝으로 오소."

경산댁은 정숙이 있는 서재로 민경을 안내했다. 서재가 있는 사랑채로 가는 내내 민경은 두리번거렸다.

솟을대문을 통과한 민경의 눈에 서재에 앉아 있는 정숙이 보였다. 교회에서, 국밥집에서 만난 적은 있었지만 이날 민경의 눈에 비친 정숙은 자신과 비교도 할 수 없을 만큼 높은 곳에 있는, 마치 다른 세상 여인 같았다.

경산댁과 함께 오는 민경을 보자 정숙의 얼굴이 밝아졌다. 서재 밖으로 얼른 나온 정숙은 마당에 선 민경을 보며 미소를 지었다.

"잘 왔어요. 고마워요."

거실 소파에 앉은 민경의 손바닥이 자꾸만 땀으로 축축해졌다. 거실과 서재에는 온통 민경이 태어나서 처음 보는 물건들로 가득했다. 민경은 자신의 옷에 밴 땀 냄새가 혹시 이 푹신푹신한 소파에 묻으면 어떡하나 싶어 최대한 소파 끝에 엉덩이를 조심스럽게 걸치고 앉았다.

"오천 원 들어 있어요."

정숙은 긴장한 민경을 향해 온화한 미소를 지으며 하얀 봉투를 내밀었다.

"야?"

선불을 받을 수 있겠느냐고 사정을 하려던 민경은 정숙의 말에 흠칫 놀랐다.

"선생님이 거절하셔도 이제 그 돈은 민경 씨 거예요."

민경은 조금 지나서야 정숙의 말을 이해했다. 저번에 정숙이 말하길 민경이 모델을 하고 싶어도 조각가 김준구 교수님이 마음에 들지 않는다면 정숙도 어쩔 수 없다고 했던 말이 떠올랐다.

"고맙심더."

만약 모델을 하지 못하게 되도 오천 원은 준다는 말에 민경은 고개를 숙이며 봉투를 집으려고 손을 뻗었다. 까맣게 때가 긴 손톱이 괜히 민망했다. 창피함을 감추려 얼른 봉투를 집어넣은 후 민경은 진지한 얼굴로 정숙을 보며 입을 열었다.

"아, 그라고 아까 말씀드린……."

"걱정 말아요. 사람들은 민경 씨가 우리 집에서 허드렛일을 하는 걸로 알 거예요. 민경 씨가 모델이라는 것은 우리 말고는 아무도 모를 거예요. 약속은 꼭 지킬게요."

"참말로 고맙심더. 참말로."

가장 큰 걱정을 덜게 된 민경은 정숙을 향해 연신 고개를 숙였다. 정숙은 그런 민경을 가만히 바라보며 싱긋 웃었다.

"그럼 선생님 만나기 전에 우리 준비를 좀 할까요?"

정숙은 어리둥절해 하는 민경을 데리고 욕실로 갔다.

"옷은 여기에 벗어두고 이쪽으로 들어가요."

정숙은 경산댁이 미리 받아둔 따끈한 물이 채워진 욕조를 가리키며 말했다. 민경은 욕실 한쪽으로 가서 우물쭈물 옷을 벗고 욕조 안으로 들어갔다. 정숙은 따뜻한 욕조에서 몸을 불리는 민경의 몸을 찬찬히 바라보았다. 민경은 정숙의 눈길을 어떻게 받아야 할지 몰라 얼굴이 점점 빨갛게 달아올랐다.

잠시 후 향숙이 욕실로 들어와 새하얀 운동화와 깨끗한 새 옷과 수건을 내려놓은 뒤, 민경이 벗어놓은 지저분한 옷과 때가 가득한 낡은 고무신을 들고 나갔다.

"오래 걸리지는 않을 거예요."

민경 옆에 앉은 정숙이 수건에 비누를 듬뿍 칠하며 말했다. 이런 호사를 받아본 적이 없었던 민경은 어색해서 어쩔 줄을 몰랐다. 정숙은 민경의 머리카락에 따뜻한 물을 부은 뒤 비누거품을 내어 머리를 감겨주었다. 민망함에 어쩔 줄 모르던 민경은 정숙의 손가락이 머리에 닿을 때마다 나른하고 시원한 기분이 들었다. 두피와 머리카락을 충분히 문지른 정숙은 손으로 온도를 맞춰가며 따뜻한 물로 민경의 머리를 헹궈주었다.

머리 감기가 끝나자 정숙은 수건에 비누를 듬뿍 칠한 후 민경의 몸을 부드럽게 닦기 시작했다. 욕조에 있는 동안 불어난 때들이 수건이 지나갈 때마다 밀려나왔다. 정숙은 이마와 코끝에 땀이 송골송골 맺힌 상태로 민경의 몸을 닦는 것에만 집중했다. 처음에는 어색해하던 민경도 정숙의 정성어린 행동에 아무 말도 하지 못한 채 그냥 정숙에게 몸을 맡겼다.

비누질이 끝날 무렵 향숙이 더운 물이 담긴 커다란 통을 정숙 옆에 놓고 나갔다. 모델 할 몸이 따로 있는가 싶어 뽀로

통했던 향숙은 욕실을 왔다 갔다 하면서 민경의 몸을 힐끗
거렸다.

이윽고 비누질이 끝나자 깨끗했던 욕조는 민경의 몸에서
나온 때와 비눗물 때문에 뿌옇게 변해 있었다. 정숙은 민경
을 욕조에서 나오게 한 뒤 욕조에서 물을 빼냈다. 지저분해
진 물들이 민경의 때와 함께 사라졌다.

정숙은 향숙이 들고 온 뜨거운 물을 섞어 세심하게 온도
를 맞추며 욕조에 다시 물을 채운 뒤 민경에게 들어가도 좋
다는 손짓을 했다. 민경은 고분고분 욕조 안으로 들어갔다.

"팔 이리 줘 봐요."

다시 수건에 비누를 칠한 정숙이 민경을 향해 손을 내밀
었다. 민경은 아무 말 없이 정숙에게 팔을 내밀었다. 민경의
팔에 다시 정성껏 비누질을 하던 정숙이 민경의 손을 꼭 잡
았다. 늘씬한 몸매와 달리 민경의 손은 마디마디마다 굳은
살이 단단히 박여 있었다. 민경의 거친 손을 물끄러미 바라
보던 정숙은 자신도 모르게 혀를 차며 작은 목소리로 중얼
거렸다.

"아휴, 손이 다 망가졌네. 고왔을 텐데."

순간 민경은 가슴이 울컥했다. 자신을 곱게 봐주고, 곱게
어루만져주고, 귀하게 몸을 씻어주는 정숙에 의해 마치 다
시 태어나는 의식을 치루는 것 같았다. 민경은 갑자기 솟는
눈물을 감추기 위해 눈을 깜빡거렸다. 정숙은 갓난아기를

씻기는 것처럼 정성을 다해 민경의 몸 구석구석을 깨끗하게 닦았다. 쪼그린 자세로 앉아 민경을 씻겨주던 정숙이 민경의 다리에 깨끗한 물을 부었다.

“자, 다 됐어요. 이제 물기만 닦으면 돼요.”

몸을 일으키며 말하는 정숙의 얼굴에는 땀이 가득했다. 민경은 땀과 습기로 축축해진 정숙의 얼굴을 보며 다시 눈물이 나려는 것을 간신히 참았다.

욕실을 오가며 심부름을 하던 향숙은 민경이 목욕을 마치자 통통 부은 얼굴을 한 채 마당으로 나왔다. 늘 발랄하던 향숙의 표정이 미묘하게 복잡했다. 향숙은 경산댁이 앉아있는 평상을 향해 터벅터벅 걸어갔다. 안채 마당에 놓인 평상에는 나무 그늘이 드리워져 시원했다. 경산댁은 평상 위에서 곤히 잠이 든 기주에게 부채질을 해주고 있었다.

“이건 사모님이 주시는 기다.”

경산댁은 향숙이 오는지도 모른 채 송이를 향해 인형 하나를 내밀었다. 경산댁과 인형을 멀뚱멀뚱 보던 송이는 경산댁이 가져도 된다는 듯 고개를 끄덕이자 빼앗듯 인형을 잡아채서 품에 안았다. 경산댁은 그런 송이가 귀엽다는 듯 웃으며 짐짓 엄한 표정으로 말했다.

“고맙십니더 해야지.”

하지만 송이는 경산댁이 다시 인형을 가져가나 싶어 가만히 쳐다만 보고 있었다.

"요 요, 쥐콩만 한 게 째리보는 거 바라."

경산댁은 송이를 보며 놀리듯 말하며 웃었다.

"와, 사모님이 직접 씻기 주시는 거르 예? 지는 손이 없나?"

향숙의 볼멘 목소리에 경산댁은 잠시 향숙을 보다가 다시 기주에게 부채질을 하면서 아무렇지 않은 듯 툭 하고 말했다.

"내 기억엔 니 처음 온 날도, 사모님이 씻기 준 거 같은데?"

"그, 그거는 좀 다른 거 아인교?"

경산댁의 말에 향숙은 조금 당황한 듯 말을 더듬었다. 지금 민경에게 했던 것처럼 향숙이 처음 온 날에도 정숙은 정성을 다해 그녀를 씻겨주었다. 경산댁은 그런 향숙을 보며 조용히 말했다.

"사모님 마음은 꼭 같으실 기다."

경산댁의 말에 향숙은 더 이상 투덜대지는 못한 채 송이를 보며 입만 비죽거렸다. 향숙은 갑자기 등장한 민경의 존재가 신경 쓰였다. 민경이 준구의 모델이 되기 위해 왔다는 말에 마음이 영 편치 않았다.

향숙은 4년 전, 자신이 처음 준구의 집에 왔던 날이 떠올랐다. 8남매 사이에서 부대끼며 자란 17살의 향숙은 기가 세고 억척스러우면서도 생기가 넘치는 발랄한 방앗간 집 셋째 딸이었다. 그러던 중 방앗간에 불이 나는 바람에 온 식구가 졸지에 땟거리조차 없는 신세가 되고 말았다. 마을 농부들을 통해 이 사실을 알게 된 정숙은 방앗간을 찾아와 서울에 일자리와 살 수 있는 곳을 알아봐 주겠다고 제안을 했다. 그때 정숙은 몸이 불편한 준구의 시중을 들어줄 사람이 필요하다고 간곡하게 말했다. 정숙의 말이 무슨 뜻인지를 아는 향숙의 아버지는 아무 대답을 못한 채 담배만 피웠다.

"아부지, 지가 갈게예! 사모님 지를 데려가이소!"

그때 문 밖에서 정숙와 아버지의 대화를 듣던 향숙이 방으로 들어오며 손을 번쩍 들었다. 서울에서 온 유명한 조각가이자 포항 갑부집인 준구의 집에서 지낼 수 있다는 생각에 호기심이 동했던 것이다. 복작거리는 형제들 틈에 치이며 사느니 우아하고 세련되어 보이는 정숙을 따라 가서 좋은 옷을 입고 맛난 음식을 먹으며 부잣집에서 지내보고 싶었다.

고향을 떠나본 적이 없던 향숙의 아버지는 난감한 표정을 지었지만, 정숙이 내민 봉투를 보고는 생각이 바뀌었다. 홀랑 타버린 방앗간에 미련이 없어진 향숙의 아버지는 정숙의 말대로 식구들을 모두 데리고 서울로 올라갔다.

향숙은 온 가족이 기차를 타고 서울로 올라갔을 때에도 서운하거나 애틋하기보다는 혼자서 쓸 수 있는 내 방이 생긴다는 기쁨이 더 컸다. 가족들이 모두 서울로 올라간 후, 향숙은 작은 보따리 하나를 들고 경산댁과 함께 준구의 집으로 왔다. 향숙도 민경처럼 처음 준구의 집에 도착했을 때는 밖에서 볼 때보다 훨씬 큰, 고래 등 같아 보이는 집 규모에 놀라 연신 고개를 두리번거렸다. 서재에서 향숙을 맞아 준 정숙은 자신과 어울리는 곳에 있어서였을까 훨씬 품위가 넘쳤다.

준구를 돌보는 일을 할 수 있겠느냐는 정숙의 물음에 향숙은 걱정하지 마시라고 큰소리를 쳤다. 정숙은 적극적인 향숙이 마음에 들었다. 그 후 향숙은 준구의 집에서 살게 되었다. 정숙은 서울에 살고 있는 자신의 가족들에게 부탁해 향숙의 가족을 살뜰하게 챙겨 자리를 잡을 수 있게 도와주었고, 향숙의 동생들은 학교에 보내주기까지 했다. 정숙은 향숙의 가족에게 은인이나 다름이 없었다.

향숙이 준구의 집에 온 첫날 정숙은 긴장을 하여 얌전하게 앉아 있는 향숙을 욕실로 데려갔다 향숙은 정숙이 시키는 대로 옷을 벗고 욕조 안에 들어갔다. 욕조 안에는 따뜻한 물이 채워져 있었다. 향숙은 이게 두슨 일인가 싶어 잔뜩 긴장을 한 채 욕조 안에 앉아 있었다.

"물이 차갑지는 않니?"

손으로 세심하게 온도를 맞추며 욕조 안에 뜨거운 물을 조금씩 섞던 정숙은 물이 다 채워지자 향숙의 목덜미에 따뜻한 물을 부어주면서 물었다.

"괜안십니더."

향숙은 씩씩한 목소리로 대답했다. 향숙의 씩씩한 대답에 정숙은 작게 미소를 지으며 수건에 비누를 칠해 향숙을 정성스럽게 씻겨주었다. 태어나서 처음 받아보는 호사에 향숙은 어리둥절했다. 향숙을 꼼꼼하게 씻긴 후 정숙은 아끼고 아꼈던 말을 어렵게 꺼냈다.

"향숙아."

"야."

"네가 이 집에 온 이유가 정확히 무엇인지 알고 있니?"

향숙은 정숙이 하는 말을 어렴풋이 짐작은 했지만 그것을 말로 표현해 낼 재주가 없어 그저 입을 다물었다. 그러자 정숙은 향숙의 팔을 꼼꼼하게 닦으면서 말했다.

"선생님이 다시금 삶에 대한 의지를 되찾게 하는 게 네 몫이다."

준구의 이야기를 소문으로만 들었던 향숙은 그때서야 정숙이 하는 말을 알아들었다.

"무슨 말인지 알겠니?"

"야."

향숙은 작지만 야무지게 대답했다. 향숙이 대답을 하자 잠시 그녀를 보던 정숙이 물었다.

"남자를 품어 봤느냐?"

단도직입적인 정숙의 물음에 향숙은 고개만 푹 숙였다. 10명의 대 식구가 방앗간에 달린 집에서 살 때 향숙은 틈만 나면 시장을 돌아다녔다. 교복을 입은 잘 생긴 남자들이 지나가면 구경을 가기도 했고, 자신을 향해 수작을 걸어오는 것을 은근히 즐기기도 했다. 덕분에 짝사랑 뿐 아니라 진한 연애를 해본 경험도 몇 번 있었다.

"어찌 품는지는 알고 있지?"

향숙의 반응을 보면서 대답을 짐작한 정숙이 재차 묻자 향숙은 말없이 고개를 끄덕거렸다.

"그래. 한 가지만 명심하면 된다. 선샹님께 다시 삶의 의지를 되찾게 해드려야 한다. 알았지?"

"야……."

향숙은 정숙의 비장하고도 애처로운 얼굴을 보며 고개를 끄덕였다.

그 후 향숙은 정숙의 묵인 하에 준구의 시중을 들었다. 식사 시간이 되면 경산댁이 차려준 밥을 들고 준구가 있는 서재로 갔고, 준구가 목욕을 할 때면 등을 밀어주었고, 굳어진 그의 몸을 정성껏 주무르며 마사지를 하기도 했다. 그러면서 향숙은 자신이 이 큰 집의 작은 마님이 된 것 같은 착각에 빠지기도 했다.

하지만 향숙의 기대와 달리 준구는 그녀를 전혀 여자로 보지 않았다. 혹시나 싶어 정숙이 일부러 집을 비워주기까지 했지만 작정을 하고 품에 안기는 향숙을 털끝하나 건드리지 않았다. 준구를 유혹하는 것이 실패로 끝나자 향숙은 이 집에 계속 있어도 되는지 불안했다. 하지만 돌아온 정숙은 오히려 향숙을 다정히 위로하며 가족들이 있는 서울에 가고 싶으면 서울로 보내주겠다고 했다. 향숙은 눈물을 흘리며 이곳에 계속 있고 싶다고 말했다.

그 후 향숙은 계속해서 준구의 시중을 들며 경산댁과 함께 집안일을 도우면서 함께 지내게 된 것이었다. 향숙은 민경으로 인해 자신의 존재감이나 위치가 애매해지지 않을까 걱정이 되는 한편 정숙의 관심을 받는 그녀에게 질투가 났다.

모든 것이 끝났는데도 아내는
나를 위해 모델을 찾았다고 한다.

준구와의 만남

목욕을 모두 마친 민경은 경산댁과 함께 작업실로 향했
다. 민경이 경산댁과 함께 대문을 나서자 정숙은 초조함에
시계만 바라보았다. 최선을 다해 준비를 했으나 준구가 과연
민경을 모델로 받아들일지는 알 수 없었다. 정숙은 마음속
으로 부디 준구가 민경을 마음에 들어 하기를 기도했다.

"긴장 푸소, 애기 엄마. 금방 익숙해질 기다."

논길을 걸어가던 경산댁은 작업실 근처에 도착하자 민경
을 흘끗 보더니 안심을 하라는 듯 웃어주었다. 아닌 게 아니
라 민경의 얼굴은 긴장으로 얼굴이 잔뜩 굳어져 있었다.

"야."

하지만 침을 꿀꺽 삼킨 뒤 간신히 대답을 하는 민경의 목소리에는 여전히 불안함이 담겨 있었다.

작업실은 강이 보이는 언덕 위에 호젓하게 자리를 잡고 있었다. 민경은 〈김준구 조형연구소〉라는 문패가 붙어 있는 문 앞에서 심호흡을 하고 조심스럽게 문을 열었다.

민경의 생각과 달리 작업실을 텅 비어 있었다. 하얀 광목천으로 덮어놓은 조각상들이 한쪽에 놓여 있었고 조각상 주변에는 다양한 크기의 망치, 끌, 정, 헤라 등 민경이 처음 보는 도구들이 흩어져 있었다. 민경은 마치 사람처럼 무표정한 얼굴로 자신을 보고 있는 조각상들의 시선을 피해 단상 위에 걸터앉았다. 날카롭고 육중해 보이는 도구들을 보고 있자니 으스스한 기분이 들었다.

"아이고……."

민경은 불안한 표정으로 길게 한숨을 내쉬었다. 그때 문이 열리는 소리가 들렸다. 민경은 화들짝 돌라 고개를 돌렸다. 작업실로 들어오는 준구의 모습이 보였다. 얼굴을 보지는 못했지만 온몸 가득 우울한 기운을 뿜어내는 준구의 모습에 민경의 손바닥이 땀으로 축축해졌다. 민경은 행여 실수라도 할까 조심스러운 마음으로 천천히 자리에서 일어났다.

민경의 움직임을 눈치 챈 준구는 걸음을 멈추고 민경을 물끄러미 보았다. 자신을 빤히 보는 시선에 민망함을 느낀 민경은 고개를 돌렸다.

민경에게서 눈을 떼지 않은 채 느릿느릿 걸어 온 준구는 단상 앞 의자에 앉아 본격적으로 민경을 관찰했다. 정숙의 말대로 키가 크고 마른 체격이 모델로 적역이었다. 준구는 얼굴부터 발목에 이르기까지 골고루 시선을 주며 민경의 골격을 찬찬히 살펴보았다. 준구의 시선을 느낀 민경은 꼭 발가벗고 있는 것 같은 기분이 들었다.

"옷을 벗어 봐요."

무표정한 얼굴로 한참 동안 민경을 보던 준구가 마침내 입을 열었다.

"네?"

준구의 말을 듣지 제대로 듣지 못한 민경이 움찔하며 준구를 보았다. 준구는 뭐하고 있냐는 눈으로 민경을 빤히 보고 있었다.

"저, 억수로 죄송한데예. 잘 안 들리거든예⋯⋯."

"옷을 벗어요."

조심스러운 민경의 말이 끝나자마자 준구가 다시 입을 열었다. 그 순간 민경의 머릿속에는 정숙이 보여준 팸플릿에서 보았던 사진들이 떠올랐다. 고민 끝에 마음은 단단히 먹고 왔지만 막상 준구가 보는 앞에서 옷을 벗게 되자 기분이 이상했다.

민경은 귀까지 빨개진 채 떨리는 손으로 블라우스의 단추를 풀기 시작했다. 준구는 민경이 옷을 벗으려고 하자 의자에서 일어나 천천히 다가오기 시작했다. 준구의 움직임을 눈치 챈 민경은 더욱 긴장하여 손이 말을 듣지 않았다. 결국 민경은 마른침을 꿀꺽 삼키며 각오를 했다는 표정으로 등을 돌리고 치마에 손을 넣어 팬티부터 내렸다.

"자, 잠깐"

엉거주춤한 자세로 팬티를 내리려는 순간, 준구의 목소리가 들렸다. 고개를 돌린 민경은 자신이 무엇을 잘못했는지 몰라 민망한 표정으로 멀뚱히 서있기만 했다.

준구는 어이가 없어 눈썹을 찡그렸다. 정숙이 이미 이야기를 했을 텐데도 민경은 민경이 모델로서 무슨 일을 해야 하는지를 전혀 모르고 있었다. 자신의 눈치를 살피는 민경의 표정에 준구는 비로소 그녀가 무슨 생각을 했는지 알아차렸다. 준구는 작게 한숨을 쉬고는 민경을 향해 힘주어 말했다.

"거기 말고."

준구의 단호한 목소리에 민경은 얼른 팬티를 올리며 몸을 일으켰다. 준구는 여전히 등을 돌리고 있는 민경에게 말했다.

"위에서부터. 천천히."

준구의 요구에 민경은 블라우스와 치마 그리고 속옷을 차례대로 벗었다. 준구와 시선이 마주치지 않으니 옷을 벗는 것이 조금 수월했다.

민경의 몸을 가린 옷이 하나씩 사라질 때마다 준구는 더욱 날카로운 눈으로 그녀를 관찰했다. 정숙이 말한 대로 길고 가는 팔 다리에 군살이라고는 찾아 볼 수 없었고 단단한 근육이 가느다란 골격과 잘 어우러져 있었다. 준구의 시선은 가는 발목과 미끈한 허벅지를 넘어 점점 위로 올라갔다. 탄력 있게 올라붙어 있는 엉덩이 위로 잘록한 허리가 눈에 들어왔다. 적당히 드러난 날개 뼈와 등뼈는 민경이 움직일 때마다 햇살을 받아 환하게 빛났다.

정숙의 말대로 조각 모델을 하기에 좋은, 아름다운 몸이었다. 어느새 조각가의 눈으로 돌아온 준구는 민경의 몸에서 눈을 떼지 않은 채 다시 입을 열었다.

"뒤로 돌아봐요."

준구의 말에 민경은 올 것이 왔구나 하는 심정으로 심호흡을 한 뒤 천천히 몸을 돌렸다. 실오라기 하나 걸치지 않은 민경은 차마 고개를 들지 못한 채 한 손으로 가슴을, 한 손으로 아래를 가렸다. 하지만 준구의 요구는 가차 없이 이어졌다.

"손 내리고 고개는 들어요."

창문으로 쏟아져 들어오는 환한 햇볕을 받은 민경의 피부가 하얗게 빛났다. 쭈뼛쭈뼛 손을 내리자 검붉은 젖꼭지와 까맣고 두툼한 음모가 드러났다.

민경의 몸 구석구석을 관찰하는 준구의 눈빛이 더할 나위 없이 신중했다. 환한 대낮에 외간 남자 앞에서 발가벗은 온 몸을 적나라하게 보여주고 있다는 생각에 민경은 두려움과 불안함에 부들부들 떨었다. 이 정도면 되었나 싶어 준구를 보자 단호한 목소리가 이어졌다.

"난 보지 말고."

민경은 이미 발가벗은 자신을 다시 한 번 발가벗기는 것 같은 준구의 냉정한 눈빛을 차마 보지 못한 채 눈을 질끈 감으며 고개를 돌렸다.

준구는 차분한 목소리로 민경을 향해 계속 주문했다.

"옆으로 돌아봐요."

민경이 눈을 감은 채 몸을 돌리자 준구가 재빨리 제지했다.

"아니, 반대로."

민경은 반대방향으로 몸을 돌렸다.

"그 상태에서 팔을 올려 봐요."

계속되는 준구의 요구에 민경은 천천히 오른쪽 팔을 위로 올렸다. 하지만 준구는 답답하다는 듯 말했다.

"양팔 다 위로."

민경은 자신이 준구의 모델 일을 제대로 하지 못하는 것 같아 얼른 양팔을 위로 올렸다.

"더. 더. 더 높이."

민경이 있는 힘을 다해 팔을 번쩍 올리자 겨드랑이에 가득 새까만 체모가 모습을 드러냈다. 동시에 풍만한 젖가슴이 앙팡지게 딸려 올라갔다.

"다리를 앞뒤로 조금 벌리고, 몸을 뒤로 젖혀요."

준구의 새로운 요구에 민경은 자세를 바꾸고 허리를 뒤로 젖혔다.

"더. 더. 더!"

민경은 있은 힘들 다해 몸을 뒤로 젖혔다. 확 젖혀진 고개를 따라 목선이 길게 늘어나며 민경의 상체가 활처럼 둥근 곡선을 그렸다. 뒤로 젖혀진 상체의 무게를 지탱해내느라 허리에 팽팽한 힘이 실렸다. 힘이 꽉 들어찬 허리와 엉덩이, 허벅지와 장딴지의 근육들이 유려한 선을 만들어내고 있었다. 반대로 힘이 들어가지 않은 손가락들은 죽 뻗은 팔 아래 늘어뜨려진 채 바닥에 닿을 듯 말 듯 꽃처럼 펼쳐졌다.

준구는 의미심장한 눈으로 민경과 민경의 자세가 빚어낸 몸의 곡선과 근육들을 꼼꼼하게 살폈다. 기대하지 않았던 것과 달리 민경은 정숙의 말대로 모델로서 괜찮은 몸을 가지고 있었다. 준구에게서 별 다른 말이 없자 민경은 식은땀을 흘리며 자세를 유지하느라 안간힘을 썼다. 민경의 등에는 송골송골 땀이 맺히기 시작했고 급기가 다리가 부들부들 떨려왔다.

"됐어."

민경의 육체가 한계에 도달할 무렵 드디어 준구의 입이 떨어졌다. 자세를 풀어도 된다는 준구의 말에 민경은 몸을 일으키며 숨을 몰아쉬었다. 막연하게 조각상의 모델이라 하면 그저 가만히 서 있기만 하면 되는 줄 알았던 민경은 생각보다 고된 일이라고 생각하며 땀을 닦았다. 민경의 거친 숨이 잦아들자마자 준구는 다시 새로운 자세를 요구했다.

"이제 바닥에 앉고."

어느새 진지해진 민경의 얼굴에는 땀이 맺혔다. 눈을 감은 채 준구의 지시에 따라 다시 온몸에 잔뜩 힘을 준 채 더듬더듬 앉기 시작했다.

"눈은 떠도 돼, 날 보지는 말고."

민경의 어설픈 자세가 답답한 나머지 준구가 입을 열었다. 준구의 목소리에 놀란 민경은 순간 균형을 잃고 바닥에 털썩 주저앉고 말았다. 민망한 모습을 보인 것에 당황한 민경은 얼른 무릎을 꿇고 앉아 준구의 다음 지시를 기다렸다.

준구는 마치 벌을 받는 아이처럼 무릎을 꿇은 민경을 보며 머릿속으로 떠오르는 자세를 요구했다.

"한쪽 무릎을 세우고, 그렇지. 그대로 옆으로 돌아서. 그 자세에서 손으로 무릎을 감싸고 웅크려봐."

민경은 준구가 시키는 대로 자세를 잡았다.

"더 꽉!"

양 팔로 무릎을 감싼 자세로 웅크려 앉아 있던 민경은 이게 맞느냐는 표정으로 준구를 보았다. 하지만 준구는 어딘가 마음에 들지 않는다는 듯 미간에 주름을 세운 채 고개를 갸웃거리며 잠시 생각을 하더니 다시 입을 열었다.

"지금 누가 때리고 있어. 맞고 있다고 생각해봐. 맞고 있는 중이야. 아주 많이 무섭고 아프고 슬퍼."

준구의 말을 들은 민경은 매를 피하듯이 자연스럽게 손바닥으로 머리를 감쌌다. 민경의 자세를 본 준구의 얼굴이 다시 밝아졌다.

"그렇지! 바로 그거야!"

민경이 자신이 말한 자세를 이해한 것처럼 보이자 준구가 계속해서 말을 이었다.

"그래. 계속해. 맞고 있는 거야 지금. 그래서 기분이 안 좋아. 나빠. 슬프고 우울해. 많이 아파."

쉴 새 없이 이어지는 준구의 주문에 맞춰 민경은 마치 진짜 맞고 있는 사람처럼 몸을 잔뜩 웅크리고는 바르르 떨었다. 즉흥적으로 요구를 한 것임에도 불구하고 자신의 의도를 정확하게 이해한 후 포즈를 취한 민경을 보며 준구는 제법이라는 표정을 지었다. 웅크린 민경에게 다가와 천천히 한 바퀴를 돌면서 그녀를 보던 준구의 얼굴에 만족스러운 기색이 떠올랐다.

민경이 작업실로 간 뒤 혹시 준구에게 모델로써 퇴짜를 맞고 금방 돌아오는 게 아닌가 싶어 초조하게 거실을 서성이던 정숙은 오후가 돼서야 민경이 돌아오자 안도했다. 일단 합격이구나 싶은 마음에 정숙은 민경을 향해 미소를 지었다.

민경은 얼른 인사를 꾸벅한 뒤 송이와 기주를 데리고 집을 나왔다. 준구의 집을 드나드는 것 자체가 아직은 어색했다. 경산댁이 준 인형을 손에 꼭 쥔 송이는 무표정한 얼굴로 엄마를 뒤따랐다.

한편 준구는 민경이 가고 난 후 저녁이 되어서야 지친 얼굴로 돌아왔다. 준구의 얼굴을 본 정숙은 얼른 향숙을 불렀다. 정숙이 시킨 대로 따뜻한 물을 준비해 둔 향숙은 부지런히 욕실로 더운 물을 날랐다. 준구가 욕조에 들어가자 향숙은 준구의 팔과 어깨를 정성껏 주물러주었다.

준구는 목욕을 마치자마자 잠이 들었다. 정숙은 곤히 잠든 준구의 얼굴을 보며 작게 미소를 지었다. 준구가 이처럼 푹 잠이 든 모습을 본 것이 얼마만인지 몰랐다.

다음 날 아침 일찍 준구가 산책을 나가는 모습을 지켜보던 정숙의 눈가가 살짝 붉어졌다. 민경이 작업을 향한 준구의 의지를 깨워준 것이 분명했다. 정숙은 자신의 제안을 거절하지 않고 와준 민경이 너무나 고마웠다.

나쁜 남자, 근수

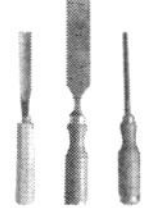

낮이라 그런지 대폿집에는 손님이 한 명도 없었다. 테이블 대여섯 개가 전부인 자그마한 술집이었다. 여주인은 이런 상황이 익숙한 듯 트랜지스터라디오를 켜 놓은 채 꾸벅꾸벅 졸고 있었고 라디오에서 흘러나오는 아나운서의 목소리가 개미 한 마리 없이 조용한 가게 안을 채우고 있었다.

"화랑무공훈장을 받은 병사들이 무개차에 나란히 서서 시민들을 향해 손을 흔들고 있습니다. 대한민국 육군의 용맹함을 멀리 월남 땅에서……."

목발을 짚은 채 가게로 들어오던 한 젊은 남자는 라디오에서 나오는 소리를 듣자 얼굴이 확 일그러졌다. 월남전에 참전했다가 상이용사가 되어 돌아온 근수였다.

"월남에 주둔 중인 미 해병 더글라스 대장이 우리 박정희 대통령 각하께 보낸 편지에서도 백마부대의 용맹함을 칭송하는……."

절뚝거리며 걸어가서 라디오를 확 꺼버린 근수는 발로 차서 꺼낸 의자에 앉자마자 목발을 던지듯 세워놓으며 욕설을 퍼부었다.

"미친놈들, 용맹은 지랄. 몇 명이나 처죽어 자빠지는지, 몇 명이나 병신 되는지는 한 번도 얘기를 안 해. 미친놈들!"

화들짝 놀라 잠에서 깬 여주인은 얼른 침을 닦다가 근수를 보더니 인상을 확 찌푸렸다.

"술 좀 주소."

"니 줄 술 없다."

"에이 씨."

근수는 자신을 노려보는 여주인을 향해 눈을 부라리며 소리를 질렀다. 여주인은 근수의 행동이 익숙한 듯 팔짱을 긴 채 무시하다가 갑자기 생각이 난 듯 물었다.

"근수 니도 훈장 받았재?"

"잘난 훈장은 무슨. 갑자기 그 얘긴 갈라꼬 꺼내능교?"

열이 잔뜩 받은 얼굴로 담배를 물던 근수가 퉁명스럽게 되묻자 여주인은 기다렸다는 듯 입을 열었다.

"니는 나라에서 보조금 얼매나 나오노?"

"보조금은 개뿔, 입에 풀칠이나 하면 다행이구로."

"송이 어매한테도 죽은 맹섭이 보조금도 나올 거 아이가? 근데 니 와 외상값 안 주는긴데?"

"아, 주믄 될 거 아인교! 주믄!"

근수의 얼굴이 험악해지자 여주인은 코웃음을 치며 고개를 흔들었다.

"아이고 말은 문디."

그때 한 무리의 남자들이 가게로 들어왔다. 근수의 도박 친구들이었다.

"어, 근수 아이가?"

나이가 조금 들어 보이는 남자가 근수를 보고 아는 척을 했다.

"니 요즘 통 안 보이데?"

근수는 자신이 앉은 테이블로 다가와 앉는 친구들을 보며 시큰둥하게 아는 척을 했다.

"꼴 보니께 어데 가가 또 홀라당 날려부구마."

"시끄럽다 고마. 쫌!"

염장을 지르듯 비꼬는 여주인을 향해 근수가 발끈하자 친구들은 그만 하라는 듯 얼른 근수를 말렸다.

"야, 고마해라!"

"니 또 털렀나? 아이고 문디."

얍삽한 얼굴에 깐족거리는 말투를 지닌 남자가 낄낄거리자 근수는 인상을 팍 쓰며 소리를 질렀다.

"치아라!"

몸이 성치 않으니 일을 할 수도 없어 어영부영 시간만 보내다가 시작하게 된 도박이었다. 처음에는 몇 푼씩 따는 쏠쏠한 맛도 있고 비슷한 신세인 친구들을 만나 서로 신세한탄을 하며 술을 마시는 재미도 있었다.

하지만 술을 마시다보니 어느새 전둔 꾼들이 하나둘 옆에 붙기 시작했고 본전만 찾자는 생각으로 판에 끼었을 때는 이미 중독이 되어버린 후였다. 매달 보조금이 나오는 날을 기다렸다가 돈을 손에 쥐자마자 며칠씩 도박판을 따라다니는 것이 어느새 근수의 일상이 되었다.

때때로 이기기도 했지만 성질이 급하고 귀가 얇은 근수는 주위 꼬드김에 넘어가 결국 돈을 모두 잃은 후에야 터덜터덜 포항으로 돌아오곤 했다. 그러다보니 본전을 찾기는커녕 홧김에 마신 외상술값만 점점 늘어가고 있었다.

이날도 며칠 만에 포항으로 돌아온 근수는 친구들과 어울려 술을 마셨다. 낮부터 시작된 술자리는 밤이 늦을 때까지 이어졌다. 거나하게 술이 오른 근수는 오늘도 술값을 외상으로 달아놓은 채 욕지거리를 퍼붓는 여주인을 뒤로하고 민경이 있는 집으로 향했다.

"야, 야."

부엌 벽에 기대서 쪽잠을 자던 민경은 거걸거리는 근수의 목소리가 들리자 조용히 몸을 일으켰다. 그리고 송이와 기주가 자고 있는 모기장 안으로 들어가 얼른 자는 척을 했다.

"야! 자냐? 일어나!"

민경이 몸을 눕히기가 무섭게 근수가 방문을 거칠게 열었다. 순간 술과 담배 냄새가 확 밀려들었다. 이미 술에 취해 눈이 풀린 근수는 아이들과 함께 모기장 안에 누워 있는 민경을 보더니 슬쩍 모기장을 제쳤다. 잠시 후 모기장 안으로 들어온 근수의 목발이 민경의 치마를 들춰냈다. 매끈하게 드러난 허벅지 위쪽으로 팬티가 보이자 근수는 비릿한 미소를 지었다.

민경은 부디 아무 일도 없이 이 시간이 무사히 지나가기만을 바라며 숨을 죽인 채 눈을 질끈 감으며 기주를 품에 끌어안았다. 기주는 잠결에 민경의 품을 파고들었다. 그 모습을 본 근수는 차마 더 이상 민경을 어쩌지 못한 채 목발을 빼고는 작게 욕설을 내뱉었다.

"에이 씨. 이런 개 같은 년. 지 서방이 왔는데 일어나 보지도 않고."

방바닥에 벌렁 드러누운 근수는 혼자 씨근덕거리더니 어

느새 잠이 들었다. 근수의 숨소리가 잦아지자 민경은 안도의 표정으로 막막하게 치마를 내렸다. 기주와 송이를 생각하며 억척스러워진 민경이었지만 근수의 폭력 앞에서는 속수무책이었다. 근수가 술에 취해 집에 들어오는 날이면 민경은 두들겨 맞거나 아님 오늘처럼 숨을 죽인 채 두려움을 삭혀야 했다. 근수를 처음 보던 날을 생각하자 민경의 눈에 뿌옇게 눈물이 차올랐다. 민경은 행여 근수가 깰까 무서워 소리를 죽이며 울음을 삼켰다.

전쟁 통에 부모와 형제를 모두 잃고 떠돌던 민경은 몇 년이 지나서야 겨우 고향에 돌아왔다. 갈 곳이 없어 고향에 돌아오긴 했지만 먹고살기 힘든 것은 마찬가지였다. 부쳐 먹을 밭 한 떼기조차 없었던 민경은 다 쓰러져가는 집에 들어가 살면서 동냥도 하고 남의 집 허드렛일도 해주며 근근이 하루하루를 살아냈다.

명섭은 그렇게 아무 희망도 없던 민경에게 찾아온 사랑이었다. 민경과 마찬가지로 전쟁고아였던 명섭은 날품팔이를 하며 번 돈을 모아 민경에게 국밥을 사주며 청혼을 했다. 의지할 곳이 없었던 두 사람은 서로에게 기대며 하루하루를 살았다. 명섭은 시간이 날 때마다 부지런히 민경이 살고 있는 다 쓰러져가는 집을 손보았고, 민경은 허드렛일을 하며 조금씩 모은 돈으로 풍로며 그릇 같은 살림살이를 하나씩

장만했다. 사무치게 외로웠던 민경과 명섭은 가난하지만 서로가 있다는 것만으로 행복했다.

그러는 동안 송이가 태어났다. 입이 하나 더 늘었다는 것은 명섭과 민경이 더 열심히 일을 해야 한다는 것을 의미했다. 하지만 가진 것도 배운 것도 없는 두 사람이 할 수 있는 일이라곤 날품팔이와 허드렛일 밖에 없었다. 그러던 중 월남에 군인으로 가면 돈이 나온다는 소식이 들려오자 명섭은 곧바로 자원을 했다. 그때 민경의 뱃속에는 기주가 있었다.

민경은 명섭이 또 다시 전쟁을 하러 가겠다는 말에 눈물을 흘렸지만, 명섭은 돈 많이 벌어서 돌아오겠다는 말을 남긴 채 떠났다. 민경은 송이를 등에 업은 채 명섭을 배웅했다. 떠나기 전, 민경은 명섭에게 뱃속에 아이가 있다는 것을 알려주었다. 명섭은 아직 납작한 민경의 배를 어루만지며 이번엔 꼭 고추달린 사내자식일 것 같다며 웃었다. 두 아이를 키우려면 베트콩을 많이 잡아야겠다는 명섭에게 민경은 살아서만 돌아오라고 당부했다.

명섭이 월남으로 가고 난 뒤 민경은 돈을 최대한 아껴 쓰면서 차곡차곡 모았다. 차츰 불러오는 배를 보면서 나중에 명섭이 돌아오면 작은 국밥집이라도 낼 계획을 세우기도 했다. 하지만 그녀의 바람과 달리 명섭이 월남으로 떠난 지 반년 만에 민경은 남편의 전사통지서를 받았다. 믿을 수가 없었다. 두 눈으로 확인한 것도 아닌데 고작 하얀 종이 쪼가리만 보고 명섭이 죽었다는 것을 받아들일 수가 없었다.

명섭의 전사통지서가 날아온 지 한 달쯤 지났을 무렵 만삭이 된 민경 앞에 근수가 나타났다. 명섭과 같은 부대에 있었다는 근수는 명섭의 유품과 훈장을 들고 있었다.

"누구십니꺼?"

"이민경 씨 되십니꺼?"

"그란데예?"

"안녕하십니꺼, 형수님."

깔끔하게 군복을 입은 근수가 목발을 짚은 채 민경을 향해 고개를 꾸벅 숙였다. 민경은 덩달아 어색하게 고개를 숙였다. 근수는 손에 들고 있던 작은 상자를 민경에게 주면서 말했다.

"맹섭이 형님 유품하고 훈장입니더."

얼떨떨한 얼굴로 근수가 건네주는 상자를 받은 민경은 정신이 나간 사람처럼 상자를 열었다. 안에는 훈장과 함께 남편의 손때가 묻은 물건들이 담겨 있었다.

"흐흐흑."

명섭이 세상을 떠났다는 것을 눈으로 확인한 민경은 불러온 배를 감싸 안은 채 주저앉아 눈물만 흘렸다. 근수는 민경을 달래듯 씩씩한 목소리로 말했다.

"맹섭 형님하고는 같은 부대에 있었심더. 형 동생 같이 지냈지예. 형수님하고 송이 이야기는 억수로 많이 들었심더.

82

돌아가실 때도 지보고 형수님하고 조카를 잘 돌봐주라꼬, 눈 감으면서 부탁하셨심더."

"참말로 고맙심더."

한참을 흐느끼던 민경이 간신히 입을 열었다.

근수는 눈물 젖은 얼굴을 한 민경을 빤히 바라보았다. 살아서 돌아왔다는 안도감 때문인지 울고 있는 민경을 안고 싶은 욕망이 스멀스멀 치밀었다.

"그럼 지는 이만 가보겠심더."

하지만 더 이상 할 말도 볼 일도 없었던 근수는 일단 인사를 한 뒤 절룩거리며 돌아갔다. 근수는 어떻게든 수를 써서 오늘 민경을 안겠다고 다짐을 했다.

근수가 돌아간 뒤 민경은 방으로 들어가 명섭의 유품을 어루만졌다. 잠이 든 송이와 자신의 부른 배를 보고 있자니 더욱 슬픔이 밀려왔다. 명섭의 얼굴조차 보지 못한 채 태어나게 될 뱃속의 아이를 생각하자 눈물이 흘렀다.

"흐윽."

외로운 것이 너무 싫어서 가난해도 자식들만큼은 엄마 아빠가 있게 해주고 싶었다. 든든한 남편인 명섭과 함께 있을 땐 입에 풀칠이라도 못할까 하는 용기가 솟았었다. 하지만 명섭의 유공훈장과 유품을 보자 세상 천지어 또 다시 홀로 버려졌다는 외로움과 이제 명섭 없이 두 아이들과 이 세상을 살아가야 한다는 막막함과 두려움에 온몸이 떨렸다. 그렇게 민경은 하염없이 눈물을 흘리다가 까무룩 잠이 들었다.

"저기……."

깜빡 잠이 들었던 민경은 마당에서 사람 소리가 들리자 눈을 떴다.

"저기……."

근수의 목소리였다. 무슨 일인가 싶어 문을 열자 마당에 근수가 서 있었다. 방 안에 앉은 채 문만 연 민경은 의아한 눈으로 물었다.

"우찌 또 왔십니꺼?"

"그기 막차를 놓쳐가 못 탔네예. 읍내 여인숙엔 방도 읎고."

근수는 난처한 표정으로 머리를 긁적이며 머뭇머뭇 말했다.

"이를 우야노. 우리도 방이 하나뿐이라."

막차를 놓쳤다는 말에 민경의 얼굴에 어쩌나 하는 표정이 떠오르자 근수는 재빨리 기다렸다는 듯 술술 대답을 했다.

"부엌에서 잠시 눈만 붙이고 새벽 첫차 시간 맞춰 나가겠습니더. 형수님이 허락만 하시면."

대답을 기다리며 마당에 버티고 서 있는 근수를 보며 이러지도 저러지도 못한 채 망설이던 민경은 명섭이 유품을 가져다 준 사람이고, 임신을 한 자신에게 설마 무슨 짓을 할까 싶은 생각에 결국 근수를 집에 들였다.

"그라믄 나는 부엌에 있을 테니께 방에서 쪼까 눈만 붙이쇼."

"그라믄 쪼까 신세 좀 지겠습니다. 형수님."

민경의 말이 끝나자마자 근수는 절룩거리며 방으로 들어왔다. 근수에게 방과 이부자리를 내어준 민경은 좁은 부엌 바닥에 돗자리를 깔고 누웠다. 통 잠을 이루지 못하던 민경은 새벽 무렵 설핏 잠이 들었다.

한편 송이와 함께 방 안에 누워있던 근수는 말똥거리는 눈으로 시간이 지나기만을 기다렸다. 쌔근쌔근 자는 송이를 보던 근수는 이윽고 민경도 이쯤이면 잠이 들었다는 확신이 들자 슬며시 방문을 열고 조심스럽게 부엌으로 기어나갔다.

민경은 한 손은 배에 올린 채 옆으로 누워서 잠이 들어 있었다. 민경의 풍만한 가슴을 본 근수의 표정이 확 바뀌었다. 근수는 다짜고짜 손을 쑥 넣어 민경의 가슴을 움켜쥐었다.

깜짝 놀란 민경이 눈을 번쩍 뜨자 근수는 가슴을 주무르던 손으로 입을 틀어막으며 다른 손을 치마에 집어넣었다. 기겁을 한 민경이 몸부림을 치며 결사적으로 반항을 했으나 근수의 완력에 눌려 비명조차 지를 수가 없었다.

민경이 버둥거릴수록 근수는 점점 더 흥분을 했다. 숨을 가쁘게 몰아쉰 근수는 민경의 팬티를 내리며 거칠게 속삭였다.

"맹섭이 행님이 부탁했다 안 하능교."

그날 이후 근수는 마치 자신이 남편이라도 되는 냥 당당하게 민경의 집에 눌러 앉았다. 송이는 갑자기 같이 살기 시작한 근수를 경계의 눈으로 보면서 피했다. 민경은 그런 송이를 볼 때마다 마음이 아팠지만 아이들을 데리고 도망갈 곳조차 없었다. 게다가 명섭과 함께 간신히 자리를 잡은 집을 떠나 다른 곳에 가서 살 엄두도 나지 않았다.

민경에게 일가친척이 없다는 것을 안 근수는 점점 더 뻔뻔하게 변해갔다. 근수는 민경이 자신을 내쫓거나 무시하지 못하도록 툭 하면 큰소리를 치며 폭력을 휘둘렀다. 처음 한두 번은 자신을 피하는 민경에게 화가 나서 손찌검을 했지만 술과 도박에 빠져들면서 점차 습관이 되었다. 민경은 근수가 욕을 하던 돈을 뜯어내던 외상을 지고 다니던 두들겨 패던 그저 참을 줄 밖에 몰랐다.

민경은 홀로 생활을 책임지며 근수가 진 도박 빚과 외상값까지 갚아야 하는 처지가 되었다. 하지만 근수는 민경이 힘들게 벌어온 생활비조차 뺏어가는 일이 잦았다. 이것이 반복되다보니 민경은 언제부터인가 폭력에 익숙해져갔다. 민경이 악다구니를 쓰며 대들었던 것은 근수의 폭력이 아이들을 향할 때뿐이었다. 속으로 움찔했던 근수는 아이들에게는 손을 대지 않았고, 그 대신 민경을 때리는 것으로 화를 풀었다. 민경의 맞는 모습에 익숙해진 송이는 근수가 있을 때면 아예 기주를 데리고 부엌으로 몸을 피하곤 했다.

근수가 도박을 하느라 집에 들어오지 않을 때면 민경은 한시름을 놓았고 송이도 얼굴이 밝았다. 하지만 며칠 집을 비웠다 싶으면 어김없이 술에 잔뜩 취한 채 돌아오곤 했다. 민경은 술에 취해 게걸거리는 근수의 목소리를 멀리서만 들려도 가슴이 울렁거렸다. 하지만 언제 끝날지 언제 다시 시작될지 알 수 없는 근수의 폭력을 해결하거나 맞설 수 있는 방안은 없었다.

근수가 잠이 든 것을 확인한 민경은 숨죽여 한숨을 내신 뒤 눈을 감으며 억지로 잠을 청했다. 매를 맞을 때 맞더라도 기운이 있으려면 일단 잠을 자야 했다. 긴장이 풀린 민경은 어느새 잠에 빠져들었다.

다음 날 아침, 민경은 좁은 부엌에서 땀을 흘려가며 부지런히 국을 끓이고 음식을 만들었다. 송이는 민경이 담아준 반찬을 방 안에 놓인 상으로 날랐다. 방 안에는 잠에 취한 근수가 음식 냄새를 맡은 듯 코를 씰룩거리고 있었다. 이윽고 반쯤 감긴 눈으로 부스스하게 누워 있던 근수는 하얀 쌀밥에 오이지며 장아찌 같은 밑반찬이 차려진 밥상을 보고는 입이 찢어져라 하품을 하며 천천히 몸을 일으켰다.

"이기 뭔 냄새고?"

"소고기국입니더."

반찬을 상에 놓으려던 송이는 근수가 깬 것을 보고는 두려운 얼굴로 근수의 눈치를 살폈다. 민경은 송이에게 얼른 나오라고 손짓을 하며 대답했다. 오랜만에 보는 하얀 쌀밥에 구수한 소고기국 냄새를 맡으며 근수는 이상하다는 표정으로 물었다.

"쌀밥에 고기. 뭔 돈으로 고기를 다 샀노?"

"저 우에 서울에서 내려온 교수님 댁 안 있습니까?"

"풍인가 맞았다카는?"

"아픈 건 맞는데 풍은 아니라 카데예. 우쨌든 그 집에서 허드렛일을 하기로 했심더."

"근데, 돈은 미리 받았나?"

근수는 민경의 말에 대답을 하며 방 안 구석구석을 재빨리 살폈다. 근수의 물음에 고분고분 대답을 하던 민경은 이상한 느낌에 풍로에서 파전을 부치다 말고 방 안으로 뛰어들어왔다. 하지만 이미 서랍들은 문이 활짝 열려 있었고 근수의 손에는 봉투가 들려 있었다. 정숙에게서 받은 오천 원이 그대로 담겨 있는 봉투였다.

"안 됩니더. 밀린 집세도 내야 되고예, 당신 외상값도 갚아야 될 거 아인교!"

"이기 시발. 빠따라시 아이가. 뭐시 이리 많노?"

민경을 뿌리치고 봉투를 열어 액수를 확인한 근수의 눈이 휘둥그레졌다. 민경은 기겁을 하며 다급히 근수에게 매달렸으나 이미 돈을 본 근수는 죽일 듯한 눈으로 노려보았다. 겁에 질린 민경은 울먹이며 근수에게 애원했다.

"그건 안 됩니더."

"저리 안 가나?"

민경이 매달리자 근수는 손부터 휘둘렀다. 근수의 손이 민경의 얼굴을 강타했다.

짝!

눈에서 불이 번쩍 하는 순간 민경은 방 한구석으로 나가 떨어졌다. 입술이 터졌는지 찝찔한 피가 입 안으로 들어왔다. 모기장 안에서 곤히 잠을 자던 기주는 갑작스런 소란에 놀라 울음을 터트렸다.

"개 같은 년이 돈을 숨키고 지랄이고."

근수는 돈을 품에 쑤셔 넣으며 쓰러진 민경을 향해 눈을 부라렸다. 그리고는 민경이 일어날 틈을 주지 않은 채 목발을 챙겨 나가버렸다. 민경은 부어오른 뺨을 감싸 안으며 황망한 얼굴로 도박판으로 가는 것이 분명한 근수의 뒷모습을 마냥 바라보았다.

숨을 죽인 채 부엌에 있던 송이는 근수가 사라진 후에야 방으로 들어왔다. 무서움을 간신히 참고 엄마를 찾는 송이를 보며 민경의 눈에서는 그제야 눈물 한 방울이 흘렀다. 자지러지게 우는 기주를 품에 안고 달래며 민경은 서글픔과 막막함에 차오르는 눈물을 소리 없이 훔쳤다.

달라진 두 사람

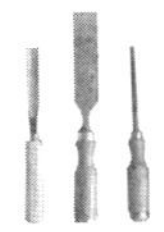

　민경을 만난 준구의 일상에는 작은 변화가 생겼다. 무력감에 빠져 있던 준구의 마음에 다시 작품에 대한 의욕이 샘솟기 시작했다. 처음이라 미숙하긴 했지만 모델로써 민경은 나쁘지 않았다. 준구는 오랜만에 느껴보는 의욕이 반가웠다. 하지만 작품을 다시 시작하려면 굳어 있던 몸부터 만드는 것이 우선이었다.

　아침 일찍 밥과 약을 챙겨 먹은 준구는 헐렁한 린넨 자켓을 걸치고는 집 밖으로 나왔다. 오랜만에 외출이라 어색하기도 하고 부축해주는 사람 없이 지팡이에 의지해 혼자 걷는 것이 힘에 겨웠지만 몸에 느껴지는 고통이 반갑기도 했다.

아프다는 것은 아직 감각이 있다는 뜻이었다.

준구는 돌다리 길을 넘어 푸른 벼가 끝없이 펼쳐진 넓은 평야 사이로 난 한적한 농로를 한 걸음 한 걸음 신중하게 걸었다. 반가운 통증으로 근육이 욱신거릴 때마다 힘이 들면서도 기분이 좋았다. 준구의 얼굴에 점차 화색이 돌았다.

일찍부터 논에 나와 구슬땀을 흘리며 풀을 뽑던 농부 중 한 명이 몸을 일으켜 뻐근한 허리를 펴다가 준구를 발견하고는 눈이 동그래졌다. 몇 달째 통 집 밖으로 나오지 않았던 준구가 아침부터 혼자 논길을 걷고 있다는 것이 믿기지 않았다.

농부는 자신의 눈을 믿을 수 없는 듯 옆에서 작업을 하던 농부를 툭 쳤다. 무슨 일이냐는 듯 몸을 일으킨 또 다른 농부도 아무 말 없이 손으로 준구의 도습을 가리켰다. 너른 평야 사이사이로 그들처럼 작업을 하던 농부들이 일손을 멈춘 채 준구를 보고 있었다.

농부들의 시선을 받으며 강가를 지나 작업실에 도착한 준구는 자켓을 벗고 곧바로 스케치북을 열고 목탄을 집었다. 오그라든 손에 목탄을 쥔 준구는 잠시 심호흡을 한 뒤 스케치북에 선을 긋기 시작했다.

"으!"

하지만 무기력에 익숙해졌던 몸이 말을 듣지 않았다. 생각보다 훨씬 뻣뻣한 손 때문에 단순한 선긋기조차 마음대로 되지 않았다. 이를 악물고 스케치북에 계속 선을 긋는 준구의 이마에서 식은땀이 흘렀다.

뚝!

스케치북 위에서 버티던 목탄이 준구의 힘을 견디지 못한 채 부러졌다. 준구는 부러진 목탄에 눌려 까맣게 얼룩이 진 스케치북을 보며 한숨을 쉬었다. 어제 모델을 서겠다며 온 민경을 본 후 준구는 다시 조각가로써의 욕망이 생기기 시작했지만 한동안 방치하듯 팽개쳐 둔 몸은 의지와 상관없이 말을 듣지 않았다. 준구는 스케치를 하고 조각을 할 수 있을 만큼 회복하려면 시간이 얼마나 걸릴지 가늠하며 반으로 쪼개진 목탄을 다시 손에 쥐었다.

기주를 업은 민경이 송이의 손을 잡고 준구의 집에 도착하자 경산댁은 환하게 웃으며 민경에게서 기주를 받아 안았다.

"사모님이 작업실 가기 전에 잠깐 보시자칸다."

민경은 경산댁의 말에 신발을 벗고 얼른 거실로 올라갔다. 송이는 어느새 준구의 집이 편해진 듯 마당을 뛰어다니며 놀았다.

"왔어요?"

정숙은 민경을 보자 얼굴 가득 미소를 지었다.

아침 일찍 산책을 다녀온 준구가 작업실로 향하는 모습을 본 정숙은 안도했다. 혹시 괜한 짓을 했다는 핀잔을 듣지 않을까 전전긍긍했던 정숙은 준구의 달라진 모습이 너무가 기뻤다. 준구가 다시 작업실로 나갔다는 것은 민경이 모델로 합격점을 받았다는 것을 의미했다. 하지만 민경이 합격을 했다면 넘어야 할 산이 하나 더 있었다.

정숙은 민경을 데리고 욕실로 갔다. 민경은 또 목욕을 하는가 싶어 옷을 벗고 정숙의 다음 행동을 기다렸다. 정숙은 민경에게 팔을 들게 한 뒤 그녀의 겨드랑이에 비누거품을 충분히 묻혔다. 간지러우면서도 긴장이 된 민경은 정숙이 하는 것을 보고만 있었다.

이윽고 정숙은 면도칼로 민경의 겨드랑이 털을 밀기 시작했다. 민경은 사각사각하는 소리와 함께 사라지는 겨드랑이 털을 차마 보지 못한 채 얼굴을 돌렸다.

"모델이 됐다는 의식 중 하나예요."

정숙은 행여 실수라도 있을까 정성을 다해 민경의 겨드랑이를 밀어주면서 안심하라는 듯 말했다. 쑥스러움에 얼굴을 푹 숙인 민경은 알았다는 듯 고개를 작게 끄덕였다. 민경의 겨드랑이가 매끈해졌다. 정숙은 물수건으로 남은 거품을 꼼꼼하게 닦아낸 뒤 다른 쪽 겨드랑이에 비누거품을 묻히며 민경을 향해 다정하게 말했다.

"불편해하지 해지 말구, 잘 부탁해요."

"아입니다. 열심히 해 볼께예."

진심이 가득 담긴 정숙의 시선을 느낀 민경은 수줍은 목소리로 대답했다.

민경은 매끈해진 겨드랑이가 낯설었지만 한편으로는 진짜 모델이 된 것 같은 기분이 들기도 했다. 겨드랑이 제모를 마친 민경은 다시 옷을 입고 준구의 작업실을 향해 혼자 걸어갔다. 정숙은 흐뭇한 눈으로 민경을 배웅했다.

작업실로 향하는 길은 한적했지만 밀짚모자를 푹 눌러 쓴 민경은 혹시 누가 볼까 고개를 숙인 채 주위를 힐끔거리며 발걸음을 재촉했다. 준구가 유명한 조각가라는 것을 알고 있고 또 그 아내인 정숙이 좋은 사람인 것 같다는 생각을 하면서도 민경에게는 생소한 사람 앞에 옷을 벗고 서 있어야 한다는 것 자체가 여전히 부담이었다.

그렇게 심난한 마음으로 작업실에 도착한 민경은 조심스레 문을 열었다. 아무 소리도 나지 않아 비어 있을 거라 생각했던 작업실 안에는 이미 도착한 준구가 커다란 이젤을 세워 놓고 대형 켄트지에 긴 선을 긋고 있었다. 땀으로 머리카락이 온통 달라붙은 얼굴로 선들을 그어대는 준구를 보며 민경은 언제 자신이 온 것을 알려야 할지 몰라 입을 꾹 다물었다.

오로지 종이와 목탄에만 모든 신경을 집중한 준구는 민경이 온 것도 모른 채 켄트지가 새카맣게 될 때까지 수천 개의 선을 긋고 또 그었다. 지팡이를 짚은 준구의 이마에서는 땀이 뚝뚝 흘렀고 부러진 목탄들이 툭툭 떨어지면서 준구의 신발과 작업실 바닥에도 검은 얼룩들이 생겨났다. 셔츠 역시 땀에 젖어 축축해졌다.

"언제 왔나?"

한참 후에야 팔을 돌리며 고개를 좌우로 흔들던 준구가 문 앞에 오도카니 서 있는 민경과 눈이 마주쳤다.

"예? 한두 시간쯤?"

민경은 갑작스런 준구의 질문에 기어들어가는 듯한 목소리로 쭈뼛거리며 대답을 했다. 민경의 대답을 들은 준구가 시계를 보았다. 팔목에 찬 시계는 12시 10분을 지나고 있었다.

"정확하군."

시간을 확인한 준구의 얼굴에 만족스러운 빛이 떠올랐다. 준구의 표정을 본 민경이 뿌듯한 듯 살짝 미소를 지었다.

"내일 다시 오게."

이 말을 끝으로 준구는 다시 민경을 쳐다보지 않은 채 선 긋기에 열중했다. 가도 된다는 준구의 허락에 민경은 더 이상 아무 말도 하지 못한 채 준구의 뒷고습에 꾸뻑 고개를 숙인 뒤 조용히 작업실을 빠져 나왔다. 정말 이대로 아무 것도 하지 않아도 되나 싶어 잠시 고개를 갸웃거리던 민경은 다시 모자를 푹 눌러쓴 채 왔던 길을 되돌아갔다.

예상했던 것보다 민경이 일찍 돌아오자 송이의 얼굴에는 웃음이 그치지 않았다. 천진하게 웃는 송이를 보며 민경도 함께 웃었다.

민경은 송이와 함께 점심을 먹은 뒤 뒷정리를 돕기 위해 일어섰다. 경산댁은 고개를 절레절레 흔들며 민경을 말렸다.

"가만 쉬고 있그라. 모델은 몸이 상하면 안 된다. 정 움직이고 싶으면 얼라들이나 봐 주라."

머쓱해진 민경은 괜히 손만 만지작거렸다. 송이는 엄마와 함께 있는 것이 좋아 민경의 손을 잡고 신이 나서 마당을 돌아다녔다. 정숙은 그런 민경과 송이를 보며 미소를 지었다.

향숙이 작업실로 가져다 준 점심을 먹고 저녁이 되어서야 집으로 돌아온 준구는 목욕을 하고 밥을 먹은 뒤 피곤에 지쳐 단잠에 빠졌다. 준구의 방에 모기장을 치러 들어간 정숙은 약봉지가 비어 있는 것을 확인하고 흐뭇한 미소를 지었다.

다음 날도 준구는 아침 일찍 작업실로 향했다. 느리고 힘겨운 걸음이었지만 준구의 얼굴은 밝았다. 농부들은 준구의 모습이 보이자 서로 고개를 갸웃거렸다.

"선생님 요즘 약 잘 챙겨 드시네예."

작업실로 가는 준구의 뒷모습을 보며 경산댁은 즐거운 얼굴로 정숙에게 말했다. 정숙은 뿌듯한 표정으로 고개를 끄덕였다. 준구가 작업실로 가고 난 얼마 후 도착한 민경은 송이와 기주를 경산댁에게 맡기고 작업실로 갔다.

"양쪽 팔을 짚고 앉아봐. 아니! 그게 아니지!"

준구는 어제 못한 작업을 하겠다는 듯 민경에게 여러 자세를 요구했다. 민경은 준구가 말하는 대로 양손을 바닥에 짚고 앉았다. 상체를 받친 팔에 힘이 들어가자 어깨의 곡선과 쇄골이 도드라지게 드러났다.

"그렇지! 그대로."

스케치북을 앞에 둔 준구는 강렬한 눈으로 꼼꼼하게 민경의 자세를 살펴보았다. 하지만 준구의 마음과 달리 여전히 스케치가 제대로 되지 않았다. 어색하고 뻣뻣한 선들은 민경의 자세와 전혀 다른 모습을 그려대고 있었다.

준구는 민경의 자세에 시선을 둔 처 스케치북을 한 장 한 장 넘겨가며 계속해서 스케치를 했다. 같은 자세를 유지해야 하는 민경은 준구에게서 그만하라는 말이 없자 점차 팔에 힘이 빠졌다. 하지만 힘든 내색을 하지 않은 채 안간힘을 쓰며 버텼다.

하지만 준구는 스케치가 마음에 들지 않는지 선을 긋기가 무섭게 스케치북을 넘기고 또 넘기며 다시 선을 그었다. 견디다 못한 민경이 한쪽 팔을 슬며시 바닥에서 떼려고 하자마자 준구의 날카로운 목소리가 들려왔다.

"움직이지 마."

얼른 다시 원래 자세를 취한 민경은 눈을 질끈 감고 있는 힘을 다 해 버텼다. 민경의 이마에 땀이 솟았다. 그런 민경을 보면서 계속 스케치를 하던 준구는 뜻대로 움직이지 않던 목탄이 끝내 부러져버리자 탁 소리가 나게 스케치북을 닫고 던지듯 테이블에 내려놓았다. 그리고는 벌떡 일어나 지팡이를 짚은 채 작업실을 서성거렸다.

준구의 눈치를 살피던 민경은 이때다 싶어 얼른 자세를 풀고 뻐근해진 팔을 주물렀다. 그 순간 준구가 다시 고개를 획 돌리며 민경을 노려보았다. 민경은 깜짝 놀라 황급히 다시 자세를 잡았다. 잔뜩 화가 난 사람처럼 이글거리는 준구의 눈빛에 숨이 턱턱 막혀왔다.

한참을 노려보던 준구는 몸을 돌려 테이블을 향해 걸어갔다. 그제야 민경은 준구의 시선에서 벗어났다는 안도감에 참았던 숨을 겨우 내쉬었다. 온몸에 힘이 쭉 빠지는 것 같았다.

"하아……."

스케치북을 다시 열어본 준구는 소리를 내며 한숨을 쉬었다. 민경은 또 자신이 무엇을 잘못했나 싶어 불안한 표정으로 준구를 힐끗거렸다. 스케치북을 넘기던 준구는 민경의 시선이 느껴지자 고개를 돌려 한참 그녀를 보더니 마침내 입을 열었다.

"걱정 마. 자네 문제가 아니야."

말을 마치자마자 준구는 지팡이를 짚으며 작업실 밖으로 나가버렸다. 잠시 그대로 앉아 있던 민경은 준구가 다시 들어올 기미가 없자 뻐근해진 어깨를 주무르며 주섬주섬 옷을 챙겨 입었다. 이윽고 작업실 밖 데크로 나온 민경은 의자에 앉아 저수지를 보는 준구를 발견했다. 그녀는 자신에게 시선을 주지 않는 준구를 향해 고개를 꾸벅 숙이고 천천히 집으로 돌아왔다.

"엄마!"

기주와 놀던 송이는 민경을 보자 반색을 했다. 뜨개질을 하다가 송이의 목소리에 고개를 든 정숙의 눈이 민경의 눈과 마주쳤다. 민경의 얼굴에 피곤한 기색이 역력했다. 정숙은 그런 민경을 격려하듯 다정하게 미소 지으며 말했다.

"오늘도 수고 많았네."

"아임니더. 수고는 무신. 그럼 가보겠심더. 자, 인사드리고 가자."

기주를 등에 업은 민경은 정숙을 향해 인사를 했다. 민경을 따라 정숙에게 인사를 한 송이가 졸래졸래 엄마의 뒤를 따랐다. 민경은 밖으로 나와서야 뻐근한 팔과 어깨를 연신 주물렀다. 민경의 옆으로 달려온 송이가 엄마를 보며 손을 달라는 시늉을 했다. 민경은 미소를 지으며 송이의 손을 잡아주었다.

오천 원을 들고 나간 근수는 며칠째 집에 들어오지 않고 있었다. 덕분에 민경은 오랜만에 평온한 시간을 보낼 수 있었다. 근수가 돌아오면 또 깨져버릴 평온이었지만 민경은 며칠 사이 부쩍 밝아진 얼굴로 콧노래를 흥얼거리는 송이의 손을 잡고 집으로 돌아가면서 작은 행복을 느꼈다.

다음 날도 준구는 아침 일찍 작업실로 향했다. 준구가 논길에 모습을 보인 첫날, 무슨 일인가 싶어 의아해하던 농부들은 그가 매일 같이 작업실로 가는 것을 알자 아는 척을 하며 인사를 했다.

"선생님! 안녕하십니꺼!"

"작업실 가시는교."

준구는 말없이 미소와 손짓으로 농부들에게 화답을 했다. 농부들은 준구가 지나갈 때까지 쳐다보고 서 있다가 준구가 천천히 지나간 후에야 허리를 굽혀 작업을 시작했다. 농부들은 대부분 대대로 준구네 땅에서 소작을 했던 사람들이었다.

"하아!"

다시 선긋기 연습이 시작되었다. 어제 민경이 가고 난 후에도 계속 연습을 해서인지 처음보다는 손이 조금씩 풀리는 것 같았다. 목탄을 쥔 준구의 손을 따라 뻣뻣하고 어색한 선이 아닌 곡선들이 유연하게 그어졌다.

시간에 맞춰 작업실에 도착한 민경은 다시 선긋기를 하는 준구의 모습에 멈칫했다. 이젤 위에 올린 커다란 켄트지에는 부드러운 곡선이 빽빽하게 그어져 있었다. 조금씩 마음먹은 대로 선이 그어지는 것이 만족스러웠던 준구는 민경이 온 것을 알면서도 계속해서 곡선을 그었다. 준구의 손을 따라 유연한 곡선이 길게 그려졌다. 선이 끊어지지 않도록 자세를 낮추던 준구는 지팡이가 방해가 되자 무심코 지팡이를 내팽개쳤다. 민경은 깜짝 놀라 눈을 크게 떴다.

"뭐하나, 작업 준비해야지?"

자신이 지팡이를 던진 것을 의식하지 못한 준구는 선 긋기가 끝나자 휘둥그레진 눈으로 자신을 보는 민경을 향해 말했다.

"야!"

민경은 정신없이 대답을 하고는 얼른 탈의실로 들어갔다. 준구가 지팡이 없이 똑바로 서 있었던 것이 너무나 신기했다. 잠시 후 가운을 입고 나온 민경은 단상 앞에서 가운을 벗고는 자세를 잡았다. 하지만 어제와 똑같은 자세를 취했음에도 민경의 자세는 어딘가 어색했다.

"아니지! 무릎 더 세우고."

준구의 요구대로 자세를 취해보았지만 뻣뻣한 느낌이 가시질 않았다. 보다 못한 준구는 단상으로 다가가 어깨와 팔의 각도를 다시 잡은 뒤 성큼성큼 자리로 돌아왔다.

"아휴. 아니지. 그게 아니지."

스케치북과 목탄을 잡고 민경을 보던 준구가 한숨을 쉬며 고개를 저었다. 준구가 잡아준 자세를 유지하느라 온몸이 경직된 민경의 얼굴에는 벌써 힘에 부친 티가 역력했다. 어떻게든 다시 자세를 잡아보려는 민경을 골똘히 보던 준구는 안 되겠다는 듯 표정으로 말했다.

"내려와. 가서 옷 입고."

준구는 말을 마치자마자 작업실 문을 활짝 열었다. 무슨 실수를 했나 싶어 멀뚱멀뚱 보던 민경이 깜짝 놀라 가운으로 몸을 가렸다.

"서, 선생님."

"나와."

그 말을 하자마자 준구는 작업실을 나갔다. 민경은 걱정이 가득한 얼굴로 주섬주섬 옷을 입고 준구를 따라나섰다. 잔뜩 긴장한 얼굴로 작업실을 나온 민경에게 준구는 햇살을 받아 반짝반짝 빛이 나는 저수지를 가리키며 말했다.

"좀 쉬었다 하지. 더운데 물에 발이라도 담가보는 것은 어때?"

진짜 그래도 되나 싶어 허락을 구하듯 준구를 본 민경은 그가 가볍게 고개를 끄덕이자 신이 난 얼굴로 물가로 달려 갔다. 그리곤 치마를 대충 걷어 올린 뒤 신발을 벗고 물속을 첨벙첨벙 걸어 다녔다. 뜨거운 햇살과 달리 물은 차갑고 시원했다. 민경은 발로 물속을 헤집었다. 잠을 자던 물고기들이 깜짝 놀라 정신없이 헤엄을 쳤다. 물고기를 본 민경은 아이처럼 천진하게 얼굴을 수면 가까이 바짝 대고는 두 손으로 잡으려 애를 썼다.

"아이 참."

물고기가 끝내 잡히지 않자 민경은 아쉬움에 탄성을 지르며 이제는 아예 허리를 굽힌 채 다슬기를 잡기 시작했다.

작업실 앞 의자에 앉은 준구는 민경의 자유로운 움직임을 관찰했다. 신이 나서 물속을 헤집고 다니는 민경의 몸에서는 생동감이 넘쳤다. 소매를 걷어 올린 긴 팔을 물속에 담갔다 빼기를 여러 번 하더니 결국 다슬기 하나를 잡고는 씩 웃음을 지었다. 유심히 다슬기를 관찰하는데 정신이 팔린 민경의 얼굴에는 순수한 기쁨이 가득했다. 민경이 노는 모습을 한참 동안 지켜보던 준구는 새소리가 들리자 민경을 향해 외쳤다.

"지금 무슨 소리가 들리지?"

다슬기를 잡느라 여념이 없던 민경은 준구의 목소리에 퍼뜩 놀라 얼른 몸을 일으키며 고개를 두리번거렸다. 하지만 자신이 내는 물장구 소리 외에는 아무 것도 들리지 않았다.

"아무 소리도 안 들리는데예?"

물가에 선 민경이 준구를 향해 크게 외쳤다. 준구는 그런 민경의 행동에 자신도 모르게 웃음이 나왔다. 계속 여기저기를 둘러보는 민경에게 준구가 외쳤다.

"눈을 감고 귀를 기울여서 다시 들어봐."

눈을 감으라는 준구의 말에 민경은 가만히 서서 눈을 감았다. 그리고 모든 신경을 귀에 집중했다.

구구구 구구, 구구구 구구.

먼 곳에서 지저귀는 새소리가 귓속에 들어왔다. 민경은 이거다, 하는 마음에 슬며시 미소를 지었다.

"아, 들리네예. 저 멀리서 새 소리. 아 예쁘네."

점점 작아진 민경의 목소리는 어느새 혼잣말이 되었다. 눈을 감고 들리는 새소리에 집중을 하던 민경의 입이 저도 모르게 조금씩 벌어졌다. 준구는 그런 민경의 변화를 가만히 바라보았다.

"이제 그만 나오지."

민경은 준구의 목소리에 퍼뜩 눈을 떴다. 어느새 준구는 작업실로 다시 들어가고 있었다.

민경은 부랴부랴 물에서 나와 운동화를 손에 쥔 채 작업실을 향해 달렸다. 작업실 앞에 도착한 민경은 잠시 숨을 고른 후 물이 뚝뚝 떨어지는 치마를 한 번 쭉 짠 뒤 문을 열었다.

준구는 뜻밖에도 LP를 고르고 있었다. 민경은 턴테이블 LP판에 바늘을 내려놓는 준구를 신기한 듯 바라보았다. 고요하던 작업실 안에는 모차르트의 밝은 선율이 가득 채워졌다. 민경은 신기한 눈으로 턴테이블과 준구를 번갈아 바라보았다. 준구는 운동화를 손에 쥔 채 감미로운 음악에 홀린 듯 미동도 없이 서 있는 민경을 보며 말했다.

"귀로만 듣지 말고 마음으로 느껴봐. 아까 물가에서처럼."

'물가에서처럼'이라는 준구의 말에 민경은 알았다는 듯 고개를 끄덕였다. 탈의실로 가서 옷을 벗고 나온 민경은 단상 위에 앉아 눈을 지그시 감았다. 민경이 편안하게 자세를 잡고 앉자 준구는 잘하고 있다는 듯 다시 말했다.

"자, 이번에는 듣는 게 아니고 마음으로 느끼는 거야."

민경은 준구의 말을 들으며 눈을 감은 채 자세를 잡아보았다. 준구에게서 아무 말이 없자 혹시 또 마음에 들지 않는 자세인 것인가 싶어 민경은 눈을 살짝 뜨고 그를 보았다. 하지만 준구는 음악에 심취한 듯 두 눈을 감고 있었다. 민경은 준구가 말하는 대로 마음으로 느끼기 위해 다시 눈을 감고 음악에 집중했다.

모차르트의 선율은 감미롭고 아름다웠다. 민경은 아까보다 한결 가뿐한 얼굴로 부드럽게 자세를 잡았다. 만족스러운 듯한 얼굴로 민경의 모습을 보던 준구는 말없이 스케치북을 열고는 스케치를 시작했다. 달라진 민경의 자세만큼 준구의 얼굴도 밝아졌다.

불안한 평온 1

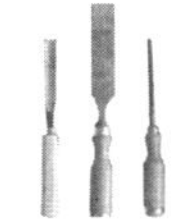

　민경은 하루하루 시간이 지나면서 모델 일에 대한 쑥스러움을 버리고 나니 비록 몸은 힘이 들었지만 마음만은 편안해졌다. 마음이 편안해지자 자연히 자세도 점점 자연스러워졌다. 민경의 자세가 좋아질수록 준구의 작업 속도 역시 점점 빨라졌다. 준구의 손은 민경의 자세를 점점 정확하게 스케치했고, 민경은 준구가 하는 말을 제법 알아들어 전처럼 답답한 일은 한결 줄어들었다. 작업에 속도가 붙자 탄력을 받은 준구는 민경에게 이런저런 포즈를 취하게 한 후 오전 내내 스케치를 했다.

　"잠깐 쉬었다 하지."

두 시간 남짓 쉴 새 없이 스케치를 한 준구는 뻐근해진 어깨를 주무르며 데크로 나갔다. 저수지를 바라볼 수 있는 위치로 난 데크에는 커다란 차양이 쳐 진 테이블이 있었다. 준구는 데크에 있는 의자에 털썩 앉아 눈을 감았다.

"저, 선생님."

잠시 후 가운을 입고 데크로 나온 민경은 혹시 누가 보지는 않는지 주변을 둘러보다가 준구를 불렀다.

"저기 궁금한 게 있는데예."

"말 해봐."

"여기 오면서 보이던 논들이 원래는 다 선생님 꺼였는데, 일본 놈들이 다 뺏뜨러 갔다는 기 참말입니꺼?"

흥미롭다는 준구의 시선을 받으며 민경은 푸른 벼들이 펼쳐진 논을 지나 작업실로 올 때마다 궁금했던 것을 조심스럽게 물어보았다.

민경의 질문은 준구네 집에서 소작을 했던 농부들 외에 많은 사람들이 준구에게 궁금해 하는 것이기도 했다. 준구는 옅을 한숨을 쉬며 민경에게 되물었다.

"그게 궁금했나?"

준구의 목소리 속에 담긴 한숨을 눈치 챈 민경은 풀이 죽은 얼굴로 고개를 숙였다. 의기소침해진 민경을 흘끗 본 준구는 끈이 풀어진 신발을 의자 위에 올렸다. 예전 같으면 오그라든 손으로 신발 끈을 묶는 것은 엄두도 내지 못할 일이었다. 하지만 지금은 훨씬 손가락의 움직임이 좋아지고 부드러워진 상태였다. 준구는 시험이라도 해보듯 미소를 지으며 신발 끈을 묶기 시작했다. 준구의 오그라든 손가락 사이로 신발 끈이 단정하게 묶였다.

"선친께서는 논밭의 주인은 농부여야 한다고 항상 생각하셨어. 일본인들이 몰수하기 전에 미리 소작인들에게 거의 나눠주셨지."

"아……."

준구가 신발 끈을 묶는 것을 보던 민경이 작은 탄성을 냈다.

"다 옛날 얘기야."

준구는 대수롭지 않다는 듯 미소를 지으며 의자에서 일어났다.

"자, 이제 쉬었으니 다시 시작해볼까?"

"야!"

민경은 씩씩하게 대답했다.

모차르트의 음악을 들었던 날 이후 민경의 마음가짐은 달라졌다. 처음에는 돈이 너무 급해서 수치심을 무릅쓰고 시작한 일이었다. 하지만 매번 진지한 얼굴로 스케치를 하는 준구를 보면서 민경은 덩달아 자신이 중요한 일을 하고 있다는 생각을 하게 되었다. 또 매일 정숙의 얼굴을 볼 때마다 그녀를 실망시키지 않기 위해서라도 열심히 해야겠다는 마음이 들곤 했다.

자세를 잡는 민경의 모습이 제법 모델처럼 능숙해졌다. 준구는 그런 민경을 보며 옅게 미소를 띤 채 스케치를 시작했다.

외출을 준비하던 정숙은 부엌에서 향숙과 경산댁이 투닥거리는 소리를 들으며 미소를 지었다. 툇마루에서는 송이와 기주가 놀고 있었다. 민경이 온 후 늘 조용하기만 하던 집에 생기가 도는 것 같았다.

한편 민경에게 자신의 위치를 빼앗긴 것 같은 초조함에 향숙은 자신도 준구를 위해 뭐라도 해야겠다고 생각했다. 향숙은 경산댁의 잔소리를 들어가면서 준구의 식사를 준비했다.

"오늘부터 점심은 지가 해보겠다고 하네예, 하이고 가스나. 우옜든, 함 보시지예."

"훗, 기특하네."

부엌에서 나온 경산댁은 정숙과 눈이 마주치자 해명하듯 말했다. 향숙이 점심을 차리는 내내 잔소리를 해댄 것이 민망했기 때문이다. 둘이 투닥거리는 소리를 들었던 정숙이 알겠다는 듯 작게 웃었다.

"가시나, 퍼뜩 안 나오고 뭐하노!"

"갑니더!"

경산댁이 부엌을 향해 소리를 지르자 한바탕 요란한 소리가 들리는가 싶더니 이윽고 쟁반을 든 향숙이 나왔다. 경산댁이 향숙에게 고개짓을 하자 향숙은 숙제를 검사받는 아이처럼 정숙 앞에 쟁반을 얌전히 내려놓았다. 정숙은 쟁반에 놓인, 준구에게 가져갈 점심 반찬을 하나씩 확인한 뒤 젓갈그릇 하나를 내려놓았다.

"잘 잡쉬야 되지만, 이런 건 혈압에도 안 좋고. 알겠니, 향숙아?"

"야. 근디 그기 선생님이 좋아하시는데예."

정숙의 심사에 통과하지 못한 것이 못내 아쉬워 쟁반을 다시 보자기에 싸며 향숙이 궁시렁거리자 경산댁은 됐다는 듯 말을 잘랐다.

"잔소리 말고 퍼뜩 다녀 오니라."

"야."

향숙은 그릇들이 움직이지 않도록 꼼꼼하게 보자기로 묶은 쟁반을 머리에 이고 신이 난 표정으로 나갔다. 못마땅한 듯 고개를 돌리는 경산댁과 달리 정숙은 흐뭇한 표정으로 향숙이 나가는 모습을 바라보았다.

향숙은 살랑살랑 불어오는 바람을 맞으며 작업실로 향하는 논길을 걸었다. 맞은편에서는 검게 그을린 피부의 청년들이 자전거를 타고 오다 향숙을 발견하곤 휘파람을 불어댔다. 향숙은 그런 시선을 즐기는 듯 엉덩이를 흔들며 사뿐사뿐 예쁘게 길을 걸었다.

"이야 귀엽네! 어이서 왔노? 처음 보는데?"

한 청년이 자전거를 향숙 앞에 세우더니 관심이 있다는

표정으로 물었다. 향숙은 청년의 시선을 의식하며 걸음을 멈추고는 새초롬한 표정을 지었다. 청년은 그런 향숙이 귀엽다는 듯 웃음을 터트렸다. 그러자 향숙은 한층 도도해진 표정으로 얼굴을 돌렸다. 향숙의 머리 위 쟁반을 본 청년은 이때가 기회다 싶어 얼른 말을 걸었다.

"안 무겁나? 오빠야가 태아주까?"

"치, 됐거든요?"

향숙은 계속 서서 청년과 수작을 주고괄은 싶은 마음을 꾹 참고 아무 관심도 없는 척 새초롬한 표정을 지으며 가던 길을 걸어갔다. 향숙이 별다른 반응이 없자 뒷모습을 잠시 지켜보던 청년은 됐다, 하는 표정으로 다시 자전거를 타고는 획획 페달을 밟았다. 향숙과 청년의 거리는 순식간에 멀어졌다.

"와 하다 마노. 씨……."

시선을 의식하며 슬쩍 고개를 돌린 향숙은 청년의 자전거가 저만큼 멀어져 있자 입을 비죽거렸다. 오늘따라 잔뜩 멋을 부리고 나왔던 향숙은 청년이 금방 가버린 것에 괜히 심술이 났다. 준구도 온통 민경과의 작업에만 정신이 팔린 것 같아 못내 마음이 찜찜하던 차에 변변한 수작조차 받지 못한 것이 못내 분한 향숙은 토라진 얼굴로 씩씩거리더니 이내 엉덩이를 씰룩거리며 걸음을 재촉했다.

똑똑똑.

잠시 쉬고 있던 민경이 노크소리가 나자 얼른 나가서 문을 열었다. 햇볕이 쨍쨍한 시간에 걸어오느라 얼굴에 뻘게진 향숙이 뾰로통한 얼굴로 머리에 얹고 있던 쟁반을 내밀었다.

"고마버예."

집중을 하고 있을 때 방해받는 것을 싫어하는 준구에게 적응이 된 민경은 얼른 쟁반을 받아들고는 작업실 안으로 들어갔다.

탁 하고 문이 닫히자 민경이 무슨 일을 하나 궁금했던 향숙은 문틈 사이로 작업실을 기웃거렸다. 하지만 딱히 보이는 것도 없었다.

"치이……."

작업실 안에서 아무 소리도 들리지 않자 향숙은 흥 하는 표정으로 입을 비죽거리며 돌아갔다.

민경은 향숙에게 받은 쟁반을 데크로 가져갔다. 스케치를 보고 있던 준구는 민경이 건네준 밥을 묵묵히 먹었다. 민경은 준구가 밥을 먹는 동안 스케치북과 목탄을 정리한 후 세면대로 가서 손을 꼼꼼히 닦았다. 이윽고 준구가 식사를 마치자 민경은 이제야 할 일을 마쳤다는 표정으로 빈 그릇들을 정리한 후 향숙이 가져왔던 것처럼 쟁반을 보자기로 잘 쌌다.

"그럼 내일 보지."

준구는 망치며 끌, 헤라 같은 작업도구들을 하나씩 살피며 민경에게 말했다. 민경은 준구를 향해 인사를 한 후 쟁반을 들고 작업실을 나섰다.

"이제 끝났네예."

이제는 제법 익숙해진 길을 따라 천천히 언덕을 내려오던 민경은 뒤에서 들리는 소리에 걸음을 멈췄다. 고개를 돌리자 아까부터 기다린 듯 나무 그늘에 있던 향숙이 천천히 걸어 나왔다. 쟁반을 든 민경의 손을 본 향숙이 얼른 손을 내밀며 말했다.

"이리 주세예."

민경이 괜찮다는 듯 미소를 지으며 고가를 저었지만 향숙은 기어이 민경에 손에서 보자기를 빼앗아 들었다. 딱히 할 말이 없는 민경은 아무 말 없이 향숙과 함께 길을 걸었다. 한참 입을 다물고 있던 향숙은 침묵이 답답한 듯 갑자기 민경에게 물었다.

"언니라케도 됩니꺼?"

민경은 웃으며 고개를 끄덕이자 향숙의 얼굴에도 미소가 번졌다.

"그라모 말 놓는 깁니더?"

"그라까?"

붙임성이 있는 향숙의 말투에 민경은 졌다는 표정으로 활짝 웃으며 대답했다. 민경의 대답을 들은 향숙의 얼굴에도 덩달아 웃음이 피었다.

"향숙이라 켔제?"

이번에는 반대로 민경이 물었다. 향숙은 고개를 크게 끄덕거렸다. 말을 놓고 나자 왠지 언니 동생이 된 것처럼 친근한 마음이 들었다.

"선생님 댁에서 산 지 오래됐나?"

"한 3년……. 사모님이 아부지 취직을 시키주시가 식구들은 전부 서울로 이사 갔다."

"아 그랬나?"

다정해진 두 사람은 오순도순 대화를 주고받으며 호젓한 길을 천천히 걸었다.

"사실 내도 원래 이 집에 허드렛일 하려고 온 기 아이고……."

민경에게 마음이 조심씩 열린 향숙은 뭔가 각오를 한 표정으로 걸음을 멈췄다. 향숙이 걸음을 멈추자 민경도 제자리에 서서 향숙을 바라보았다. 심호흡을 한 번 길게 한 향숙은 민경에게 방앗간에 불이 나는 바람에 정숙을 만나게 된 것과 처음 준구의 집에 오던 날에 대하여 이야기해주었다.

여태껏 누구에게도 자신의 이야기를 솔직하게 한 적이 없었던 향숙은 마치 말문이 열린 사람처럼 이런저런 시시콜콜한 사연을 술술 털어놓았다. 민경은 마치 진짜 언니인 것처럼 연신 고개를 끄덕이며 향숙의 말을 들어주었다.

향숙은 민경과 이야기를 하는 동안 괜히 질투도 나고 심술도 났던 못난 감정이 어느새 눈 녹듯이 사라지는 걸 느꼈다. 처음 민경이 모델을 한다고 왔을 때 향숙은 영 탐탁치가 않았다. 아니 마음이 불편했다. 자신은 여자로 보아주지 않았던 준구가 민경에게 관심을 갖게 되는 것이 싫었다. 애도 둘이나 있는 아줌마에 평범하고 후줄근해 보이는 민경이 자신과는 또 다른 '모델'이라는 명목으로 매일 준구와 단 둘이 작업실에 있는 것도 질투가 났다. 하지만 하루하루 달라지는 준구를 보면서 향숙은 자신이 처음 왔을 때 정숙이 말했던, 삶의 의지를 되찾는 것이 무엇인지 조금은 알 것 같았다.

"사모님이 3일이나 집을 비아주셨는데 실패해가꼬……."

이야기를 나누는 사이 어느새 둘은 준구의 집 앞에 도착했다. 그런 사연이 있었구나 하는 얼굴로 이야기를 듣던 민경 앞에서 거짓말을 하고 싶지 않았던 향숙이 말끝을 흐리며 입을 다물었다. 평범하지 않은 사연을 자신에게 들려주는 이유가 있을 것이라 생각한 민경은 대문을 열기 전 향숙에게 조심스럽게 물었다.

"근데 니는, 와 나한테 그런 얘기를 허주는데?"

집에 들어가면 송이와 기주를 챙겨 돌아가야 하므로 향숙과 이렇게 계속 이야기를 나눌 시간이 없을 것이기에 들어가기 전 대답을 듣고 싶었다. 민경의 질문에 향숙은 발로 애매한 땅을 툭툭 건드리며 잠시 망설이다가 입을 열었다.

"그냥 선생님이 언니라카믄 거부하지 않을 수도 있겠다는 생각이 들어가."

너무나 뜻밖의 말에 민경의 눈이 커졌다.

"마, 내도 내가 무신 말을 하는 긴지 잘 모르겠다!"

민경의 표정을 본 향숙은 이 말을 내뱉고는 얼른 집으로 뛰어 들어갔다. 평소와 너무나 달라 보이는 향숙의 뒷모습을 멍하니 쳐다보며 민경은 향숙이 했던 말을 가만히 되새겼다. 자신이라면 준구가 거부하지 않을 수도 있다는 말에 담긴 뜻을 파악한 민경은 말도 안 된다는 듯 고개를 절레절레 흔들었다. 그러면서도 혹시나 싶은 생각에 살짝 붉어진 얼굴을 한 채 향숙의 뒤를 따라 집으로 들어갔다.

"엄마!"

마당에서 놀던 송이가 쪼르르 달려 나오며 민경을 반겼다. 민경은 향숙이 했던 말을 털어버리려는 듯 송이를 향해 두 팔을 펼쳤다. 송이는 신이 나서 민경에게 안겼다. 향숙은 부엌에 들어갔는지 얼굴도 보이지 않았다. 민경은 정숙과 경산댁에게 인사를 한 뒤 기주를 업고 송이의 손을 꼭 잡았다. 송이의 밝아진 얼굴이 흐뭇하여 집으로 돌아가는 민경의 발걸음도 덩달아 가벼워졌다.

한편 민경의 돈을 들고 나간 근수는 주머니가 두둑해지자 도박판을 쫓아다니며 며칠째 집에 들어오지 않고 있었다.

이날도 근수는 단속을 피해 친구들과 함께 작은 창고에 모여 노름을 했다.

"뭐 이런 데가 다 있어예?"

배달을 온 다방 레지가 담배연기로 뿌옇게 된 창고 안으로 들어오자 눈이 매운지 연신 손바닥으로 부채질을 했다. 창고 안에 있던 대여섯 명의 남자들의 고개가 일순간 동시에 레지를 향했다. 레지의 손에는 보온병과 찻잔이 담긴 쟁반이 들려 있었다.

노름에 모든 정신을 집중한 근수는 레지의 소리를 들으면서도 패에서 눈을 떼지 않았다. 짙게 화장을 한 레지는 근수랑 같이 노름을 하는 남자 옆에 가서 패를 보았다. 남자가 귀엽다는 듯 레지를 보며 유리잔을 내밀자 레지는 얼른 보온병을 열고 냉커피를 따랐다.

"요기가 통금은 있어도 단속이 없잖아. 어, 근데 아가씨 처음 보는데 어디서 왔어요?"

"점촌예."

얍삽이가 레지의 파인 가슴을 힐끗거리며 묻자, 레지는 얼른 냉커피 한 잔을 건네며 눈웃음을 쳤다.

"점촌이 어데고?"

"야이, 빙신야! 것도 모르나? 삼천포 옆에 있잖아, 임마. 빙신아."

"아! 이것들 완전 무식한 것들이네. 마! 문경 옆에 점촌!

전기도 안 들어오는 그기."

"전기는 들어오거든. 수도가 안 들어오지."

하릴없는 수다를 듣던 레지는 전기가 안 들어온다는 말에 발끈했다. 남자들은 레지의 발끈하는 모습을 보면서 낄낄거렸다.

"가스나, 영화배우 맨키로 통통하이 귀엽게 생깃네."

"진짜야?"

영화배우를 닮았다는 말에 금방 눈이 해쭉해진 레지는 애교 섞인 목소리로 물었다. 그 모습에 남자들은 다시 한 번 낄낄 웃었다. 레지와 실없는 농담을 주고받으며 웃는 남자들과 달리 근수는 얼굴을 잔뜩 구긴 채 패를 던졌다. 방금 이긴 후, 패를 섞던 남자는 근수를 보면서 걱정하듯 말했다.

"근수야. 니 또 옆동네 가가 천 이백 원 뜨였대매? 고마해라."

옆에서 듣던 레지는 다시 봤다는 듯 동그래진 눈으로 근수를 보았다. 얍삽이가 깜짝 놀라 근수에게 물었다.

"천 이백 원? 그 큰돈을? 니 엊그저께도 잃었잖아. 돈이 자꾸 어디서 생기노?"

"내가 무신."

한숨을 쉬며 몇 장 남지 않은 지폐를 보던 근수는 답답한 듯 담배를 물다가 자신을 빤히 보는 레지와 눈이 마주쳤다. 레지는 근수를 향해 눈웃음을 치며 애교가 잔뜩 섞인 표정을 지었다.

"나 간다."

담배를 피우며 레지를 빤히 보던 근수가 지폐를 주머니에 쑤셔 넣으며 일어났다.

"그래, 그래. 좀 비키바라. 이번엔 내가 도드려 볼까나?"

남자들은 알았다는 듯 손짓을 하고 다시 패를 섞기 시작했다. 절룩거리며 창고 밖으로 나온 근수는 피우던 담배를 땅바닥에 버린 뒤 발로 비볐다. 잠시 후 보온병과 쟁반을 챙겨든 레지가 쪼르르 근수를 따라 나왔다. 근수는 레지를 보며 비릿하게 웃었다.

송이는 집으로 돌아오는 내내 민경의 손을 놓지 않았다. 송이는 날마다 오늘 같으면 좋겠다는 생각을 했다. 민경이 일을 하는 동안 인형도 가지고 놀 수 있고 밥도 먹을 수 있고 눈치 주는 사람도 없는 준구의 집이 송이는 너무 좋았다. 매일같이 눈치를 주던 국밥집 여주인을 보지 않아서 좋았고, 요 며칠 근수가 집에 오지 않아 더욱 좋았다.

집이 보이자 송이는 민경의 손을 놓고 달렸다. 웃으며 송이를 보던 민경은 마당에 들어서자마자 얼굴이 굳어졌다. 댓돌 위에 근수의 것으로 보이는 신발과 또 다른 신발 한 켤레가 놓여 있었다. 여자의 신발이었다.

민경은 아무 것도 모른 채 방으로 뛰어가는 송이를 급히 잡았다. 민경의 시선을 따라간 송이는 방 안에 근수가 있다는 것을 알고 표정이 어두워졌다.

민경과 송이는 숨소리부터 낮춘 채 방 안의 기색을 살폈다. 기주를 등에서 내려놓은 민경은 송이에게 부엌에 들어가 있으라는 손짓을 했다. 송이는 그늘진 얼굴로 고개를 끄덕이며 기주를 안고 부엌 한구석에 가서 앉았다.

방 안에는 근수와 레지가 한창 뜨거운 시간을 보내고 있었다. 레지는 근수 위에 올라 앉아 몸을 흔들며 물었다.

"오빠 좋나?"

"쥑인다."

근수가 나른한 표정으로 레지의 엉덩이를 움켜쥐며 대답하자 레지는 좋다는 듯 몸을 비틀며 웃었다.

조심스럽게 방문을 연 민경의 눈에 두 사람의 모습이 들어왔다. 민경은 경악과 분노를 이기지 못해 눈에 핏발이 섰다. 조용히 문을 닫고 돌아선 민경은 마당을 두리번거렸다. 당장에라도 뻔뻔하기 그지없는 근수와 여자를 요절내고 싶었다. 마당 한쪽에서 양동이를 발견한 민경은 저거다 하는 얼굴로 양동이를 번쩍 쳐들었다.

"꺄아! 아이고!"

잠시 후 민경은 방문을 벌컥 열고 깜짝 놀라 비명을 지르는 레지의 얼굴을 향해 물을 쏟아 부었다. 순식간에 비 맞은 생쥐처럼 쫄딱 젖어버린 레지는 정신없이 근수의 몸에서 내려와 보온병과 팬티만 챙겨들고 뛰어나왔다.

"하이고, 엄마야!"

혼비백산한 레지는 부랴부랴 신발을 신는 둥 마는 둥 발에 꿰고 얼른 뛰어나갔다. 송이는 부엌에서 그 모습을 구경했다. 레지의 모습이 사라지기가 무섭게 근수가 욕을 퍼붓는 소리가 들렸다. 송이는 자신도 모르게 몸을 움츠리며 기주를 꼭 끌어안았다.

"이런 미친년이!"

방 안에서는 쉴 새 없이 퍽퍽 하는 소리와 욕설이 들려왔다. 동시에 민경의 처참한 비명소리가 새어나왔다. 민경이 또 근수에게 맞고 있다는 것을 아는 송이는 벌벌 떨면서 눈물을 훔쳤다.

"어디 서방한테 눈을 치켜뜨고 지랄이고 지랄이!"

근수의 발길질에 숨이 턱 막힌 민경은 비명조차 지르지 못한 채 몸을 떨었다. 숨이 차도록 민경을 때리고도 근수는 분이 풀리지 않는지 한참을 씨근덕거리며 몇 차례 더 민경을 두들겨 팬 다음 욕을 하면서 나가버렸다.

"엄마야!"

근수가 나간 후에야 방으로 들어온 송이가 민경을 보며 울음을 터트렸다. 울긋불긋하게 부풀어 오른 뺨과 터져버린 입술과 코에서는 피가 흐르고 있었다.

몸을 움직일 기운조차 남아 있지 않은 민경은 한참이 지나서야 송이를 향해 손짓을 했다. 너무 울어 퉁퉁 부은 눈을 한 송이가 얼른 민경에게 다가갔다. 간신히 정신을 차린 민경은 들릴 듯 말 듯 입술을 달싹거렸다. 송이는 엄마의 얼굴에 귀를 가져다 댔다. 간신히 민경이 하는 말을 알아들은 송이는 준구의 집을 향해 달려갔다.

준구의 마음

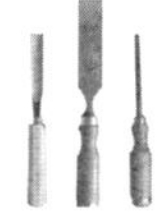

"아즈매! 언니야……!"

눈물 콧물 범벅이 된 얼굴로 준구의 집으로 뛰어온 송이는 경산댁의 얼굴을 보자 안심이 된 듯 울음을 터트렸다. 송이는 무슨 일인지 말해보라며 달래는 경산댁에게 두서없이 어매를 살려달라며 울기만 했다. 송이가 왔다는 향숙의 말에 놀라서 나온 정숙은 경산댁에게 민경의 집에 한 번 가보라고 말했다.

정숙의 말을 듣고 민경에 집에 간 경산댁은 엉망이 된 방 안에 누워 있는 민경을 보고 기함을 했다. 푸르딩딩한 얼굴과 터진 입술이 무슨 일이 일어났었는지를 말하지 않아도 짐작할 수 있었다. 죽이라도 끓여줄까 싶어 부엌에 들어간 경산댁은 옹색한 세간에 할 말을 잃었다.

민경이 들이부은 물 때문에 축축해진 방 안을 걸레로 닦고 대충이나마 방을 정리한 후 경산댁은 죽을 끓여서 민경에게 들고 갔다.

“얼라들 생각해서라도 기운은 차려야 안 하것나.”

“……”

“선생님한테는 몸살 때문에 며칠 못 올끼라고 말해 놀 테니까 죽 꼭 먹고 기운 차리그라. 송이랑 기주는 향숙이랑 내가 잘 봐줄 테니 얼라들 걱정은 말고 몸부터 추슬러야 안 하것나.”

경산댁은 일어나지도 못한 채 이불을 뒤집어쓰고 누워 있는 민경을 보며 몇 번이나 한숨을 내쉬었다. 민경은 경삭댁의 말을 들으며 꺽꺽 터져 나오는 울음을 삼켰다.

“아이고 이기 무슨 난리고……”

경산댁은 물수건으로 민경의 얼굴을 깨끗이 닦아주고는 안타까움에 혀를 찼다.

“당분간 모델 하기는 어려울 것 같심더.”

집으로 돌아온 경산댁은 정숙에게 민경의 사정을 이야기했다. 이야기를 듣는 내내 정숙의 얼굴은 무거웠다.

“송이 어매가 몸 추스르는 동안 얼라들은 여서 지내게 하겠다고 말했심더."

"잘했어."

경산댁의 말이 끝나자 정숙은 한 손으로 이마를 짚으며 신음 같은 한숨을 쉬었다.

준구는 산책을 마치고 작업실에서 스케치를 보고 있었다. 똑똑 하는 노크소리가 들렸지만 스케치에서 눈을 떼지 말했다.

"들어오게."

평소 민경은 노크를 하지 않았다. 조용히 들어와 준구가 하고 있던 작업을 마칠 때까지 가만히 기다렸다가 아는 척을 하면 그때야 얼른 탈의실로 들어가곤 했다.

작업실 안으로 들어온 것은 향숙이었다. 향숙은 점심이 든 보자기를 들고 조심스럽게 들어왔다. 한 달이나 두 달에 한 번씩 경산댁과 함께 투덜거리며 청소를 할 때는 몰랐는데 민경이 모델이 되고 준구가 이곳을 진짜 '작업실'로 사용하기 시작하자 향숙은 왠지 이곳에 발을 디디는 것이 어려워졌다. 작업실은 비어 있을 때와 완전히 분위기가 달랐다. 하루에 두 번 식사를 가지고 올 때마가 향숙이 느낀 것은 소외감이었다. 작업실은 모델을 서는 민경과 조각을 하는 준구 둘만의 공간이 된 것 같았다.

향숙은 익숙했지만 이제는 낯설어진 작업실을 두리번거리며 준구에게 말했다.

“선생님. 송이 어매가 오늘은 몬 온다카네예. 점심은 어따 놓을까예?”

향숙의 말에 그때서야 준구는 스케치에서 눈을 떼고 손목시계를 보았다. 시간은 12시를 넘고 있었다. 오늘따라 민경이 조금 늦는다 생각하고 있던 차였다.

준구는 잠시 생각하더니 몸을 일으키며 말했다.

“아니다. 오늘은 집에 가서 먹자.”

준구의 말에 향숙의 얼굴이 대번에 밝아졌다.

“예.”

민경이 오지 않는다면 작업을 서두르지 않아도 스케치를 살필 시간은 충분했다. 준구는 뻣뻣해진 어깨와 다리를 풀 겸 차라리 집에 가서 점심을 먹고 오는 것이 낫겠다고 생각했다.

보자기를 다시 든 향숙은 앞장서서 걸어가는 준구의 뒤를 따라갔다. 준구와 이렇게 나란히 걷는 것이 처음인 향숙은 발그레해진 얼굴로 연신 함박웃음을 지었다.

집으로 돌아온 준구는 점심을 먹은 후 잠시 낮잠을 잤다. 며칠 내내 무리를 했던 준구는 오후가 되어서야 부스스 일어났다. 준구는 뻐근해진 목과 어깨를 돌리며 인상을 썼다.

“더운 물 받으라고 할까요?”

준구가 일어났나 보러 왔던 정숙은 피곤해 하는 준구의 모습을 보자 얼른 물었다. 준구는 말없이 고개를 끄덕였다.

"알았어요. 조금만 기다려요."

정숙은 향숙을 시켜 준구의 목욕을 준비했다. 향숙은 신이 나서 물을 끓여 욕실로 날랐다. 이윽고 욕조 가득 따뜻한 물이 채워졌다.

"선생님 준비 다 됐어예."

향숙의 목소리에 준구는 욕실로 들어갔다. 팔이며 어깨, 허리와 다리 할 것 없이 온몸이 찌뿌등했다. 더운 물에 반신욕을 하며 땀을 흘리고 나자 조금 개운해진 것 같았다. 이윽고 목욕을 마친 준구가 나가자 욕실을 정리하러 들어온 향숙은 문득 거울 앞에 서서 가만히 자신의 몸을 바라보았다. 그녀는 남자들이 힐끔거리는 풍만한 가슴과 탱탱한 엉덩이 그리고 제법 잘록한 허리를 한 자신의 모습을 만족스러운 듯 바라보다가 이내 한숨을 푹 내쉬었다. 삐쩍 마르기만 한 민경이 얼마나 대단하기에 자신을 제치고 준구의 모델을 하는지 도무지 알 수가 없었다.

한편 목욕을 마친 준구는 거실 소파에 앉아 스케치북을 펼쳤다. 목욕을 해서 더욱 말끔해진 준구의 얼굴에서는 한창 때의 집중력이 살아나고 있었다. 맞은편에 앉아 뜨개질을 하던 정숙은 빈틈없는 눈으로 드로잉 서너 장을 살펴보는 준구를 바라보았다.

드디어 그 중 마음에 드는 드로잉을 발견했는지 준구는 그림 하나를 골라 유심히 보다가 손을 뻗어 테이블에 놓인 찻잔을 잡았다. 하지만 찻잔이 입술에 닿기도 전, 갑자기 그림에서 이상한 부분이라도 발견했는지 동작을 멈췄다. 한 손에는 그림을 한 손에는 찻잔을 손에 든 어정쩡한 준구의 모습에 정숙은 코끝에 걸친 돋보기를 내리며 미소를 지었다.

오그라든 손 때문에 물 잔도 제대로 잡지 못하던 준구가 아주 자연스럽게 찻잔을 들고 있는 모습에 가슴이 다 뭉클했다. 하지만 정작 준구는 자신이 지금 어떤 행동을 했는지 의식하지 못하고 있었다. 정숙은 두 눈 가득 애정과 감격을 담은 채 준구를 불렀다.

"여보."

준구는 고개를 들어 정숙을 보았다. 하지만 정숙은 미소만 지을 뿐 아무 말이 없었다. 다시 그림으로 시선을 돌리던 준구는 문득 한 손에 찻잔을 든 자신의 모습을 발견하고 아, 하는 표정으로 미소를 지었다.

흐뭇한 눈으로 준구를 보던 정숙이 민경의 이야기를 꺼냈다. 민경이 남편에게 맞아서 몸이 엉망이라 오늘 오지 못했다는 말이 차마 입에서 떨어지질 않았다. 잠시 망설이던 정숙이 말했다.

"참, 오늘 경산댁이 송이 엄마한테 가봤는데……."

민경에 대한 이야기를 하자 준구가 고개를 들며 관심을 보였다.

"몸이 많이 안 좋더래요."

어떻게 말을 해야 하나 고민하던 정숙은 그냥 몸이 좋지 않다고 이야기를 했다. 최대한 준구가 신경을 덜 쓰게 하려던 정숙의 의도와 달리 민경이 몸이 안 좋다는 말에 준구의 표정이 바뀌었다.

"몸살인가? 약이나 제대로 챙겨먹었다 하고?"

걱정기가 가득한 준구의 얼굴을 보며 정숙의 마음은 놀라움으로 복잡해졌다. 고향에 내려온 후, 아니 병이 찾아온 후 준구가 다른 사람을 신경 쓰거나 걱정하는 모습을 본 것이 처음이었기 때문이다. 정숙은 혹시 준구가 민경에게 모델 이상의 감정을 느끼기 시작한 것인가 싶어 마음이 시렸다. 향숙을 들인 것은 자신이었지만 민경은 향숙과는 달랐다. 하지만 재빨리 감정을 추스른 정숙은 준구를 보며 말했다.

"하루 더 기다려 보고, 안 되면 제가 의원에 데려가 볼게요."

"그래."

정숙의 말에 준구는 꼭 그렇게 하라는 듯 고개를 끄덕이며 다시 스케치북으로 시선을 돌렸다. 하지만 준구의 눈에는 이미 그림에 대한 집중력이 사라져 있었다. 드로잉을 몇 장 더 넘기던 준구는 잠시 후 스케치북을 탁 덮고는 방으로 들어갔다. 정숙은 뜨개질 하던 손을 멈춘 채 안타까운 눈으로 준구의 뒷모습을 바라보았다.

다음 날도 준구는 아침 일찍 작업실로 갔다. 하지만 평소와 달리 곧바로 스케치북을 펼쳐서 작업을 시작하지 않고 민경을 기다렸다. 오늘은 민경이 올 수 있는 것인지, 이틀이나 못 올 정도면 얼마나 아픈 것인지 걱정스러웠다. 모델로써의 경력이 아예 백지나 다름없었지만 민경은 힘들어도 힘든 내색 한 번 없이 언제나 준구가 시키는 대로 자세를 끝까지 유지했다. 조금 아프다고 작업실에 나오지 않을 민경이 아니었다.

일이 손에 잡히지 않았던 준구는 데크의 의자에 앉아 무심히 책을 보며 시간을 보냈다. 민경과 작업을 할 때에는 말 한마디 없이도 작업실이 생동감으로 꽉 찬 느낌이었는데, 지금은 오로지 고요함으로 가득 차 있었다. 책에서 눈을 뗀 준구는 시계를 한 번 보았다. 민경이 올 시간이 훨씬 지나 벌써 정오를 넘어가고 있었다. 오늘도 못 오는 것인가 싶었던 그때 밖에서 발자국 소리가 들렸다.

준구는 의자에서 일어나지 않은 채 밖을 의식했다. 만약 민경이라면 몸 관리를 제대로 하지 않은 것에 대해 혼을 낼 생각이었다. 그러나 문을 열고 들어온 것은 민경이 아니라 점심 보자기를 든 향숙이었다. 준구는 맥이 탁 풀렸다.

"송이 어매는 오늘도 안 올란갑십니더."

향숙은 책상에 보자기를 올려놓으며 조심스럽게 말했다. 준구는 대답이 없었다. 향숙은 혹시나 싶은 마음에 준구에게 물었다.

"오늘 점심도 댁에 가가 드실낍니까?"

"아니다. 그냥 거기 둬라."

마지못해 대답을 한 준구는 한숨을 쉬며 읽고 있던 책으로 다시 고개를 떨궜다.

준구의 눈에서 실망을 읽은 향숙은 보자기를 내려놓고 가만히 눈치를 살폈다. 준구는 향숙에게 눈길 한 번 주지 않았다. 향숙은 준구의 시선에서 벗어난 곳에 서서 조용히 옷을 벗었다. 이윽고 향숙은 실오라기 하나 걸치지 않은 전라의 몸이 되자 준구가 볼 수 있는 곳으로 가서 섰다.

"지는 모델로서 부족한가예? 선생님."

긴장과 부끄러움으로 다리가 후들후들 떨렸지만 똑바로 서서 준구를 바라보며 향숙이 물었다.

준구는 도발적인 눈으로 자신을 바라보는 향숙의 시선을 담담하게 받았다.

준구에게서 무슨 말이 있지 않을까 조금은 기대를 했던 향숙은 무표정한 얼굴로 아무 말이 없이 없는 준구의 시선을 감당하지 못한 채 이내 고개를 떨궜다. 커튼 뒤로 물러나는 향숙의 어깨가 가늘게 떨렸다.

향숙이 사라지자 다시 책으로 시선을 주던 준구는 의자에 기댄 채 하늘을 바라보다가 눈을 감아버렸다. 탁 트인 하늘과 달리 준구의 마음은 무거웠다.

정숙이 향숙을 처음 데려왔던 날부터 지금까지 준구는 의도적으로 그녀를 여동생 보듯 대해왔다. 더 정확하게 말하자면 준구는 향숙이 경산댁의 쾌활하고 이성에 호기심도 많은 딸 같은 존재라고 생각했다.

준구의 이런 생각을 알 리 없는 향숙은 그가 자기에게 관심이 없다는 것을 알면서도 가끔씩 은근하게 유혹을 하기도 했고 준구를 향한 마음을 감추지도 않았다. 그런 것을 보면 향숙은 정숙이나 자신보다 훨씬 순수했다. 한 번도 자신의 마음을 들여다 본 적 없었는 향숙은 아직까지도 준구를 유혹하는 것이 자신의 의무라고 생각했다. 비록 그것이 실패로 돌아간 후에도 씩씩한 척 지내왔지만 민경이 등장한 후에는 불안감을 느끼며 지내왔던 것이다.

작업실에서 나온 향숙은 눈물을 찔끔찔끔 흘리며 집으로 돌아왔다. 알 수 없는 서러움과 서글픔이 한꺼번에 밀려들었다. 향숙이 방에 틀어박혀 저녁때가 되어도 나오지 않자, 경산댁은 또 무슨 변덕이 불었나 싶어 혀를 끌끌 찼다.

"사모님예, 선생님 식사 가져다드리고 오겠심더."

경산댁은 향숙에게 들으라는 듯 큰소리로 외치며 저녁 쟁반을 들고 대문을 나섰다. 경산댁이 돌아온 후에도 향숙의 방문은 여전히 굳게 닫혀 있었다.

"하이고, 아주 상전이 따로 없구만."

경산댁은 고개를 절레절레 흔들며 저녁을 챙겨 향숙의 방으로 들고 들어가며 소리를 질렀다.

"향숙 씨, 저녁 드세예."

벽을 보고 돌아누운 향숙은 경산댁을 쳐다보지도 않았다.

"가스나 진짜……."

욱 하고 성질이 치밀어 한 대 쥐어박으려던 시늉을 하던 경산댁은 향숙이 코를 훌쩍거리는 소리를 듣고는 무슨 안 좋은 일이 있었나보다 생각하며 그대로 나왔다.

혼자서 청소며 설거지며 집안일을 모두 마친 후 경산댁은 향숙의 방으로 들어갔다. 이만하면 풀릴 때가 되었겠지 싶은 마음이었다. 그런데 소반에 놓은 밥과 반찬은 손도 대지 않은 채 그대로 있었다.

"저녁 내내 방구석에만 처박혀가! 밥이라고 애써 챙겨 왔더니, 처묵지도 않고!"

짜증 섞인 경산댁의 말에도 벽을 보고 누운 향숙은 돌아앉지 않았다.

"니 끝까지 말 안 할끼가?"

답답함이 터진 경산댁은 향숙의 뒤통수를 보며 목소리를 높였다. 경산댁의 다그침에 향숙은 더욱 서러움이 복받쳤다.

"아입니더."

팔뚝으로 눈을 가린 채 누워 있던 향숙은 터져 나오는 울음을 삼키며 모기만한 소리로 대답했다.

"그럼 대체 와 그라는데?"

"그런 거 아니라니까예!"

물러날 기미가 없는 경산댁의 기세에 향숙은 팩 하고 소리를 지르며 일어나서 돌아앉았다. 하지만 목소리와 달리 향수의 눈가는 얼마나 한참을 울었는지 벌겋게 젖은 채 부어 있었다. 향숙의 얼굴을 본 경산댁은 아무 말 없이 그저 안쓰러운 표정으로 향숙을 바라보았다.

"향숙아."

"히잉……."

향숙은 목멘 울음을 터트리며 경산댁의 품에 벌컥 안겼다. 몸만 다 컸지 어린아이 같은 향숙의 울음에 경산댁은 마음이 짠했다.

"가스나 와 그라노……."

경산댁이 우는 아이를 달래듯 등을 쓸어주자 향숙은 더 큰소리로 울음을 터트렸다. 준구의 집에 온 후, 경산댁이 눈치를 주고 구박을 해도 주눅 들지 않은 척 씩씩한 모습을 보여 왔던 향숙이었지만 그동안 알게 모르게 쌓인 설움이 한꺼번에 올라온 것 같았다.

"하이고 이 아가 와 이라노. 향숙아……."

경산댁은 마치 엄마처럼 향숙이 울음을 다 토해낼 때까지 그녀를 품에 안아주었다.

다음날 준구의 아침 식사를 챙긴 사람은 향숙이 아닌 경산댁이었다. 준구는 아무 것도 묻지 않은 채 평소처럼 아침을 먹고 작업실로 향했다.

　이틀 동안 집에서 끙끙 앓았던 민경은 얼굴에 붓기가 가라앉고 겨우 움직일 만해지자 작업실로 향했다. 엄마를 살려달라며 뛰어간 그날부터 송이와 기주는 준구의 집에서 지내고 있었다. 민경이 힘들게 아이들을 돌보느라 몸이 더 안 좋아질까 염려한 정숙의 지시였다. 대신 경산댁이 이틀 동안 매일 밥과 반찬을 싸서 기주와 송이를 데리고 민경의 집에 들러 민경이 먹는 것을 확인하고는 청소와 설거지까지 해놓고 다시 아이들을 데리고 돌아갔다.

　아이들은 신경 쓰지 말고 몸이 다 회복되거든 그때 작업실에 다시 나와도 된다는 경산댁의 말에 민경은 치부를 들킨 것 같은 창피함과 고마움에 몸 둘 바를 몰랐다. 정숙과 준구에게 더 이상 폐를 끼치지 않으려면 하루라도 빨리 다시 작업실로 가는 것만이 최선이라고 생각한 민경은 몸이 좀 낫자 툭툭 털고 일어났다. 아직 맞은 자리가 욱신욱신 쑤셨지만 이 정도는 견딜만했다. 더 심하게 맞았을 때에도 기주를 업고 국밥집에 나갔던 민경이었다. 입에 풀칠을 하려면 민경이 일을 할 수 밖에 없었기 때문이다.

　준구의 집에 들르지 않고 곧바로 작업실로 간 민경은 잠시 머뭇거리다 문을 열었다. 이틀 동안 안 왔을 뿐인데 왠지 문을 열기가 어렵고 두려웠다. 조심스럽게 안으로 들어간 민경은 준구를 향해 죄송함이 가득한 얼굴로 고개를 떨어뜨리고 허리를 꾸벅 숙였다. 그리고는 고개를 돌린 채 잰걸음으로 탈의실로 갔다.

준구는 빠른 걸음으로 자신을 지나쳐 탈의실로 가는 민경의 얼굴에서 까만 멍자국과 상처를 발견하고 깜짝 놀랐다. 설마 하는 생각에 잠시 그대로 있던 준구는 의자에서 일어나 탈의실로 향했다.

준구가 오는 것을 몰랐던 민경은 어깨 높이의 칸막이가 쳐진 탈의실 안에서 옷을 벗기 시작했다. 탈의실로 간 준구는 칸막이 옆에서 옷을 벗고 있는 민경을 보고는 어처구니가 없다는 듯 인상을 썼다. 팔이며 허벅지 어느 하나 성한 곳이 없이 멍 자국이 가득했다.

준구의 시선을 알아차린 민경은 죄를 지은 사람처럼 고개를 들지 못했다. 준구는 스케치북을 들지 않은 손으로 민경의 턱을 가만히 올렸다. 아직도 선명하게 손자국이 남아 있는 볼이며 시퍼렇게 부어오른 아랫입술까지 얼굴은 더 엉망이었다. 준구는 자신도 모르게 손을 뻗어 민경을 뒤로 돌려보았다. 어깨며 등, 허리 가릴 것 없이 커다란 멍들이 검붉은 빛을 자랑하고 있었다.

준구는 민경이 처음 모델을 하러 왔던 날이 떠올랐다.

"지금 누가 때리고 있어. 맞고 있다고 생각해봐. 맞고 있는 중이야. 아주 많이 무섭고 아프고 슬퍼."

"……"

"그래. 계속해. 맞고 있는 거야, 지금. 그래서 기분이 안 좋아. 나빠. 슬프고 우울해. 많이 아파."

"……."

"그렇지! 바로 그거야!"

민경은 맞고 있다고 생각하며 포즈를 취하라는 자신의 요구를 정확하게 이해하는 것처럼 웅크리며 몸을 떨었고, 민경이 과연 모델을 할 수 있을지 긴가민가했던 준구는 그 모습에서 가능성을 찾았었다. 만족스러운 듯 잘한다고 외쳤던 자신을 보며 민경은 과연 무슨 생각을 하며 자세를 취했을까 생각하니 말이 나오지 않았다.

"몸살이 아니었군."

멍한 얼굴로 한참 동안 침묵하던 준구는 두통이 몰려와 손으로 머리를 짚었다. 하지만 그대로 있으면 계속 민경이 자신의 눈치만 볼 것 같았다. 준구는 간신히 한마디를 내뱉고는 한숨을 내쉬었다.

"괜찮나?"

민경을 보는 준구의 얼굴에는 괴로운 기색이 가득했다. 맞은 것은 자신인데 민경은 꼭 자신이 준구를 괴롭히고 있는 것 같아 아무렇지 않다는 표정을 지으며 대답했다.

"지는 뭐, 맞는 데는 이골이 나가……."

하지만 민경의 그 말에 준구는 더욱 충격을 받았다.

“죄, 죄송합니데이, 선생님.”

준구의 표정에 민경은 어쩔 줄을 모르며 연신 고개를 숙였다.

“아휴……:”

다시 한 번 길게 한숨을 내쉰 준구는 스케치북을 바닥에 툭 하고 던졌다. 스케치북이 떨어지는 소리에 민경은 준구가 화가 많이 난 것 같아 어쩔 줄을 몰랐다.

“옷 입어.”

“예?”

갑자기 옷을 입으라는 준구의 말에 민경은 불안한 표정을 지었다. 준구는 그런 그녀를 보고 있자니 속에서 화가 치밀었다.

“이래가지곤 작업을 할 수가 없어.”

준구는 탈의실에서 돌아서 책상을 향해 걸어갔다. 민경은 죄송한 마음에 고개를 숙이며 작은 목소리로 웅얼거렸다.

“죄, 죄송합니더.”

그때 갑자기 준구가 다시 몸을 돌려 저벅저벅 걸어왔다. 놀란 민경은 무슨 일인가 싶어 잔뜩 움츠러들었다. 탈의실 앞에 선 준구는 민경의 어깨를 꽉 잡았다.

“작품이 끝날 때까지는, 네 몸 네가 똑바로 간수해야 해.”

준구는 민경의 눈을 똑바로 쏘아보며 한 자 한 자 강조하듯 말했다. 민경은 무슨 뜻인지 잘 알았다는 듯 고개를 끄덕였다. 말을 마치자 준구는 문을 쾅 닫고는 밖으로 나가버렸다. 민경은 힘없이 다시 옷을 입기 시작했다. 그런데 다시 문이 확 열리더니 준구가 들어왔다.

민경은 옷을 손에 든 채 준구를 보았다. 의자에 앉은 준구는 민경을 보며 말했다.

"아니야. 아니야. 단상에 서 봐."

잠시 후 민경은 옷을 모두 벗은 채 단상 위에 섰다. 환한 햇살 아래 민경의 나신이 드러났다. 근수에 의해 무차별하게 구타를 당한 민경의 몸에는 푸르죽죽한 멍부터 새카만 멍, 검붉은 멍까지 형형색색의 멍 자국이 가득했다. 손으로 맞고, 주먹으로 얻어터지고, 발로 채인 곳마다 저마다의 크기며 모양이 다른 상처들이 얼굴에서 목으로, 목에서 어깨로, 어깨에서 등으로, 팔로, 허리로, 허벅지로 마치 그림처럼 이어져 있었다.

심각한 눈으로 민경을 보던 준구의 얼굴은 믿을 수 없다는 듯 표정이 일그러졌다. 결국 준구는 민경에게서 고개를 돌리며 한숨을 길게 내쉬고는 무거운 목소리로 말했다.

"아무래도 안 되겠어."

준구의 얼굴을 볼 낯이 없는 민경은 아무 말 없이 탈의실로 돌아가 다시 옷을 입었다.

"송이야."

향숙이 막대사탕을 숨긴 채 안마당에서 혼자서 놀고 있는 송이를 불렀다. 송이는 향숙을 빤히 바라보았다. 처음 송이가 왔을 때 향숙은 어린아이가 말도 없고, 선물을 줘도 고맙다는 인사도 할 줄 모르는 것이 얄밉고 버릇없다고 생각했다. 하지만 경산댁에게서 민경의 사정을 듣고 나자 어린것이 참 안쓰럽다는 생각이 들었다.

"기주는 자나?"

송이는 향숙을 쳐다보지도 않은 채 고개를 끄덕거렸다. 그런 송이를 불쌍한 눈으로 보던 향숙은 송이 앞에 막대 사탕을 쑥 내밀었다. 송이가 가져도 되냐는 듯 눈치를 보자 향숙은 미소를 지으며 고개를 끄덕였다. 그때서야 송이는 웃으며 사탕을 받았다. 향숙은 그런 송이의 머리를 다정하게 쓰다듬었다.

"헤헤."

기분이 좋아진 송이가 향숙을 향해 웃었다. 향숙도 송이를 보며 빙그레 미소를 지어주었다.

털털 털털 털털.

그때 요란한 자동차 소리가 들리자 향숙은 얼른 대문으로 뛰어나갔다.

"향숙이 오랜만이다잉."

자동차 뒷좌석에서 궤짝에 한가득 담긴 포도를 내려놓는 오 서방이 향숙을 보더니 걸쭉하게 인사를 했다.

"우리 향숙이 포도맹키로 탱글탱글 잘 익었다이. 인자 시집가야 안 되긋나? 하하하."

"흥!"

향숙은 어림없다는 듯 고개를 획 돌렸다. 목에 걸린 수건으로 땀을 닦던 오 서방은 그런 향숙의 반응이 재미있다는 듯 웃음을 터트렸다.

"니 무라꼬 사온 거 아닌게 잘 챙겨드리라잉."

"야."

궤짝에 담긴 포도를 보던 향숙이 시원하게 대답했다.

"오 서방 왔는가?"

"아이고, 사모님 계셨습니까?"

향숙과 실없는 농담을 하며 웃던 오 서방이 정숙을 보고는 화들짝 놀라 공손하게 인사를 했다.

"오는 길에 사모님 포도 좋아시는 거 생각나가지고 포도 쪼매 사왔십니더. 맛 좀 보시라꼬예."

오 서방은 정숙과 함께 나온 경산댁에게 눈인사를 하며 말했다.

며칠 전, 준구는 오 서방에게 전화를 해 작품에 쓸 흙을 주문했다. 흙을 주문하는 것을 보고 작품에 진척이 있구나 싶어 흐뭇했던 정숙은 털털대는 자동차 소리가 들리자 나와 본 것이었다. 정숙은 잘 익은 포도가 가득한 궤짝을 보며 미소를 지었다. 준구의 집에서 오랫동안 일을 했던 오 서방은 정숙이 포도를 좋아한다는 것을 잊지 않고 있었다.

"그래 고맙네. 늦지 않게 어서 올라가게."

정숙의 말에 오 서방은 정숙에게 인사를 꾸벅 하고는 얼른 차에 다시 올랐다. 준구의 작업실로 향하는 차의 짐칸에는 작품에 사용할 고평토가 담긴 시멘트 봉투가 여러 개 놓여 있었다.

"선생님."

작업실에 도착한 오 서방은 차에서 내리자마자 밖에 나와 앉아 있는 준구를 향해 고개를 숙였다. 뭐가 그리 좋은지 늘 싱글벙글한 표정의 오 서방 덕분에 잔뜩 무거웠던 공기가 조금씩 흩어지기 시작했다.

"왔나. 꺼내보게."

"야."

오 서방은 재빨리 뒤쪽에서 커다란 고무대야를 가져와 작업실 앞쪽에 그늘이 드리워진 시원한 곳에 놓았다. 그리고 차에서 시멘트 봉투에 담아온 고령토를 꺼내 한 번에 두세 개씩 날랐다.

고무대야에 고령토를 쏟은 오 서방은 삽을 들고 능숙하게 반죽을 시작했다. 어느 정도 반죽이 되자 준구는 의자에서 내려와 고령토를 한 줌 쥐었다. 구타로 엉망이 된 민경을 보고 난 후 준구의 심기는 내내 편치 않았다. 그 마음이 그대로 얼굴에 드러나는 바람에 준구의 얼굴은 더없이 심각했다.

"어떻십니까? 영 아닌갑네베예."

오 서방은 혹시 반죽이 잘못되었나 싶어 준구의 눈치를 살피며 조심스럽게 물었다. 하지만 준구에게서는 아무 대답이 없었다. 역시 그럴 줄 알았다는 듯 오 서방은 눈썹을 찌푸리며 코를 쿵쿵거리며 한숨을 쉬었다.

"하 그 영감탱이. 최상품이라케가 사온 긴데."

"아닐세, 괜찮네. 좋아."

그때서야 준구가 괜찮다고 말하자 오 서방의 얼굴이 활짝 펴지며 입이 귀에 척 걸렸다.

"아 그래예? 다행이네예. 아휴 어쩐지 제일 좋은 거더라 하더라고예."

그럼 그렇지 하는 뿌듯한 얼굴로 오 서방은 다시 고무 대야에 물을 붓고 삽질을 하며 반죽을 계속했다.

옷을 다시 입은 민경은 밖에서 사람 소리가 들리자 누가 왔나 싶어 쭈뼛거리며 작업실 밖으로 나왔다. 오 서방은 얼른 민경에게 꾸벅 인사를 했다. 나이가 한참 많은 오 서방의 인사를 받은 민경은 어색하게 고개를 숙였다.

"새로운 모델인가베."

오 서방이 민경에게 묻자 민경은 그저 고개만 끄덕였다. 오 서방이 대체 누구인가 싶어 민경이 준구를 보자 준구가 대뜸 물었다.

“뻐근하지?”

“예?”

“근육이 뭉친 게 여기 저기 쑤시고.”

민경은 고개를 끄덕였다. 도대체 오 서방은 누구인지, 왜 갑자기 그런 것을 묻는지 알 수가 없었다. 하지만 준구는 한마디도 설명을 해주지 않은 채 민경을 턱으로 가리키며 오 서방을 향해 말했다.

“오 서방 자네 이 친구 오늘 시다로 좀 쓰게!”

“시다예?”

무슨 소린가 싶어 준구를 보던 오 서방은 민경의 얼굴을 보고 알았다는 듯한 표정을 지었다. 오 서방의 표정을 본 준구는 작게 고개를 끄덕했다.

“신발 벗고 고 드가봐라.”

오 서방은 민경에게 대야를 가리키며 말했다.

“어데예?”

오 서방은 무슨 말인지 몰라 어리둥절한 민경을 향해 익살스러운 표정을 지으며 얼른 신발을 벗고 대야에 들어갔다. 그리고는 시범을 보이듯 고령토 반죽을 발로 살살 밟으며 말했다.

“신발 벗고 함 들어가보라고. 이 잔 반죽은 삽으론 몬하는 기라.”

“아……．”

그때서야 민경이 알았다는 표정을 짓자 오 서방은 그렇지 하는 얼굴로 설명을 계속했다.

"발로 요래요래 밟아야 하는 기거든. 사부작사부작 밟아 봐. 그래."

엉망이 된 얼굴을 한 자신을 보면서도 아무렇지 않은 듯 익살스러운 표정으로 수다스럽게 말을 붙여대는 오 서방 덕분에 굳었던 민경의 얼굴이 조금씩 풀리기 시작했다. 민경은 신발을 벗고 대야에 들어가 오 서방이 하는 대로 발로 살살 반죽을 밟았다.

"근데 우리 모델님 낯짝은 와 그 모냥인고? 동네 아지매들하고 치받고 싸웠는갑제?"

얼굴에 난 멍이며 상처를 들켜버린 것이 창피한 민경은 고개를 돌리다가 동네 아줌마들하고 싸웠냐는 오 서방의 말에 억울한 기분이 들었다. 하지만 사실대로 말을 하는 것도 너무 구질구질한 이야기 같아 속상함을 꾹 참고 반죽에만 집중했다. 그러자 오 서방은 아무렇지 않다는 듯 심드렁한 얼굴로 민경을 보면서 말했다.

"하기사 뭐 작품서 얼굴은 밸로 중요 안 하다."

민경은 관심 없는 척하면서 오 서방의 말에 귀를 기울였다. 오 서방은 아예 대야에서 나오더니 반죽을 하는 민경의 몸을 요모조모 살폈다. 그 얼굴이 진지하면서도 우스꽝스러웠다. 민경이 무슨 생각을 하든 개의치 않는다는 듯 꼼꼼하게 관찰을 한 오 서방은 알았다는 듯 고개를 끄덕끄덕하더니 말했다.

"원래 전신 조각이라카는기, 사람, 이 몸 행태가 중요한 기라."

신중한 얼굴로 말을 하던 오 서방은 민경과 시선이 마주치자 씩 웃더니 딱 부러지게 말했다.

"얼굴은 쪼매 못나도 된다."

"칫. 공갈치지 마이소. 내가 바본 줄 아나?"

오 서방의 익살에 마음이 한결 가벼워진 민경은 얼굴이 못나도 된다는 말을 듣자 새초롬한 표정을 지으며 대꾸했다. 그러자 오 서방은 팔을 휘저으며 어처구니가 없다는 듯 말했다.

"아따 야가 속고만 살았나? 앞으로 보면 안다. 함 봐라. 다리는 나무 꼬쟁이만 해가꼬."

"뭐라꼬예?"

수다스럽고 사근사근한 오사방의 행동에 마음이 풀어진 민경이 빽 하고 큰소리를 내자 오 서방은 얼른 꽁지를 내리며 말을 돌렸다.

"자 밟아라 밟아."

민경은 어이가 없어서 웃음이 피식 새어나왔다. 민경이 웃는 것을 본 오 서방은 한술 더 떠 민경의 발을 보더니 냄새가 난다며 얼굴을 찌푸리고 고개를 절레절레 흔들었다.

"아이고, 발은 씻었나?"

"뭐라꼬예?"

민경이 다시 빽 소리를 지르자 못들은 척 대야를 가리키며 진지하게 말했다.

"좀 단디해라. 단디."

쉴 새 없이 수다를 떠는 오 서방 때문에 민경은 자꾸만 웃음이 나왔다. 준구는 싱글싱글 떠드는 오 서방과 뒤뚱거리며 발 반죽을 하고 있는 민경을 보며 미소를 지었다. 천성이 익살스럽고 눈치가 빠른 오 서방이 어느새 민경과 투닥거리는 것을 보고 있자니 답답했던 마음이 풀어지는 것 같았다. 토라진 듯 새침한 표정을 지었다가 즐거운 듯 웃는 민경을 보자 준구의 기분도 조금 가벼워지는 것 같았다. 환한 얼굴로 둘을 보던 준구는 안심하고 작업실로 돌아갔다.

준구의 표정이 밝아진 것을 본 오 서방은 더욱 신나게 연신 민경과 티격태격 하면서 반죽을 했다. 오 서방이 입을 열 때마다 민경의 얼굴에서는 웃음이 끊이질 않았다.

베트남전에 참전했던 남편은
끝내 돌아오질 못했다.

불안한 평온 2

　근수는 민경을 반 죽도록 때리고 나간 뒤 며칠째 집에 들어오지 않았다. 그나마 근수가 들어오지 않았기에 민경의 몸은 빠르게 회복이 되어갔다.

　민경은 다 낫지 않은 몸으로 날마다 작업실을 갔다. 민경의 몸에 난 멍 자국들은 시간이 지나면서 점점 흐려졌다. 더러 더 새카맣게 변해버린 멍도 있었지만 그래도 모델을 서는 데에는 문제가 없었다. 하지만 준구는 민경이 무리를 하지 않도록 했다.

　오 서방은 고령토를 전부 반죽할 떠까지 계속해서 작업실을 찾아왔다. 민경은 오 서방과 함께 반죽을 하는 데 익숙해졌다. 오 서방의 익살스러운 농담에도 적응이 되었다. 준구가 점심을 먹으며 쉬는 낮에는 오 서방과 흙 반죽을 하며 반죽의 쓰임새에 대하여 이것저것 배우기도 했다. 민경은 작품과 관련된 이야기가 나오면 귀를 쫑긋하고 들었다.

오 서방이 돌아간 후 준구는 작업실에 있던 소조상에 천을 씌웠다. 아직 몇 개 더 스케치를 완성해야 하긴 했지만 민경의 자세를 기본으로 한 스케치는 거의 완성이 되어가고 있었다. 이것을 기본으로 슬슬 점토 작업을 준비하던 준구는 자신이 만든 소조상들을 꼼꼼하게 비교해가며 본 후 다시 천으로 덮는 중이었다.

민경은 벌거벗은 여자의 몸을 조각한 소조상을 보고 있는 준구의 등에 대고 궁금했던 것을 물어보았다.

"선생님. 저, 궁금한 게 있는데예."

민경의 말에 돌아선 준구는 무슨 질문이냐는 듯 눈썹을 올렸다. 잠시 주저하던 민경은 침을 꿀꺽 삼킨 뒤 입을 열었다.

"와 누드여야 되는데예? 어째서 옷을 다 벗어야 되는지……"

하지만 질문이 끝나기도 전 괜한 민망함과 부끄러움에 얼굴이 먼저 붉어졌다. 황당한 표정으로 민경을 보던 준구는 민경의 붉어진 얼굴을 보며 미소를 지었다. 준구의 미소가 일순간 짓궂게 변하더니 오히려 민경에게 되물었다.

"그럼 뭘 입지?"

“예?”

생각지도 못한 물음에 민경은 깜짝 놀라 멍한 표정을 지었다.

준구는 다시 소조상에 옷을 입히듯 모시로 된 하얀 천을 하나하나 덮으면서 혼잣말처럼 민경에게 물었다.

“뭘 입으면 좋을까. 이런 옷?”

소조상에 숄을 둘러주듯 천을 덮은 후 민경을 보던 준구가 다시 다른 소조상에 치마를 입히듯 모시천을 두르며 물었다.

“아님 이런 스타일?”

민경은 아무리 생각해도 무슨 뜻인지 모르겠다는 표정으로 준구가 방금 모시천을 둘러준 소조상을 골똘한 표정으로 바라보았다. 준구는 그런 민경의 표정을 보며 설명을 하듯 말을 이었다.

“난, 몸을 통해서 어떤 가치를 찾고 있는 건데.”

몸을 통해 ‘가치’를 찾는다는 준구의 말에 민경은 도통 모르겠다는 얼굴로 준구를 보았다. 준구는 부드러운 눈으로 민경을 보며 말했다.

“미의 본질까진 아니어도, 이를테면 아름다움일 수도 있고. 옷이야 껍데기일 뿐이고.”

준구의 말을 들은 민경은 모시천으로 덮인 소조상을 보면서 알 듯 말 듯한 얼굴로 고개를 갸웃했다. 준구의 말대로

소조상을 모시천으로 덮자 오히려 가려지지 않은 부분들이
더욱 두드러졌고, 모시천으로 가려진 부분들이 어떤 자세일
지 궁금해졌다. 옷이란 껍데기일 뿐이라는 말은 저 모시천처
럼 오히려 걷어버리고 싶은 그런 의미가 아닐까 싶은 마음으
로 자신도 모르게 끄덕였다. 그 모습에 준구는 기특하다는
표정을 짓더니 다시 걱정스런 표정으로 말했다.

"그나저나 전신상을 만들 포즈를 찾아야 하는데 역시 쉽
지가 않네. 자, 다시 시작해볼까?"

"야."

민경은 씩씩하게 단상 위로 올라갔다. 준구는 민경을 스케
치하기 시작했다. 하지만 계속 원하는 자세가 나오지 않았
다. 비슷한 것 같으면서도 생각했던 자세와 딱 맞아떨어지지
가 않아 준구는 몇 번이나 고개를 갸웃거렸다. 민경은 준구
의 눈치를 보면서 더욱 열심히 움직이지 않은 채 자세를 유
지하려고 노력했다. 하지만 준구는 못내 뭔가 흡족하지 않
은 듯 아쉬운 얼굴로 고개를 갸우뚱하더니 민경을 보며 말
했다.

"좀 쉬었다 할까?"

한참 힘이 들었던 민경은 준구의 말에 고개를 끄덕이면서
자세를 풀었다. 고정된 자세를 유지하느라 뻣뻣해진 팔을 등
뒤로 쭉 뻗으며 뻐근한 허리를 좌우로 천천히 돌렸다.

"잠깐, 지금 좋다."

준구의 말에 민경은 동작을 멈췄다.

의도하거나 지시한 것은 아니었지만 준구가 원했던 자세와 비슷했다. 준구는 민경을 찬찬히 보더니 다시 입을 열었다.

"거기서 허리만 돌려봐."

민경은 어느새 휴식을 잊은 채 몰입한 준구의 눈을 보며 허리를 천천히 돌렸다.

"그렇지."

준구의 얼굴에 만족스러운 표정이 어렸다. 그리고는 곧바로 다시 말했다.

"그 상태로 다리를 벌려봐."

민경은 상체를 유지한 채 자세를 잡았다. 스케치북을 들고 민경 앞으로 온 준구는 정면과 측면을 골고루 살펴보더니 목탄을 손에 쥐고 말했다.

"고개를 돌려봐. 아니, 반대로"

민경이 고개를 돌리자마자 반대쪽을 외치던 준구는 민경이 반대로 고개를 돌리자 맞는다는 듯 끄덕이며 서둘러 스케치북에 민경의 자세를 그리며 물었다.

"이 자세 기억하겠지?"

민경은 자신 있다는 듯 미소를 지으며 고개를 끄덕였다.

민경이 가고 난 뒤 홀로 작업실에 남은 준구는 낮에 했던 스케치를 보면서 미소를 지었다.

"기분 좋다!"

조각을 다시 시작하게 된 이후 가장 즐거운 날이었다. 민경에게서 드디어 전신 조각의 포즈를 찾은 것이다. 마음에서부터 올라오는 벅찬 기쁨을 주체할 수 없어 준구는 크게 소리를 질렀다.

"아! 좋다!"

준구의 얼굴이 환하게 빛났다.

시장에 갔던 경산댁은 평소보다 물건을 넉넉히 사는 바람에 양손 가득 장바구니를 들고 낑낑거리며 민경의 집으로 향했다. 민경의 옹색한 살림살이에 대한 이야기를 들은 정숙이 경산댁에게 시장을 볼 때 민경의 찬거리도 함께 챙겨 주라고 말했기 때문이다.

"아이고 더버라."

아직 민경이 도착하지 않았는지 집은 비어 있었다. 경산댁은 장바구니를 내려놓고 쪽마루에 걸터앉았다. 수건으로 흥건해진 땀을 닦으며 부채질을 하고 있자 잠시 후 민경이 송이와 함께 들어섰다.

"어? 아지매."

민경은 무슨 일인가 싶어 입을 여는 순간 경산댁이 재빨리 말을 잘랐다.

"아이고 두 번만 기다리다간 더워 죽겠다!"

더워죽겠다는 말을 들은 송이가 민경의 손을 놓고 부엌으로 달려갔다.

"여긴 우짠 일로."

의아한 얼굴로 묻는 민경에게 경산댁은 아무 일도 아니라는 듯 말했다.

"장 보러 왔다가 함 들렸다."

"아이고, 더븐데 냉수라도 한 잔 내올기예."

그때 민경보다 먼저 부엌으로 들어간 송이가 냉수를 담은 막사발을 경산댁에게 건넸다. 경산댁은 물을 받으며 함박웃음을 지었다.

"하이고 착해라! 송이 니가 니 어매보다 낫다!"

민경은 무슨 할 말이 있어서 왔나 싶어 시원하게 냉수를 들이키는 경산댁 옆에 앉았다. 하지만 경산댁은 막사발을 내려놓자 볼일이 끝났다는 듯 말했다.

"아이구야, 물도 얻어먹었겠다, 어두워지기 전에 퍼뜩 가 봐야겠다."

일가친척도 없어 손님이라고는 온 적이 없는 집에 찾아온 경산댁이 내심 반가웠던 민경은 오자마자 물 한 잔만 마시고 간다는 것이 아쉬웠다. 정말 장에 갔다가 일부러 길을 돌아서 이곳에 그냥 들렸나 싶었다.

"벌써예?"

민경의 목소리에게 아쉬움이 묻어났다.

"그럼 모, 자고 가까?"

경산댁은 자리에서 일어나며 자연스럽게 장바구니를 하나만 챙겨들고는 밖으로 나갔다. 놀란 민경은 경산댁이 두고 간 장바구니 하나를 마저 들고 뒤를 따르며 외쳤다.

"아지매, 이거예."

그러자 경산댁은 걸음을 멈추고 몸을 반만 돌린 채 민경을 보면서 말했다.

"그건 니 꺼다."

"야?"

"사모님이, 앞으론 장 보면서 민경이 니 것도 챙기라 하셨다."

죄송함과 고마움이 뒤섞인 마음에 민경은 아무 말도 하지 못했다.

"고기하고 생선도 쪼매 샀으니, 아덜도 잘 멕이고."

민경의 눈이 금방 촉촉해졌다.

"고마워서 우째……."

경산댁은 울먹이는 민경을 가만히 보면서 말했다.

"세상에 사모님 같은 분도 또 엄따. 니는 복 받은 기라."

정숙의 마음에 저절로 고개가 숙여진 민경이 코를 훌쩍이며 말했다.

"야, 압니더."

"내는 간데이, 욕 봐라."

"들어가입시더."

민경은 그만 들어가라고 손짓을 하는 경산댁을 기어이 대문까지 따라나섰다. 민경을 따라 나온 송이가 경산댁을 향해 고개를 꾸벅 숙이며 인사를 했다.

"안녕히 가이소."

"오이야."

그 모습에 경산댁은 흐뭇한 미소를 지으며 이제 그만 들어가라는 듯 손짓을 하고는 돌아섰다.

하지만 민경은 오래도록 들어가지 못한 채 경산댁의 멀어지는 뒷모습을 먹먹한 표정으로 보며 서 있었다. 송이는 엄마의 마음을 아는 것처럼 민경의 옆에 딱 붙어서서 함께 경산댁이 가는 것을 보았다.

다음 날 민경은 아침 일찍 일어나 국을 끓이고 생선을 구웠다. 송이는 민경이 주는 반찬을 하나씩 받아와 함께 상을 차렸다. 기주와 셋이 함께 배불리 맛있는 아침을 먹었다. 근수가 없는 아침 밥상에는 행복한 웃음이 넘쳤다. 민경은 부지런히 생선살을 발라 송이와 기주의 입에 넣어 주었고 입 안 가득 밥을 넣은 송이는 민경을 향해 연신 웃었다.

평소처럼 산책을 마친 준구는 아침을 먹고 약을 먹은 뒤 작업실로 향했다. 준구가 가고 난 뒤 화채를 쟁반에 받쳐 들고 나오던 경산댁은 가만히 서서 정숙을 바라보았다. 남편을 위해서라면 기꺼이 자신을 헌신하는 넓은 품을 지닌 정숙은 나이가 들었어도 천생 여자의 얼굴을 하고 있었다.

"참말로 곱다."

혼잣말을 하며 서 있던 경산댁의 기척을 느낀 정숙이 천천히 눈을 떴다.

"경산댁."

"예?"

갑작스런 부름에 당황한 경산댁이 허둥지둥 화채를 들고 다가왔다.

"요즘 선생님이 많이 밝아지셨지?"

밝은 얼굴로 묻는 정숙을 보며 그녀의 마음을 알아차린 경산댁은 화채를 내려놓으며 그렇다는 듯 맞장구를 쳤다.

"아이고 예. 옛날 맹키로 다시 당당해지셨지예."

"맞아. 당당해지셨어."

경산댁의 말에 고개를 끄덕이며 곱씹던 정숙은 문득 자세를 바로하며 궁금하다는 듯 말했다.

"작업은 어떤지 모르겠네."

"그 실력이 어디 갔겠십니꺼? 언제 한번 올라가 보시지 그래예?"

경산댁의 말에 정숙은 고개를 저었다.

"송이 엄마가 은인이야. 정말로."

먼 산으로 시선을 둔 정숙이 민경을 걱정하던 준구를 떠올리며 중얼거렸다. 정숙의 얼굴에 복잡한 표정이 떠올랐다.

경산댁은 말없이 정숙을 바라보았다.

잠시 심난한 마음을 추스른 정숙은 다시 아무렇지 않은 얼굴로 바구니를 무릎에 올려 뜨개질을 시작했다.

"아니, 사모님. 한여름에 와 털옷을……"

무더위에 털실로 뜨개질을 하는 정숙을 보며 경산댁이 당황한 목소리로 물었다. 정숙은 경산댁을 보며 빙그레 미소를 짓더니 말했다.

"올 겨울에 입혀 드리려고."

"예."

정숙의 마음을 아는 경산댁은 알았다는 듯 고개를 끄덕였다.

작업에 열중하고 있을 준구를 떠올리며 어느새 기분이 좋아진 정숙이 밝은 목소리로 말했다.

"참, 언제 오 서방 시켜서, 작업실에 놓을 화력 좋은 난로도 미리 좀 알아보라고 해야겠어."

"예."

경산댁은 그런 정숙을 흐뭇한 눈으로 바라보았다.

스케치가 끝나고 소조작업이 시작된 작업실에는 민경이 모델을 서는 단상 앞에 각목으로 만든 뼈대가 놓여 있었다. 전신 조각의 자세를 찾은 후 준구가 밤낮 없이 작업을 하여 만든 것이었다.

손이 불편해 시간이며 노력이 배로 걸렸지만 이제 드디어 소조를 시작할 수 있다는 생각에 준구는 점점 흐뭇해졌다. 준구는 오 서방이 반죽을 해 놓은 찰흙덩어리를 뼈대에 척척 붙였다.

작업실에 도착한 민경은 작업 중인 준구의 등에 꾸벅 인사를 하고는 그가 뼈대 작업을 하는 것을 보고는 얼른 개수대에 가서 손을 씻었다. 그리고는 준구 옆으로 가서 찰흙 반죽을 떼어내기 시작했다. 준구는 어느새 옆에 앉은 민경을 보며 눈으로 아는 척을 했다. 준구와 눈을 마주친 민경이 싱긋 웃었다.

민경이 온 뒤로 작업은 점점 속도가 나기 시작했다. 민경은 준구가 손을 내밀면 적당한 크기의 찰흙을 넘겨주었다. 점점 몸통과 다리의 형태가 나오기 시작했다. 민경은 그 과정이 마냥 신기하여 준구가 찰흙을 붙이고 주무를 때마다 소조상을 정신없이 바라보았다.

"뭐해? 팔 떨어지겠다."

준구의 말에 민경이 아차 하는 얼굴로 얼른 찰흙을 건네주었다. 준구는 민경이 건넨 찰흙덩어리를 보더니 고개를 끄덕인 뒤 뼈대에 척 하고 붙이며 말했다.

"제법이야. 크기도 적당하고."

별 다른 이야기를 하지 않았는데도 아까부터 자신이 원하는 크기의 덩어리를 딱딱 맞춰주는 민경을 보며 준구가 말했다.

“오 서방 아재한테 여쭤봤어예.”

칭찬을 받은 민경이 수줍은 얼굴을 하자 준구는 빙그레 웃었다. 찰흙을 만지던 준구가 작업대를 보자 민경은 얼른 철로 만들어진 주걱 모양의 헤라를 건넸다. 준구의 눈에 놀란 빛이 어렸다.

“어떻게 알았어?”

“척 하면 알지예.”

민경이 뿌듯한 얼굴로 말했다. 민경의 표정을 본 준구가 웃음을 터트리자 민경도 수줍게 따라 웃었다.

“고맙네.”

민경이 준 헤라를 이용해 찰흙을 자르며 준구가 말했다. 민경은 아니라는 듯 웃으며 준구의 작업을 도왔다.

아침 내내 뼈대를 만들던 민경과 준구는 향숙이 들고 온 점심을 먹은 후 잠시 휴식을 취했다. 이윽고 준구가 다시 소조상으로 다가가자 민경은 아무 말 없이 곧바로 일어나 탈의실로 향했다. 옷을 벗고 단상으로 올라간 민경은 자세를 잡고 몸을 고정시켰다.

“좋아, 그대로.”

준구는 만족한 듯 고개를 끄덕인 후 작업을 시작했다. 본격적인 작업이 시작되자 준구의 집중도는 점점 높아졌다. 민경은 몇 시간씩 거의 쉬지도 않고 작업을 하는 준구를 보며

혀를 내둘렀다. 작업은 스케치를 할 때보다 훨씬 고되 보였
지만 준구는 점점 신이 나는 것 같았다.

한참 동안 자세를 유지하던 민경은 슬며시 고개를 돌려
준구를 관찰했다. 준구가 만들고 있는 저 찰흙 덩어리를 붙
인 뼈대가 바로 자신의 몸이라는 것이 새삼 신기했다.

준구는 오직 손끝에 모든 신경을 집중했다. 민경은 감탄어
린 눈으로 섬세하게 흙을 주무르는 준구의 손과 소조상을
번갈아 바라보았다.

민경이 자신을 보는 것을 알아차리지 못한 채 작업에 열
중하던 준구가 문득 소조에서 한 발짝 물러났다. 뭔가 마음
에 들지 않는 듯 소조상의 허리와 민경의 허리를 번갈아 보
던 준구가 민경에게 다가왔다. 뜨끔해진 민경은 얼른 고개를
얼른 원래의 위치로 복귀시켰다.

준구는 소조상을 만지는 것처럼 민경의 허리 근육을 만져
보았다. 무언가를 찾아내려는 섬세한 손길에 민경은 자신도
모르게 눈을 감았다. 민경의 몸 여기저기를 살펴보던 준구
는 이내 고개를 갸우뚱하더니 다시 자리로 돌아가 소조상
을 만지기 시작했다.

민경은 준구가 돌아가자 다시 고개를 살짝 돌려 준구를
곁눈질했다. 소조작업을 하는 준구를 관찰하느라 민경의 몸
이 미세하게 움직이자 준구가 단박에 지적했다.

"아니야."

민경은 깜짝 놀라 다시 자세를 잡았다.

자세를 계속 유지하고 있는 것이 힘에 부치나 싶은 준구가 민경에게 물었다.

"힘든가?"

"오데예."

민경은 말도 안 된다는 목소리로 말했다. 준구는 곧바로 다시 작업을 계속했다.

준구의 손끝과 헤라가 정교하게 지나갈 때마다 소조상은 점점 민경과 닮아가기 시작했다. 준구의 얼굴에 고인 땀들이 턱으로 내려와 바닥으로 뚝뚝 떨어졌다. 땀이 나는 것도 방해가 된다는 듯 고개를 들어 팔뚝으로 땀을 닦던 준구가 다시 소조상을 보면서 민경에게 말했다.

"자, 몸을 세 시 방향으로 돌려봐. 자세는 그대로 하고."

민경은 준구를 향해 섰다. 정면을 보는 민경과 준구의 눈빛이 마주쳤다.

"그렇지! 그리고 다리에 힘을 더 줘봐. 더! 더!"

준구의 말에 민경은 자세가 잡힌 몸에 힘을 줬다. 민경의 골반과 복부에 미끈한 근육들이 잡혔다.

"그렇지, 그렇게."

만족한 준구의 목소리에 민경의 표정도 덩달아 당당해졌다.

힘을 주면서 잡힌 민경의 근육들을 보던 준구가 슬쩍 눈을 치키며 민경을 얼굴을 보았다. 순간 눈이 마주치자 민경은 쑥스러운 듯 고개를 돌렸다.

"아니지. 고개는 왜 돌려."

준구의 말에 민경은 다시 원래대로 고개를 돌렸다. 정면에서 준구와 눈을 다시 마주치려니 좀 전의 당당했던 표정은 어느새 사라지고 민망함에 얼굴이 붉어졌다.

발그스름해진 민경의 얼굴을 보던 준구가 말했다.

"눈은 감아도 돼."

살았다는 듯 얼른 눈을 질끈 감는 민경의 모습에 준구는 자신도 모르게 미소가 지어졌다.

준구가 한참 동안 말이 없자 민경은 가늘게 눈을 뜨고 준구를 보았다. 작업에 열중한 준구의 얼굴에 어쩐지 미소가 어려 있는 것 같았다. 민경은 미소를 참으며 다시 눈을 감았다.

테이블 위에서 전화벨 소리가 요란하게 울렸다. 뜨개질을 하던 정숙이 전화를 받았다.

"여보세요?"

"정숙이냐? 나다."

"아 예, 홍 박사님."

전화를 건 사람은 주치의인 홍 박사였다.

"준구가 다시 작업을 시작했다지?"

누구에게 말을 들었는지 홍 박사가 다 안다는 듯한 목소리로 물었다.

"안 그래도 말씀드리려고 그랬어요."

수화기를 든 정숙의 얼굴에는 미소가 가득했다.

"그래, 내 조만간 함 들리마."

"네. 그러세요."

전화기를 내려놓으며 빙그레 웃는 정숙을 보며 경산댁도 따라 웃었다. 향숙이며 민경까지 어떻게든 준구의 마음을 다시 잡아주려 한 정숙의 노력과 마음을 아는 이는 경산댁 뿐이었다. 경산댁은 자신은 감히 흉내도 내지 못할 만큼 마음이 큰 정숙에게 매번 진심으로 감동하고 있었다.

준구가 다시 작업을 시작한 것이 정숙을 웃게 만든 것처럼, 밝아진 정숙의 얼굴은 경산댁을 웃게 했다. 이제야 경숙이 마음을 놓고 웃는 것 같아 안심이 되었던 것이다.

근수는 대낮부터 친구들과 대폿집에 모여 술을 마시며 시간을 보내고 있었다. 여주인은 손님 없는 낮 시간에 전세라도 낸 듯 가게에서 시간을 보내는 근수에게 예전처럼 잔소리를 하지 않았다. 오히려 웃는 낯으로 근수와 친구들이 모여서 노는 것을 지켜보고 있었다. 요 며칠 근수가 외상값을 다 갚았을 뿐 아니라 술값도 꼬박꼬박 잘 내고 있었기 때문이다.

얍삽한 얼굴을 한 깐족이가 신이 난 듯 라디오에서 나오는 노래에 맞춰 트위스트 스텝을 밟으며 동생들과 낄낄댔다.

근수는 한심하다는 듯 깐족이를 보며 고개를 흔들었다. 그리고는 더 죽치고 있어봐야 볼일이 없다는 듯 호주머니에서 지폐를 척 꺼내서 테이블에 던지고는 일어났다.

다른 테이블에 앉아 있던 남자가 근수가 일어나는 소리를 듣고는 고개를 돌렸다. 그리고 테이블 위에 놓인 지폐를 보더니 의아한 눈으로 근수에게 말했다.

"근수, 니 요새 호주머니 행팬이 억시 편해졌다?"

그 말에 돌아선 근수는 아니꼽다는 눈으로 남자를 보았다. 두 사람의 시선이 곱지 않게 부딪치고 있던 그때 트위스트를 추던 깐족이가 스텝을 밟아가며 오더니 앉아 있던 남자에게 말했다.

"행님, 주말에 영덕에서 큰판 벌린다카데?"

그 말을 들은 남자는 깜짝 놀라 주위를 살피며 손가락을 입에 갖다 대고는 깐족이를 째려보더니 속삭이듯 말했다. 대폿집을 나가려던 근수는 큰판이 벌어진다는 소리에 귀가 쫑긋했다.

"입 닥치라. 마. 순사라도 들으면 우짤라꼬."

"순사는 무신."

스텝을 멈추며 털썩 의자에 앉은 깐족이가 태평한 표정으로 구시렁댔다.

"행님, 내도 끼자."

어느새 바짝 다가온 근수가 구미가 당긴다는 표정으로 말했다. 그러자 깐족이가 코웃음을 치며 근수에게 말했다.

"야, 거긴 판돈이 커가 닌 택도 없다. 적어도 일만 원은 있어야 한데이."

"일만 원?"

생각보다 큰 판돈에 근수의 동공이 커졌다. 그리고는 이내 곰곰이 생각하는 표정으로 바뀌었다.

"와, 할라꼬?"

근수는 약을 살살 올리는 깐족이를 무시하는 척하면서도 머릿속으로 어떻게든 판에 끼어서 한몫을 챙겨야겠다는 생각뿐이었다.

저녁 무렵에서야 준구와 함께 돌아온 민경은 송구한 마음에 얼른 인사를 하고는 송이와 기주를 데리고 집으로 돌아왔다. 집에는 근수가 와 있었다. 방 안에 앉아 있다가 민경을 보자 손을 들며 아는 척을 하는 근수는 술에 취하지 않은 듯 멀쩡한 얼굴이었다.

"왔나."

"야."

근수를 본 송이의 표정이 어두워졌지만 민경은 아무렇지 않게 집으로 들어갔다. 엄마의 행동을 본 송이는 민경을 따라 집으로 들어갔다.

민경은 송이와 함께 저녁을 차렸다. 민경은 마음 깊은 곳에서 더 이상 근수가 무섭거나 두렵지 않았다. 근수는 밥을 먹으면서 어딘가 모르게 달라진 것 같은 민경을 째려보았지만 민경은 근수의 시선을 신경 쓰지 않은 채 묵묵히 송이에게 반찬을 집어주며 기주에게 밥을 먹였다. 근수는 밝아진 민경의 얼굴이 마음에 들지 않았다.

밥상을 치운 뒤 민경은 그릇들을 들고 수돗가로 가서 설거지를 했다. 쪼르르 엄마를 따라 나온 송이가 민경이 하는 것처럼 그릇을 물에 닦으며 물장난을 쳤다. 민경은 송이를 보고 웃으며 물방울을 튕겼다. 송이가 까르르 소리를 내며 웃었다.

방 안에 있던 근수는 뭐가 좋은지 즐겁게 설거지를 하는 민경과 송이를 못마땅한 눈으로 쳐다보았다. 근수가 있을 때 소리를 내서 웃는 적이 없었던 송이의 웃음소리가 신경에 거슬렸다. 근수가 쏘아보는 것을 느낀 송이가 깜짝 놀라 웃음을 뚝 그쳤다.

그릇을 다 씻은 후 민경이 송이의 세수까지 시킨 뒤 부엌으로 들어오자 근수가 수건을 목에 걸고 수돗가로 나갔다. 한쪽 다리가 제대로 굽혀지지 않는 근수는 애매한 자세로 서서 어푸어푸 소리를 내며 세수를 했다.

세수를 마친 근수가 방으로 들어오자 민경이 모기향을 피우고 있었다. 자고 있는 기주와 송이에게 모기장을 쳐 주는 민경의 얼굴에는 옅은 미소가 가시지 않았고, 가늘게 콧노래를 흥얼거리기까지 했다.

“니, 이리 와 앉아 봐라.”

근수는 어쩐지 기분 좋아 보이는 민경을 이상하다는 눈으로 보다가 방바닥을 짚으며 진지하게 입을 열었다.

“돈 좀 빌리 온나.”

“지난번에 준 돈을 벌써 다 썼는교?”

무슨 일이냐는 눈으로 근수를 보며 앉으려던 민경이 화들짝 놀라서 외쳤다. 지난 번 근수가 들고 간 오천 원은 민경이 국밥집에서 거의 1년 내내 일을 해야 벌 수 있는 큰돈이었다. 그것도 받은 돈을 한 푼도 쓰지 않았을 때 모을 수 있는 돈이기도 했다. 하지만 근수의 외상값이며 도박 빚을 갚느라 월급을 모을 생각도 못했던 민경은 미리 가불을 받는 경우가 많아 월급날이 되어도 제대로 돈을 손에 쥐지 못하는 날도 많았다.

“누가 다 썼다카드나? 만 원 정도가 더 필요하다 안 하나.”

만 원이라는 말에 민경의 입이 떡 벌어졌다.

“뭐라꼬요? 그래 큰돈을 말라꼬예?”

근수는 갑자기 민경에게 가까이 와 보라는 손짓을 했다. 민경은 또 무슨 소리를 하나 싶어 고개를 근수 쪽으로 기울였다. 근수는 대단한 계획이라도 세운 것처럼 거들먹거리며 입을 열었다.

“사나이 근수가 언제까지 이렇게 살 수는 없다 아니가?”

민경은 아무 말도 하지 않았다. 저 말을 하면서 들고 나간

돈이 벌써 얼마인지 민경은 세어보는 것조차 포기한지 오래였다. 근수의 윽박과 주먹이 두려워 쌈짓돈까지 빼앗긴 적이 몇 번이나 있었지만 그가 돈을 들고 돌아온 날은 거의 없었다. 오히려 돈을 탈탈 털어가지고 나갔다 하면 며칠 만에 거지꼴이 되어 나타나 느닷없이 살림을 때리고 부수는 것이 다반사였다. 뿐만 아니라 민경 앞으로 술값을 빚지고 온 적도 많았다. 이번에도 근수는 어떻게든 돈을 뜯어내기 위해 온갖 말로 민경을 설득했다.

"영덕 읍내에 쓸맨한 잡화점이 삼만 원에 나왔다카드라. 일딴은 만 원 계약금만 내 노으모 나머진 쪼매씩 벌어가 갚을 수 있다 카더라. 그 짝에다 잘 얘기하고 가불 좀 해 봐라."

"안 됩니더! 이미 받을 돈 다 받았어예."

어떻게든 살살 어르고 달래서 돈을 받으려던 근수는 민경이 단호하게 나오자 울컥했다.

"모라꼬? 안 돼? 니 지금 안 된다꼬 했나?"

근수는 민경을 노려보며 딱딱하게 굳은 목소리로 되물었다. 화를 억지로 참고 있는 근수의 모습은 평소 민경을 때리기 직전의 모습과 흡사했다. 민경은 자신도 모르게 기가 죽어 고개를 숙이며 변명하듯 말끝을 흐렸다.

"그기 아이고……."

잠시였지만 당당한 기색이던 민경을 보며 속이 뒤틀렸던 근수는 기회를 놓치지 않고 잔뜩 비아냥거리는 목소리로 물었다.

"니, 그 교수 집에서 하는 일이 뭐이고?"

"뭐긴 뭐 빠, 빨래나 청소 같은 허드렛일이지."

갑작스런 근수의 물음에 당황한 민경이 말을 더듬거렸다. 근수는 민경이 당황한 기색을 보이자 더욱 삐딱한 눈으로 민경을 훑으며 느릿하게 물었다.

"참말이가?"

"뭐시 또 참말이고. 그럼 내가 무신 일을 하겠습니꺼?"

준구와 작업실에서 있던 생각을 떠올리던 민경이 벌게진 얼굴로 맞받아쳤다. 민경이 강하게 나오자 근수는 더욱 공격적인 말투로 말했다.

"허드렛일 하는데 무신 돈을 그래 마이 주냐 말이다. 이 씨!"

"이, 일이 많아 안 그랍니까? 그라고 몇 개월 치를 가불한 돈 아인교."

이제는 조금 마음이 안정된 듯 민경은 가불을 한 돈이라며 태연하게 대꾸를 했다. 근수는 당당한 기색이 돌아온 민경의 얼굴을 보자 다시 화가 치밀어 올랐다.

"그라니까 몇 년 치를 가불해 오라 이 말이다. 와? 내가 가서 빌어보까?"

갑자기 멱살을 잡으며 죽일 듯이 노려보는 근수의 행동에 민경은 숨이 턱 막혔다. 언제나 근수의 폭력은 느닷없이 시작되곤 했다.

"작품이 끝날 때까지는 네 몸 네가 똑바로 간수해야 해."

민경은 멱살을 잡힌 중에도 온몸에 멍이 든 자신을 보며 준구가 화를 내며 했던 말이 떠올랐다. 작품이 한창 진행 중인 때에 다시 얻어맞으면 절대 안 된다는 생각이 들었다. 민경은 차분하게 근수를 달래려고 애썼다.
"아, 아입니더. 내일 가가 사정 좀 해볼께예."
"두 번 얘기 안 한다이."
근수는 민경의 뒤통수를 노려보며 어금니를 꽉 깨문 채 아득바득한 목소리로 말했다. 부엌으로 몸을 피한 민경은 난감한 얼굴로 이마를 짚었다. 어떻게 만 원이나 되는 돈을 빌려달라고 해야 할지 엄두가 나지 않았다.
"하아."
민경은 근수가 못 듣게 조용히 가는 한숨을 쉬었다.

작가와 모델

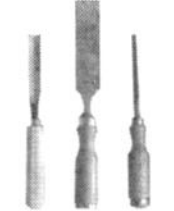

작업을 마친 준구는 집으로 돌아오면 곧장 목욕을 했다. 작업하는 내내 땀을 흠뻑 흘리다보니 매일 저녁 목욕은 필수였다. 뜨거운 물에 몸을 담그면 온종일 뻐근했던 몸이 풀리는 것 같았고 잠도 푹 잘 수 있었다.

"나 왔네."

목욕을 마친 준구가 개운한 기분으로 욕실에서 나오자 머리가 희끗희끗한 홍 박사가 정숙과 함께 거실에 앉아 차를 마시고 있었다. 이 늦은 시간에 온 것을 보니 오 서방이 차로 모셔온 것이 분명했다. 준구는 일부러 왕진을 와준 홍 박사를 향해 눈으로 인사를 했다.

“그럼 가볼까?”

찻잔을 테이블에 내려놓은 홍 박사가 손바닥을 마주치며 준구를 향해 미소를 지었다. 준구는 졌다는 표정으로 웃으며 방으로 들어갔다.

‘다녀오마.’

홍 박사는 정숙에게 소리 없이 말을 한 뒤 가방을 들고 준구의 뒤를 따랐다. 그 모습이 익숙해 보였다.

준구는 홍 박사가 시키는 대로 순순히 누워 팔을 내밀었다. 홍 박사는 능숙하게 준구의 팔에 바늘을 꽂아 채혈을 하며 물었다.

“너 요즘 무리하는 거 아니지?”

준구는 누운 채로 홍 박사를 보면서 잠시 생각을 하더니 대답했다.

“네.”

채혈한 유리관을 보던 홍 박사는 누워 있는 준구를 물끄러미 바라보았다. 정숙의 말대로 확실히 혈색이며 컨디션은 전보다 좋아보였다. 그래도 안심할 수 없다는 듯 홍 박사는 유리관을 가방에 넣은 뒤 청진기를 꺼내 준구의 가슴과 배의 소리를 신중하게 들었다.

홍 박사가 진료를 하는 동안 준구는 멀뚱멀뚱 천장만 바라보았다. 이윽고 청진기를 거둔 홍 박사는 마치 한의사가 진맥을 하는 것처럼 준구의 손을 꼭 잡았다. 준구가 누운 채로 고개를 돌려 홍 박사를 보았다.

"내 긴말 안 할 테니 스스로 병을 더 키우진 마라. 욕심 내지 말고 쉬엄쉬엄 취미처럼 하면 안 되겠냐?"

홍 박사의 얼굴에는 진심으로 준구에 대한 염려와 걱정이 담겨 있었다. 준구는 말간 얼굴로 홍 박사의 눈을 마주보았다.

"넌 이미 최고의 작가였고, 지금도 그래.'

어색한 분위기를 깨뜨리려는 듯 홍 박사는 박수를 탁 치고는 왕진 가방에서 영양제를 꺼냈다.

"온 김에, 영양제 하나 놔 주마."

홍 박사가 투여속도를 조절하자 영양제가 천천히 한 방울씩 떨어졌다. 목욕을 하고 나서인지 준구의 눈에 졸린 기색이 역력했다. 홍 박사는 얼른 왕진 가방을 들고 일어서며 말했다.

"맞으면서 한숨 자. 이따 정숙이에게 시간 되면 주사바늘 빼라고 얘기해 놓을게."

홍 박사가 방에서 나갈 때 준구는 이미 잠에 빠져들고 있었다. 홍 박사는 조용히 정숙이 있는 안채로 돌아갔다. 정숙은 아까 차를 마시던 자리에 그대로 앉아 홍 박사를 기다리고 있었다. 홍 박사는 정숙의 맞은 편 소파에 털썩 앉으며 밝은 얼굴로 말했다.

"정숙아. 네 말대로 전반적으로 기운이 좋아진 것 같아. 뭔가 다시 작업도 하고 그래선지."

정숙은 홍 박사의 말에 안심을 한 듯 미소를 지었다. 그런 정숙을 본 홍 박사가 진지할 목소리로 말했다.

"그래도 준구한테는 그렇게 얘기 안 했다. 저러다가 무리하면 어떡하니?"

"잘 하셨어요."

정숙의 말에 홍 박사는 예전 생각이 나는지 한숨을 쉬면서 이야기를 했다.

"왜 하필 그런 병이 지한테 왔느냐고, 술 처먹고 지 몸 막 굴리다가 쓰러지질 않나. 그래서 여기까지 내려왔으면 무조건 조심해야지."

준구의 예전 모습이 생각난 정숙은 괴로운 마음에 고개를 숙였다.

진단을 받은 후 준구가 쓰러졌을 때는 정말 앞이 노랬다. 그때 홍 박사가 아니었으면 지금 준구는 어떻게 되었을지 생각만 해도 끔찍했다. 정숙은 항상 홍 박사에 미안하고 죄송한 마음을 가지고 있었다.

"그래도 저렇게 좋아진 건 내려와서 처음이잖아요. 그래서 저도……."

홍 박사는 손바닥을 작게 마주치며 정숙의 말을 끊었다.

"아무튼, 오늘 채혈을 했으니까 검사결과 나와 보면 정확히 알겠지."

정숙은 더 말을 하지 않은 채 홍 박사의 말에 고개를 끄덕였다.

"자, 그럼 난 간다."

왕진 가방을 들고 일어난 홍 박사는 정숙을 향해 한 손을 척 들어보이고는 거실을 나섰다. 마당에서 기다리고 있던 오 서방이 얼른 나가서 차에 시동을 걸었다.

차가 출발하는 소리가 들리자 정숙은 지금 눈에 보이는 것만큼 만이라도 부디 준구의 병이 나아졌기를 바라는 간절한 마음을 담아 두 손을 모았다.

고요한 작업실에 매미소리가 가득했다. 구름 한 점 없는 무더운 날이었다. 준구와 민경은 조금 일찍 점심을 먹은 후 잠시 쉬었다가 다시 작업을 시작했다. 준구의 집중력은 변함이 없었지만 단상 위에 있는 민경은 식곤증 때문에 졸려서 어쩔 줄을 몰랐다. 찢어질 듯한 매미소리가 자장가로 들릴 지경이었다. 민경은 비몽사몽한 채로 자세를 잡았다.

억지로 졸음을 참던 민경은 준구와 눈이 마주치자 깜짝 놀라 잠이 확 깼다. 민경은 졸지 않겠다는 듯 눈을 깜빡거리며 다시 자세를 잡았지만 무거운 눈꺼풀을 이기지 못한 채 결국 점점 흐트러진 자세로 꾸벅꾸벅 졸기 시작했다.

그런 민경을 보던 준구는 작업을 멈췄다. 고개를 좌우로 젖히며 바닥에 앉은 준구의 눈에 소조상의 발이 눈에 들어왔다. 준구는 이거라는 듯 소조상 앞에 엎드리다 시피 앉아

발을 묘사하기 시작했다. 이내 작업에 몰두한 준구는 자리를 조금씩 옮겨가며 양쪽 발의 근육을 빚었다.

한참 졸던 민경은 고개가 툭 떨어지는 바람에 제풀에 눈을 번쩍 떴다. 민경의 눈에 들어온 것은 엎드리듯 앉아 있는 준구에게 기울기 시작한 커다란 화판이었다.

"선생님!"

민경은 앞 뒤 잴 것 없이 달려와 화판을 향해 팔을 뻗었다.

민경의 비명소리에 고개를 든 준구는 그녀가 달려오는 모습을 보며 눈이 커졌다.

민경은 간신히 화판을 막아냈다. 화판을 붙잡은 민경의 팔이 부들부들 떨렸다. 만약 화판이 준구를 덮쳤더라면 큰 사고가 날 뻔했다는 생각에 민경은 안도의 한숨을 내쉬었다. 정신을 차리고 상황을 파악한 준구는 몸을 일으켜 민경의 손에서 화판을 받아서 한쪽에 기대어 놓았다. 화판의 무게가 느껴지자 새삼 아찔했다.

민경과 준구는 십년감수한 얼굴로 데크에 마주 앉았다. 무사한 것을 확인하자 오히려 맥이 풀리고 힘이 빠져버려서 잠시 쉬기로 한 것이다. 민경을 해롱해롱하게 만들었던 졸음은 어느새 사라져 버린지 오래였다. 민경은 아련한 얼굴로 말했다.

"요새 행복합니더, 선생님."

뜬금없는 고백에 준구는 민경을 물끄러미 바라보았다. 민경은 준구를 마주보며 말했다.

"지가 하는 일이야 별거 아이지만 뭔가 값있는 일을 하는 기 맹키로……."

어떤 마음인지를 알겠다는 듯 준구는 말없이 격려하듯 민경을 보며 미소를 지었다. 민경의 눈빛이 진지해졌다.

"선생님과 사모님 덕분에 잘 살고 싶어졌습니더. 아덜도 열심히 잘 키울 겁니데이."

"자네 얘기가 참 반갑게 들리네."

준구는 잘 살고 싶어졌다는 민경의 고백이 너무나 흐뭇했다. 격려를 담은 따뜻한 눈으로 민경을 보던 준구가 물었다.

"남편은 어떤가? 요즘도 술 많이 마시나?"

준구의 입에서 근수에 대한 이야기가 나오자 민경의 얼굴은 급속도로 어두워졌다.

"야, 사실……."

민경이 할 말이 있는 듯 입을 달싹이자 준구는 이야기 해 보라는 듯 민경을 바라보았다.

민경은 몇 번이나 한숨을 쉬며 근수와 함께 살게 된 이야기를 털어놓았다. 남편의 유품과 훈장을 가지고 찾아온 근수가 그날 밤 다시 돌아와서 자신을 강저로 품었던 이야기를 하며 민경의 눈이 흐려졌다.

"우짜다 보니 같이 살게 됐습니더."

울지 않으려는 듯 침을 꿀꺽 삼킨 민경은 담담하게 말을 마쳤다. 하지만 민경의 눈가는 새어나온 눈물들로 축축해져 있었다.

민경의 고백을 들으며 준구는 얻어맞는 자세를 취해보라고 했던 것과 민경의 포즈를 보면서 만족스러워 했던 것, 멍으로 얼룩진 민경을 보며 화를 냈던 자신의 모습이 차례로 떠올랐다.

"그동안, 나도 자네에게 폭군이나 다름없었군."

깊은 후회가 담긴 준구의 슬픈 목소리에 민경의 가슴 저 깊은 속에서부터 뜨거운 것을 올라왔다. 민경은 뭐라 말할 수 없이 뭉클한 감정을 주체하지 못한 채 고개를 숙이고 머리를 세차게 흔들었다.

"아입니더. 절대 그렇지 않습니더. 선생님."

울음기가 묻어나오는 목소리로 강하게 부정을 하던 민경은 눈물로 얼룩진 얼굴을 들고 준구를 보며 말했다.

"선생님은 눈빛이 다르십니더."

준구는 가슴이 먹먹했다. 그는 자신은 근수와 다르다고 말하는 민경을 아픈 눈으로 바라보았다.

"저기, 사모님예……."

평소보다 일찍 준구의 집에 도착한 민경은 작업실에 가기 전 정숙을 만났다. 정숙은 어디 외출이라도 하는 듯 옷을 곱게 차려입고 있었다. 그 모습을 보자 민경은 더 입이 떨어지지 않았다.

"말 해봐요."

쉽게 입을 열지 못하는 민경을 보며 정숙은 미소를 지었다.

"저기⋯⋯."

"혹시 돈 문제인가요?"

마른침만 꼴깍꼴깍 삼키는 민경을 보며 정숙은 무슨 일인지 짐작을 했다.

"예? 아니⋯⋯. 야."

정숙의 말에 민경은 화들짝 놀라 고개를 확 들었다가 쥐꼬리만 한 소리로 대답을 하고 다시 고개를 푹 숙였다.

"얼마가 필요한가요?"

민경이 돈을 빌려오지 않으면 직접 와서 말하겠다는 근수의 얼굴을 떠올리며 민경은 고개를 숙였다. 차마 입이 떨어지지가 않았다.

"얼마가 필요한가요?"

그런 민경의 마음을 아는 듯 정숙이 다시 물었다.

"그기, 저, 일, 일만 원예⋯⋯."

정숙은 아무 말 없이 민경을 바라코기만 했다. 정숙의 침묵을 거절이라고 생각한 민경은 고거를 들지 못한 채 울먹이며 말끝을 흐렸다.

"미안심더 사모님. 염치도 없이 지가⋯⋯."

"일단 시간이 됐으니 오늘은 작업실에 가보도록 해요."

정숙은 고개를 들지 못하는 민경을 달래 작업실로 보냈
다. 민경은 축 처진 어깨를 한 채 작업실로 향했다.

"사모님, 시간 다 됐습니더."

민경을 지켜보던 정숙은 경산댁의 재촉에 가방을 들고 집
을 나섰다. 정숙은 민경과 비슷한 또래인 큰 조카의 결혼식
을 보러 서울에 올라가야 하는 날이었다. 역에 도착하자 경
산댁은 기차에 오른 정숙을 따라 들어와 짐칸에 가방을 올
린 후 맞은 편 좌석에 앉았다. 서울에 올라가는 것은 정숙
혼자였지만 기차가 출발하려면 아직 여유가 있었다.

"참 세월 빠르네예. 서울 어르신 큰 아가 벌써 시집을 간다
카고."

세월이 정말 빠르다는 경산댁의 말에 정숙은 웃으며 고개
를 끄덕였다. 경산댁은 곱게 차려입은 정숙이 예뻐 한참을 바
라보았다. 출발을 알리는 안내방송이 나오자 밖에서 인사를
나누던 사람들이 하나둘 기차 안으로 들어오기 시작했다.

"집안일은 걱정 말고 잘 다녀오시소."

정숙은 믿는다는 얼굴로 고개를 끄덕였다. 정숙이 마음
놓고 집을 비울 수 있는 것은 수십 년 동안 준구의 살림을
맡아온 든든한 경산댁이 있기 때문이었다.

"저기 경산댁."

정숙은 이제 자리에서 일어나려는 경산댁을 불렀다.

"예."

"송이 엄마 필요하다는 돈, 오늘 중으로 갖다 줘요."

정숙의 말에 경산댁은 그럴 줄 알았다는 표정으로 웃으며 걱정 말라는 듯 손짓을 했다.

"야, 알겠심더."

정숙은 경산댁을 보며 미소 지었다. 열차에서 내린 경산댁은 기차가 플랫폼을 벗어날 때까지 역을 나가지 않은 채 정숙을 배웅했다.

열차가 역을 벗어나자 정숙은 근심어린 표정으로 창밖을 보며 민경을 생각했다. 남편에게 맞아 얼굴에 가득 멍이 들어왔던 모습이 떠올랐다. 정숙이 민경이 말한 돈을 해주라고 한 이유는 돈을 주지 않으면 근수가 민경을 폭행할까 걱정스러워서였다.

한편으로는 민경이 다쳤다는 이야기에 걱정을 하던 준구의 표정이 떠올랐다. 민경은 준구의 그런 얼굴을 처음 보았다. 민경이 기대보다 훨씬 훌륭하게 모델 격할을 수행해주고 있었지만, 민경과 준구 사이에 모델과 작가 이상의 감정이 생겼다는 생각을 하면 마음이 무거웠다.

결혼했을 때부터 정숙은 여자의 누드를 조각하는 준구의 작업에 일체 관여를 하지 않았다. 예술을 하는 남자의 아내로써 준구의 세계를 있는 그대로 이하하고 받아들여야 한다고 생각했기 때문이다. 덕분에 준구는 결혼 후 안정된 환경 속에서 더욱 좋은 작품들을 만들어낼 수 있었다. 정숙이 안

심을 했던 이유 중 하나는 준구가 철저하게 프로였기 때문
이다. 준구는 사람들이 흔히 생각하는 모델과의 염문을 뿌
리는 일이 없었다. 그래서 더욱 정숙은 조각가 김준구의 아
내라는 것이 자랑스러웠다.

하지만 준구에게 병이 찾아오면서 모든 것이 달라졌다. 진
단을 받고 술과 담배에 찌들어 쓰러진 준구를 포항으로 데
려왔을 때 정숙은 정말 절박했다. 폐인이 되어버린 준구를
살릴 수 있는 길이라면 무엇이든 할 수 있었을 때였다. 그 절
박한 마음으로 향숙을 붙들었다.

하지만 민경은 향숙과 달랐다. 민경을 모델로 데려왔을 때
처음 걱정했던 것과 달리 준구에게 합격점을 받은 것이 기
특했다. 그 다음부터는 작품에의 의욕도, 삶의 의욕도 잃어
버린 준구에게 다시 활기를 찾아준 것만으로 고마우면서도
혹시나 싶어 질투의 감정이 조금씩 고개를 드는 것이 걱정
스러웠다.

작업을 마친 민경은 물을 퍼 올리기 위해 데크로 나갔다.
모델 뿐 아니라 조수의 역할도 톡톡히 하는 민경을 보며 준
구는 미소를 지었다. 길어 올린 물을 개수대에 부은 민경은
조각 도구들이며 말라붙은 찰흙과 스케치 등이 어지럽게
놓인 책상을 정리했다.

정리를 마친 민경은 소조상을 가만히 바라보았다. 어느새

전체에 찰흙이 고르게 붙여진 뼈대는 제법 조각상처럼 어렴풋하게 형체가 드러나 있었다.

"이리 주세예."

준구가 젖은 모시 천을 들고 소조상으로 가자 민경이 얼른 다가와 준구의 손에서 모시천을 받았다. 그리고는 찰흙이 마르지 않도록 꼼꼼하게 소조상을 덮었다.

"제법 잘하는데?"

준구는 차츰차츰 달라져가는 민경의 적극적인 모습에 미소를 지으며 책상으로 가서 헤라 등 도구들을 정리했다.

뿌듯함과 쑥스러움이 담긴 얼굴로 천을 덮던 민경은 소조상의 얼굴을 마주 보았다. 어렴풋한 형체여도 몸은 자신이라는 것을 알 수 있지만 얼굴은 도통 누구인지 알 수 없을 만큼 단순하게 묘사가 되어 있었다.

"근데 얼굴도 이래 완성이 되는 겁니꺼?"

민경은 고개를 갸웃하며 준구에게 물었다.

"거의 그렇지."

꼼꼼하게 소조상의 얼굴을 보던 민경은 조금 실망한 목소리로 말했다.

"지를 안닮았네예."

"특별히 누구여야 하는 건 아니지."

"아."

특별한 누구일 필요는 없다는 준구의 말에 민경은 알 듯 말 듯 고개를 끄덕이며 골똘하게 생각하는 표정으로 말했다.

"근데 지는예 사람 얼굴을 봐야 화가 난건지, 슬픈 건지, 좋은 건지, 행복한 건지 알 수 있거든예. 그라모 선생님은 사람 몸만 갖고 그런 걸 다 표현하시는갑지예?"

개수대에서 손을 씻던 준구는 민경의 말을 가만히 곱씹었다. 사람 얼굴을 봐야 화가 난 건지, 슬픈 건지, 좋은 건지, 행복한 건지 알 수 있다는 민경의 평범한 이야기가 어쩐지 마음에 와 닿았다. 하지만 민경은 딱히 준구의 대답을 기다리던 것이 아닌 듯 모시천으로 소조상의 얼굴을 마저 덮은 뒤 준구를 향해 말했다.

"참말로 대단하십니더."

찬탄의 빛이 어린 민경의 초롱초롱한 눈이 입과 함께 미소를 짓고 있었다. 수건에 손을 닦던 준구는 민경의 표정을 보고는 자신도 모르게 따라서 미소를 지었다. 손을 다 씻은 준구는 걷었던 소매를 내리고 손목시계의 줄을 채웠다. 오늘은 집에 일찍 들어가 볼 생각이었다.

"저, 선생님."

조각 도구들이 가지런히 정리되어 있는 준구의 책상을 보던 민경은 책상 위에 놓인 자동차 미니어처를 보고 문득 생각난 듯 물었다. 준구가 무슨 일이냐는 표정으로 민경을 보았다.

"그 뒷마당에 있는 자동차 말입니더. 그기 참말로 움직이는 겁니꺼?"

"그게 궁금한가?"

준구는 순수한 호기심에 질문을 하고 있는 민경의 얼굴을 빤히 바라보았다.

"아니, 아니 그기……. 야. 지는 한 번도 차를 타본 적이 없어서."

준구의 시선에 고개를 숙인 민경이 더듬더듬 대답을 했다.

"그럼 타보겠나?"

"야. 야?"

민경이 놀란 눈으로 준구를 보았다.

"뭐해? 안 타고."

민경과 함께 집으로 돌아온 준구는 서재에서 차키를 가지고 나왔다. 마당으로 나온 준구는 뻘쭘하게 기다리고 있던 민경에게 타라는 듯 고갯짓을 하며 차에 올랐다. 민경은 신기한 듯 조심스럽게 준구의 옆자리에 앉아 감탄이 가득한 눈으로 차 내부를 두리번거렸다.

"와!"

부르르릉.

"아이구야!"

엔진 소리가 나면서 차체가 부르르 떨리자 민경이 깜짝 놀라며 손잡이를 꽉 잡았다. 오랜만에 운전대를 잡은 준구는 거침없이 평야를 질주했다. 털털거리는 것을 아랑곳하지 않은 채 속도를 높인 준구의 차가 지나간 자리마다 먼지가 피어올랐다. 머리카락을 아무렇게나 헝클어뜨리는 바람을 실컷 마시며 준구는 아까 민경이 했던 말을 떠올렸다.

"근데 지는예 사람 얼굴을 봐야, 화가 난건지, 슬픈 건지, 좋은 건지, 행복한 건지 알 수 있거든예. 그라모 선생님은 사람 몸만 갖고 그런 걸 다 표현하시는갑지예?"

예상치 못했던 민경의 순수한 질문이 가시처럼 계속 마음에 걸려 내려가지 않았다. 풀리지 않는 숙제를 안고 있는 기분이었다. 한편 민경은 차가 덜컹거릴 때마다 눈을 질끈 감으며 힘줄이 불거질 정도로 손잡이를 움켜쥐었다. 차가 평야를 지나 포장도로에 들어서자 준구는 기어를 바꿨다. 한동안 주인과 함께 달려보지 못했던 준구의 자동차는 그간의 답답함을 풀어버리려는 듯 시원한 엔진 소리를 내뿜었다.

준구는 바닷가로 차를 몰았다. 예전에도 답답한 일이 있을 때마다 종종 왔었던 곳이었다. 어느덧 속도에 익숙해진 민경도 편안한 표정이었다. 오히려 민경은 창밖의 바람이 느끼고 싶어져 손을 밖으로 내밀었다. 바람이 민경의 손을 때리듯 간질였다. 그 느낌이 신기하고 재밌어 민경은 아이처럼 얼굴을 창 밖에 바짝 붙였다. 그동안의 답답했던 모든 것들이 쑥 내려가는 기분이었다.

신이 난 얼굴로 백사장을 뛰어다니는 민경과 달리 준구는 생각에 잠긴 얼굴로 바닷가를 천천히 걸었다. 저만치 달려다가다 웃으며 준구를 돌아보던 민경은 아차 싶은 얼굴로 준구와 속도를 맞췄다. 하지만 준구는 혼자만의 생각에 빠져 있었다. 몸을 통해 화가 난 것과 슬픔과 행복을 다 알고 표현해내는 것이냐는 단순한 민경의 질문에 답을 할 수가 없었다. 과연 내 조각들이 그런 희로애락을 담아내고 있었던가에 대한 의문이 들었다. 준구의 마음을 모르는 민경은 시원한 바닷바람에 머리칼을 날리며 해맑게 웃었다.

준구는 그런 민경을 가만히 바라보았다. 처음 민경을 보았을 때 어색해했던 얼굴, 누가 때린다고 생각해보라는 말에 머리를 감싼 채 웅크린 채 몸을 떨던 얼굴, 남편에게 얻어터진 몰골로 와서는 되레 미안해서 어쩔 줄을 모르던 얼굴 그리고 지금 바닷바람을 맞으며 환하게 웃는 얼굴이 모두 달랐다. 마침내 찾아낸 그녀의 포즈를 전신조각으로 완성했을 때 과연 이런 감정들을 다 담아낼 수 있을까? 준구는 마음이 복잡해졌다.

해가 질 무렵에야 준구의 집으로 돌아온 민경은 서둘러 자고 있는 기주를 업었다.

"송이 어매야."

송이와 함께 막 대문을 나서려는 민경을 경산댁이 불렀다. 민경이 깜짝 놀란 얼굴로 돌아보자 경산댁은 봉투 하나를 바지 품 깊숙이 넣어주며 말했다.

"이기 오늘 사모님이 서울 올라가시면서 니한테 주라고 하신기다."

"아이고……."

민경은 연신 입술을 깨물며 몸 둘 바를 몰랐다. 일단 근수의 주먹이 무서워 말을 꺼내놓긴 했지만 워낙 큰돈이라 가능하다고 생각하지는 않고 있었다. 게다가 애초에 받기로 한 돈의 2배나 되었고, 모델료를 모델료대로 받으면서 아이들도 돌봐주고 장도 봐주는 정숙에게 너무나 염치가 없는 것 같았다.

"알긋나? 사모님 같으신 분 진짜 없다. 니 복이다."

"야."

"아들 배고프것다. 빨리 가봐라."

민경은 기주를 업은 채 경산댁을 향해 고개를 깊게 숙였다.

집에 도착하자 근수가 방 안에 앉아 민경을 기다리고 있었다.

"왔나? 돈은?"

민경은 숨도 쉬지 않고 물어보는 근수 앞에 봉투를 내밀었다. 근수는 눈이 휘둥그레지더니 봉투를 열어 지폐를 세기 시작했다.

"다섯, 여섯, 일곱, 여덟, 아홉… 카, 딱 일만 원이네!"

근수가 흰자를 드러내며 미친 사람처럼 키득키득 웃었다.

"니, 이제 고생 끝났다. 이제 어데 가서 허드렛일 할 거 없다. 사나이 이근수가 책임진다 안 카나"

입이 귀에 걸린 근수는 신나게 봉투를 품에 쑤셔 넣고는 거울을 쓱 보더니 목발을 짚으며 나갔다.

"저녁은예?"

민경이 근수의 등에 대고 묻자 근수는 괜찮다는 듯 손을 흔들며 절룩절룩 걸음을 옮겼다. 민경은 그런 근수를 보며 한숨을 쉬었다.

"우리끼리 밥 묵자."

민경이 송이를 보며 말했다. 송이가 좋다는 듯 활짝 웃었다.

망가진 조각들

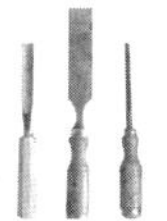

영덕의 한 도박판. 방에서는 도박이 한창이다. 도박장 문 앞에서는 두 남자가 허탈한 얼굴로 담배를 뻑뻑 피우고 있다. 근수에게 이번 판을 알려준 남자와 깐족이다.

"완전히 개털 됐네 개털 됐어. 행님. 남은 아덜도 다 털렸답니다."

깐족이는 형님이라고 부르는 남자에게 영 글렀다는 듯 말했다.

"우짜것노. 다음에 따믄 되지."

남자는 그럴 수도 있다는 듯 어깨를 으쓱하며 담배를 물었다.

"행님! 우리 영덕까지 왔는데 남은 돈으로 대게나 사묵고 갈까요?"

"니나 많이 처무라."

남자는 개념 없이 대게 타령을 하는 깐족이의 뒤통수를 때리며 담배 연기를 후 하고 뿜었다. 그때 도박장 안에서 똘마니들이 뛰어나왔다.

"근수 큰판 붙었십니다! 큰판!"

"누구하고?"

"목포 라이방있다아이가!"

담배를 피던 두 남자는 짧게 시선을 교환한 뒤 서둘러 도박장으로 뛰듯이 들어갔다. 아니나 다를까 판돈이 수북이 쌓여 있는 한쪽 테이블에 얼굴이 벌겋게 상기된 근수가 앉아 마지막 패를 받고 있었다. 근수 맞은편에는 라이방 선글라스를 쓴 남자가 자신만만한 표정으로 앉아 있었다.

라이방은 패를 받더니 보란 듯 자신의 판돈을 다 걸었다. 거만한 표정으로 흠칫 놀라는 근수를 보던 라이방이 그를 무시하는 말투로 느릿느릿 입을 열었다.

"아따 이 양반, 완전 쫄아버렸는갑네이."

도박장 안에는 팽팽한 긴장이 감돌았다. 그때, 긴장된 분위기를 깨고 앳된 얼굴의 재떨이가 얼굴을 쑥 내밀고는 담배꽁초로 가득한 라이방의 재떨이를 갈았다. 라이방은 재떨이에게 팁을 주면서 재빨리 눈빛을 교환했다. 재떨이는 돈을 받으며 라이방을 향해 눈을 찡긋하면서 말했다.

"사랑합니다. 행님."

재떨이의 얼굴을 본 라이방의 친구들은 속으로 이겼구나 싶어 낄낄거렸다.

자신만만한 얼굴의 라이방을 보던 근수는 자신의 패를 보면서 미간을 찌푸렸다.

"칵 뒈지던가."

라이방은 재밌다는 듯 근수를 보며 쌓아올린 판돈에 손을 척 하고 얹었다. 당장이라도 쓸어 담을 듯한 라이방의 행동에 근수는 침이 바짝바짝 말랐다.

"있어 보소!"

근수가 다급하게 소리를 지르자 라이방은 멈칫 하더니 과장되게 놀란 표정을 지으며 손을 들었다.

"옴마, 애 떨어지겠네이."

웃는 듯 마는 듯 놀리는 표정으로 자신을 보는 라이방을 노려보던 근수는 앞에 놓인 수북한 판돈에 손을 댔다.

"근수 니, 다시 함 생각해 봐라."

근수를 데려온 친구가 진지한 표정으로 고개를 저었다.

"그래, 많이 땄다아니가."

ㅍ

"아이다, 이 새끼 아무리 봐도 뻥카 같다. 마! 이참에 한 번에 쑤셔 넣삐라!"

그 순간 깐족이가 망설이는 근수를 부채질했다. 깐족이의 말을 들은 근수는 고개를 확 들더니 결정을 한 듯 벌건 눈을 부릅뜨며 판돈에 두 손을 올리면서 말했다.

"시팔. 인생 뭐 있나? 한판이지."

판돈을 모두 건 근수는 긴장한 표정으로 군침을 꿀꺽 삼켰다.

근수가 넘어오기만을 기다리던 라이방은 걸렸다는 듯 입꼬리를 한쪽만 올리며 씩 웃더니 선글라스를 벗었다.

"까 보쇼잉?"

근수는 심호흡을 크게 한 후 자신의 패를 뒤집었다.

라이방은 그럴 줄 알았다는 듯 가소롭다는 표정을 짓더니 탁 소리가 나게 패를 내려놓았다. 라이방의 승이었다. 준구는 믿을 수 없는 결과에 말이 나오지 않았다.

"이 개자식들아!"

이성을 잃은 근수가 눈에 불을 켜고 멱살을 잡으려 하자 라이방은 간단하게 그를 피하며 코웃음을 쳤다. 무섭게 돌변한 라이방의 친구들은 판돈을 모두 챙겨 도박장을 떠났다. 준구는 찍 소리도 하지 못한 채 판돈 일만 원과 자신이 딴 돈 전부가 눈앞에서 한 순간에 사라지는 것을 보고 있을 수밖에 없었다.

송이와 기주를 경산댁에게 맡긴 민경은 작업실로 가기 위

해 대문을 나섰다. 그때 송이가 쪼르르 따라 나오면서 민경
의 치맛자락을 잡았다.

"엄마."

민경은 고개를 돌려 송이를 보면서 물었다.

"와?"

송이는 천진한 목소리로 또박또박 말했다.

"아재 없으니까 좋다. 내는 아재가 없어 뿌렸으면 좋겠다."

송이의 말 한마디 한마디가 민경의 가슴에 비수처럼 꽂혔
다. 걸음을 멈춘 민경은 아무 말 없이 쪼그리고 앉아 송이와
눈을 맞췄다.

민경을 보는 송이의 말간 눈에는 진심이 담겨 있었다. 가
슴에 굳은살처럼 박힌 송이의 어두운 얼굴들이 떠올랐다.
근수가 집에 있을 땐 숨소리를 내는 것조차 두려워하는 송
이였다. 아픈 눈으로 물끄러미 송이를 보던 민경이 몸을 일
으키며 씩씩한 척 말했다.

"그런 말 하지 마래이!"

"와?"

송이는 불만이 가득한 얼굴로 민경을 보며 당찬 목소리로
되물었다. 자신 때문에 송이까지 근수에 대해 두려워하며
살고 있다는 생각에 민경은 마음이 아팠다. 하지만 근수를
내쫓을 수도, 송이와 기주를 데리고 나갈 수도 없었다. 그저
묵묵히 살아가는 것밖에는 할 수 있는 것이 없었다. 민경은

송이를 보며 스스로에게 다짐하듯 말했다.

"그런 맴을 가지면 사는 게 힘들다. 알았나?"

송이는 입을 쭉 내민 채 대답을 하지 않았다. 대답 없는 송이의 얼굴이 민경의 가슴을 찌르는 것처럼 아팠다. 민경은 송이의 눈을 마주보며 한 번 더 다짐하듯 물었다.

"알았나?"

송이는 끝내 대답을 하지 않았다.

"인자 빨리 드가라."

민경은 송이의 손을 끌고 다시 대문으로 갔다. 민경이 가려고 하자 송이가 민경의 손을 잡고는 잠시 망설이다가 머뭇거리며 입술을 달싹거렸다.

"알았다."

체념한 듯한 송이의 대답이 아프게 귀에 박혔다.

"생각도 하지 말그래이! 그런 맴을 가지면 니가 힘들다. 알았나?"

민경의 목소리는 어느덧 무겁게 가라앉았다. 민경의 어두워진 얼굴을 보며 송이는 말없이 고개를 끄덕였다.

"기주 잘 보고."

애처로운 눈으로 송이를 보던 민경은 눈물이 날 것 같아 얼른 몸을 돌린 채 손을 휘휘 흔들고는 작업실로 걸음을 옮겼다.

　영덕에서 포항으로 돌아온 근수과 친구들은 대폿집에 모였다. 한숨도 잠을 못잔 듯 초췌해진 얼굴에 수염이 거뭇거뭇하게 올라온 근수는 담배만 줄곧 피워댔다. 무슨 말 한마디라도 잘못하면 미쳐 날뛸 것 같은 근수의 분위기에 질린 친구들은 조금 떨어진 테이블에 모여 앉아 허탈한 표정으로 술잔을 기울였다.

　“짜식, 막판에 신중했어야지. 그 새끼 딱 봐도 고수던데.”
　깐족이가 침묵을 깨고 근수에게 훈계를 했다.

　“아이다, 이 새끼 아무리 봐도 뺑카같다. 마! 이참에 한 번에 쑤셔 넣삐라!”

　모두가 자신을 말릴 때 부채질을 했던 깐족이의 목소리를 떠올린 근수의 표정이 확 변했다. 근수는 당장이라고 깐족이를 한 대 후려칠 기세로 노려보았다.
　깐족이는 아무렇지 않은 척 근수의 눈을 피했다. 그때 대폿집 안으로 얼굴만 쏙 들이민 향숙이 여주인을 향해 애교 넘치는 말투로 물어보았다.
　“아즈매, 요 있던 참기름 집 어디로 갔으예?”
　“저 다리 건너 그 우로 가봐라.”
　“야.”
　향숙은 방긋 웃으며 귀찮다는 듯 대충 대답해주는 여주인에게 눈으로 인사를 하고는 돌아섰다.

"미친년. 올 때마다 물어보노. 몇 번째고!"

여주인은 향숙이 나가자마자 욕설을 내뱉었다. 보아하니 돈을 잃고 온 것이 분명한 근수 패거리들이 또 외상술을 먹겠구나 싶어 짜증이 올라오던 차였다.

"자는 누꼬? 저 궁디 살랑살랑 흔드는 것 좀 봐라."

근수의 친구 하나가 엉덩이를 실룩이며 걸어가는 향숙을 보며 침을 흘렸다.

"쟈는 서울 간 방앗간 집 막내 딸내미 아이가?"

깐족이가 막걸리를 한 사발 들이키며 아는 척을 했다.

"몇 년 전에 홀라당 타버린 거 말이가?"

나이가 많은 남자가 관심을 보이자 깐족이는 갑자기 목소리를 낮추더니 대단한 비밀이라도 이야기하듯 사람들에게 모여 보라는 손짓을 했다. 남자들의 눈과 귀가 온통 자신의 입을 향하자 깐족이는 만족스러운 듯 미소를 지으며 소곤거렸다.

"저 위에, 교수님 댁에 씨받이로 들어갔잖아, 쟈가."

다른 테이블에 혼자 앉아서 담배만 피우던 근수는 '교수님 댁', '씨받이'라는 단어를 듣더니 표정이 확 변했다.

"씨받이?"

"그 집에 자식이 없었나?"

"읎었지."

“그래서 아는 생겼나?”

“그 집에 아가 없잖나.”

“그러게 와 아가 없지?”

깐족이의 말을 들은 남자들은 흥미가 동한 듯 긴가민가 자신들이 주워들었거나 알고 있는 사실을 맞춰보았다.

“쟈는 그냥 허드렛일 하는 식모 같은데?”

나이가 많은 남자가 설마 하는 얼굴로 묻자 다른 남자가 아니라는 듯 손을 저으며 말했다.

“그 집에는 원래 일 봐주는 아지매 안 있나? 뭔 식모를 또 들이겠습니꺼?”

“맞나. 하기사 포항 갑부집이 그기 문제겠나?”

깐족이는 부럽다는 듯 말하며 막걸리를 쭉 마셨다.

“근데 근수는 어디 갔노?”

“그라게. 언제 나갔지?”

남자들은 어느새 사라진 근수를 보며 알 수 없다는 표정을 짓더니 이내 다시 술을 마시기 시작했다.

향숙과 경산댁은 부엌일을 하느라 바빴다. 내일 저녁이나 아니면 모레 정숙이 내려오기 때문이었다. 매일 매일 쓸고 닦고 치우긴 했지만 경산댁은 안주인이 긴 출타를 마치고 돌아왔을 때 깔끔한 모습을 보여주고 싶었다. 그리고 정숙이 좋아하는 반찬 몇 가지도 미리 만들어 둘 생각이었다.

밥을 다 먹은 기주를 재워놓고 경산댁과 향숙은 본격적으로 집안일을 시작했다.

"송이야, 오늘은 요서 놀면 안 된다. 뜨겁다."

마당에 미리 걸어둔 솥에 차일피일 미뤄두었던 빨래들을 모아 푹푹 삶으며 향숙이 말했다. 이제는 제법 향숙의 말도 잘 듣는 착한 아이가 된 송이는 고개를 끄덕이며 안채 밖으로 나갔다. 다들 바쁜데 혼자 놀려니 조금 쓸쓸하기도 해서 송이는 대문 앞에서 민경을 기다리며 잠자리를 구경하고 있었다.

한편 대폿집에서 나온 근수는 무작정 준구의 집으로 향했다. 진짜 민경이 허드렛일을 하고 있는지 아니면 씨받이 노릇이라도 하러 간 것인지 확인을 할 생각이었다.

송이가 혼자 놀고 있는 모습이 근수의 눈에 보였다. 근수는 준구의 집 앞에서 자연스럽게 놀고 있는 송이를 보자 속이 뒤틀렸다. 자식도 없다는 교수 집에 애들까지 데리고 매일 드나들었을 민경을 상상하자 속에서 열불이 치밀어 올랐다.

문득 이상한 기분을 느껴 송이가 고개를 돌리자 멀리서 근수의 모습이 보였다. 근수를 본 송이의 얼굴이 굳어졌다. 송이와 눈이 마주친 근수는 인상을 팍 쓰고는 이리 오라는 손짓을 했다. 험악한 기세에 눌린 송이가 주춤주춤 근수에게 갔다.

"느그 엄마 어딨노?"

“…….”

“말 안 하나? 느그 엄마 나오라케라!”

“…….”

무섭게 다그치는 근수 앞에서 송이는 아무 말도 못했다.

“빨리 드가서 느그 엄마 나와보라케라!”

송이는 당장이라도 울음을 터트릴 것 같은 얼굴로 고개를 저었다.

“와? 안에 엄마 없나? 니 말 안하믄 아재가 직접 드간다!”

근수는 당장 대문을 부수고 들어갈 것 같은 기세로 물었다.

“말해라. 안에 엄마 있나, 없나?”

두려운 표정으로 근수를 보던 송이가 고개를 가로로 흔들었다.

“카, 이 화냥년 보게. 없어? 없어?”

화를 참지 못해 얼굴이 붉어진 근수가 미친 사람처럼 중얼거렸다.

“느그 엄마 어딨노, 지금.”

눈이 뒤집힌 근수가 송이의 어깨를 잡고 흔들었다.

“말 안 하나!”

근수를 만나고 돌아온 송이는 부엌으로 달려가 향숙의 치맛단을 잡아당겼다.

“언니야, 언니야!”

“바쁘다 지금.”

그릇들을 꺼내놓고 정신없이 바쁘게 일을 하던 향숙은 송이가 심심해서 들어왔다고 생각해 고개도 돌리지 않은 채 잘라 말했다.

“언니야.”

눈치가 빨라 평소 같으면 바로 치맛단을 놓았을 텐데 송이는 향숙이 바쁜 것을 알면서도 다시 치맛단을 흔들었다.

“와 그라는데?”

“아재가, 아재가……”

향숙이 귀찮은 듯 고개를 돌리자 송이가 눈물을 가득 담은 눈을 한 채 울먹이며 말을 잇지 못했다. 그때서야 무슨 일이 있구나, 직감한 향숙이 얼른 송이와 눈높이를 맞추며 물었다.

“천천히 말해라. 무슨 일인데?”

송이는 터져 나오는 울음을 삼키며 향숙에게 근수가 작업실로 갔다는 것을 이야기했다. 향숙은 울음이 섞인 송이의 말을 간신히 알아듣고는 눈이 커졌다.

“니, 언니랑 아즈매랑 작업실에 댕겨 올 때까지 여기서 꼼짝 말고 있어라. 동생 잘 보고, 알았제?”

향숙의 말에 송이는 고개를 끄덕였다.

향숙은 말을 마치자마자 다급하게 부엌을 나가면서 경산댁을 불렀다.

"아즈매! 아즈매!"

빨래를 뒤적이던 경산댁이 구슬땀을 닦으며 무슨 일이냐는 얼굴로 외쳤다.

"와?"

향숙이 또 부엌에서 무슨 사고를 쳤나 싶어 경산댁은 느긋하게 대답을 했다.

"큰일 났어예!"

향숙은 사색이 된 얼굴로 경산댁에게 송이에게 들은 이야기를 해주었다. 얼굴이 점점 굳어지던 경산댁은 향숙이 이야기를 마치자마자 빨래를 젓던 막대기를 내려놓으며 말했다.

"빨리 가자."

"야."

향숙은 경산댁과 함께 작업실을 향해 달리기 시작했다.

소조상을 보며 생각에 잠긴 준구는 며칠 전 민경과 했던 대화를 떠올렸다.

"어? 눈도 감고 있네예?"

모시천으로 덮인 소조상의 얼굴 부분을 조심스레 걷어 보던 민경이 준구에게 물었다. 조각에 대하여 무지한, 순수한 시선에서 나온 말이었다.

"자고 있나?"

준구는 민경의 혼잣말에 무의식적으로 대꾸했었다.

"눈도 뜨고 표정도 있다고 생각을 해 봐. 누가 몸을 보겠어."

준구는 대꾸를 하면서 자신의 말에 스스로 놀랐다. 조각 상의 몸을 통해 인간이 느끼는 감정을 전달하는 작품들을 만들어왔던 준구는 소조상에 표정이 필요하다는 생각을 한 번도 해본 적이 없었다. 그래서 준구의 조각들은 하나 같이 눈을 감은 단순한 얼굴을 지니고 있었다. 그런데 민경은 그 모습을 자고 있다고 생각한 것이었다. 민경의 입에서 나온 생각지도 못한 해석에 준구는 작은 충격을 받은 듯 머리를 흔들었다.
준구가 손을 씻다 말고 멍하니 있자 민경은 의아한 표정 으로 그를 보았다. 그 순간 민경과 눈이 마주친 준구의 머릿 속에는 여러 가지 표정들이 떠올랐다.
'얼굴을 보겠지. 얼굴을.'
준구는 민경과의 대화를 떠올리며 소조상의 얼굴 부분을 유심히 보았다. 만약 조각상의 얼굴에 표정이 있다면 어떨 까? 어떤 얼굴이 나올까?
"미안십니더. 쪼매 늦었지예?"

아침에 송이와 실랑이를 하느라 평소보다 조금 늦게 작업실에 도착한 민경이 숨을 헉헉거리며 뛰어 들어왔다. 탈의실로 바삐 걸어가며 꾸벅 인사를 하는 민경에게 고개를 끄덕여 준 준구는 탈의실 너머로 보이는 민경을 가만히 지켜보았다.

"잠깐만."

민경이 탈의실에서 나오자 의자를 단상에 올리던 준구는 고개도 돌리지 않은 채 말했다.

"옷 다시 걸치고."

언제나처럼 단상에 오르려던 민경은 다른 작업을 하는가 싶어 벗으려던 가운을 다시 입었다.

"오늘은 앉아."

준구는 한 손으로 의자를 잡은 채 가만히 서 있는 민경에게 고개를 돌리며 말했다. 민경이 단상으로 오자 준구는 다시 한 번 강조했다.

"오늘은 앉아."

궁금함이 가득한 얼굴로 순순히 의자에 앉은 민경을 보면서 준구가 말했다.

"이 작품은 자네 얼굴로 완성해 볼까 하고."

준구의 말에 민경은 자신도 모르게 활짝 웃으며 물었다.

"참말로예?"

준구는 기쁨이 그대로 드러난 민경의 얼굴을 보며 미소를 지었다. 자리로 돌아간 준구는 소조상과 민경을 신중하게 번갈아 보면서 말했다.

"목 근육이 잘 안 보이니까 상의만 좀 내려봐."

민경은 의자에 앉은 채로 가운을 스르륵 내렸다.

"이 연놈들아!"

그 순간 작업실 문이 벌컥 열리더니 일그러진 표정을 한 근수가 뛰어 들어왔다. 근수를 본 민경은 너무 놀라서 말이 나오지 않았다.

민경은 새파랗게 질린 얼굴로 손을 벌벌 떨면서 서둘러 가운의 단추를 채웠다. 목발을 짚고 절룩거리며 민경을 향해 걸어오는 근수의 눈이 희번덕거렸다. 준구는 이게 무슨 일인가 싶어 당황한 얼굴로 근수를 보았다.

"그런 거 아니다. 내가 다 설명할게!"

민경의 말이 끝나기도 전에 근수가 달려들었다. 사시나무처럼 떨고 있던 민경이 근수와 함께 작업실 바닥으로 엉켜 쓰러졌다.

퍽! 퍽! 퍽!

근수는 민경을 깔고 앉아 거침없이 주먹을 얼굴에 내리꽂기 시작했다. 살기를 실은 근수의 주먹에 맞은 민경의 코와 입에서는 순식간에 피가 흘렀다. 민경의 얼굴은 근수가 주먹을 휘두를 때마다 힘없이 돌아갔다.

"드러운 화냥년아!"

축 늘어져 저항조차 하지 못하는 민경을 무아지경으로 구타하며 근수가 욕을 퍼부었다.

간신히 상황을 파악한 준구는 치솟는 분노를 감추지 못한 채 민경의 얼굴에 주먹을 내리꽂으려는 근수의 어깨를 잡으며 소리를 질렀다.

"그만 해!"

준구에게 어깨가 잡히자 근수의 눈이 돌아갔다. 고개를 돌려 준구를 보는 근수의 눈에 광기가 어려 있었다.

"하! 이런 씨발."

민경을 때리다 말고 일어선 근수가 준구에게 주먹을 날렸다.

"헉!"

근수의 주먹을 맞은 준구가 힘없이 쓰러졌다. 준구가 쓰러지는 것을 본 민경은 눈이 뒤집혔다.

"아악! 안 돼! 선생님!"

간신히 몸을 일으킨 민경이 기어서 준구에게 갔다. 그리고 자신의 온몸으로 준구를 감싸며 근수를 노려보며 소리를 질렀다.

"쌤한테 이러지 마라. 내가 존경하는 분이다!"

갑작스러운 민경의 행동에 놀란 근수가 당황한 표정을 짓더니 이내 눈에 핏발이 섰다.

"조, 존경? 이런 미친!"

민경의 행동에 당황한 것은 근수뿐만이 아니었다. 준구도 민경에게 놀랐다. 그리고 민경에 대한 연민과 분노가 근수를 향한 분노로 바뀌는 데에는 시간이 얼마 걸리지 않았다.

쓰러져 있던 준구는 민경을 자신의 뒤로 숨기며 민경과 자신을 향해 내리치는 근수의 목발을 한 손으로 잡았다. 근수의 힘을 감당하느라 목발을 잡은 준구의 팔과 눈이 부르르 떨렸다.

"하, 이 새끼 봐라! 이 개 같은 새끼야!"

근수가 괴성을 지르며 온 힘을 다해 준구를 밀쳤다. 준구는 근수와 함께 바닥에 처박혔다. 먼저 정신을 차린 근수는 씩씩거리며 소조상을 잡고 몸을 일으켰다. 근수는 자신이 잡고 있는 나체의 소조상을 보더니 눈이 돌아갔다.

"이런 시벌!"

"안 돼!"

눈이 뒤집힌 근수가 소조상을 넘어뜨릴 듯 흔들자 쓰러져 있던 민경이 달려왔다.

"안 된다! 이건 안 된다! 차라리 내를 죽여라 내를!"

소조상을 붙잡은 민경은 악에 받혀 근수를 향해 소리를 질렀다. 필사적인 목소리에 놀란 준구가 민경을 쳐다보았다. 민경은 단호한 얼굴로 근수의 앞을 가로막았다. 민경의 행동에 근수의 한 조각 남은 이성마저 끊어졌다.

"시발. 이기 다 먼데!"

눈이 뒤집힌 근수가 살기를 담아 휘두른 주먹에 민경은

나동그라졌다. 민경이 쓰러지자 근수는 온 힘을 다해 소조상을 넘어뜨렸다. 쿵 하는 소리와 함께 소조상이 쓰러진 후에도 분이 풀리지 않은 근수는 찰흙 덩어리와 도구들이 놓인 책상까지 엎어버렸다.

"양갈보 맹키로!"

책상을 엎은 근수는 쓰러진 민경의 머리채를 잡았다. 피와 멍으로 엉망이 된 민경의 얼굴이 고통으로 일그러졌다.

"벌건 대낮에 서방질이가!"

근수는 머리채를 잡은 채 민경을 끌고 나갔다.

"이 쳐 죽일 년아!"

민경은 머리채를 움켜쥔 근수의 손을 잡으려고 손을 허우적거리며 질질 끌려 나갔다. 끌려 나가지 않으려 발버둥을 칠 때마다 민경의 발목과 맨 발이 작업실 바닥에 이리저리 쓸렸다.

사력을 다해 기어온 준구가 민경의 발목을 잡았다. 근수가 광기 어린 눈으로 준구를 노려보다가 발로 확 찼다.

"이 시벌 새끼가!"

"헉!"

근수의 발길질에 나가떨어진 채 민경이 끌려가는 것을 보던 준구의 호흡이 점차 불안정해졌다. 준구는 결국 그대로 정신을 잃었다.

한편 송이의 말을 듣고 작업실로 달려오던 경산댁과 향숙

212

은 민경을 개처럼 질질 끌고 가는 근수를 보고 경악했다. 이미 숨이 목에 차올랐지만 향숙은 더 빨리 뛰었다. 작업실에 홀로 남은 준구에게 무슨 일이 일어났을까 걱정이 되어 한시가 급했다.

"괘안으십니꺼?"

헉헉대며 작업실로 뛰어온 향숙은 자신의 눈을 믿을 수가 없었다. 향숙은 허옇게 질린 채 코피를 흘리며 쓰러진 준구의 얼굴을 안았다. 향숙의 비명에 달려온 경산댁은 축 늘어진 준구를 보고 울상을 지었다.

"아이고! 이를 우야노!"

향숙과 경산댁의 목소리를 알아들은 준구가 간신히 정신을 차렸다.

"송이 엄마는?"

신음처럼 흘러나온 준구의 물음에 경산댁과 향숙이 서로 쳐다만 본 채 말을 잇지 못했다.

"이 시벌 것들! 화냥년 같은 년!"

대폿집에서 혼자 술을 마시던 근수는 상을 확 쓸어버리고는 그대로 엎어졌다.

"으……"

의식을 잃고 쓰러져 있던 민경은 어두운 방 안에서 눈을 감은 채 신음했다. 움직일 때마다 온몸이 욱신거렸다. 민경이 걸친 것은 작업실에서 입고 있던 가운 차림 그대로였다. 근수에게 끌려오는 내내 찢어지고 피와 흙이 묻어 엉망이 된 가운 사이로 피딱지가 말라붙은 상처들이 보였다.

"으……."

눈을 뜬 민경은 이를 악물고 일어나 앉았다. 방이 어두컴컴한 것이 벌써 밤인 것 같았다. 민경을 끌고 집까지 온 근수는 그래도 분이 풀리지 않는다는 듯 민경에게 주먹과 발길질을 해댔다. 힘이 풀릴 때까지 다리와 주먹을 휘두르던 근수는 민경에게서 아무런 움직임이 없자 나가버렸다.

간신히 방을 나온 민경은 절룩거리며 집을 나갔다. 민경의 머릿속에는 오직 근수가 돌아오기 전에 집을 나가야겠다는 생각밖에 없었다. 하지만 몇 발짝 가기도 전에 다리가 풀려버린 민경은 진흙탕 바닥에 자빠지고 말았다.

"으윽……."

민경은 이를 악물고 다시 일어났다. 만신창이가 된 민경이 향한 곳은 준구의 집이었다. 민경은 꾸역꾸역 터져 나오는 울음을 참으며 걷고 또 걸었다.

경산댁과 향숙의 부축을 받아 집으로 돌아온 준구는 그대로 쓰러졌다가 한참이 지나서야 일어났다. 겨우 겨우 정신을 차린 준구는 목욕을 마친 뒤 방에 들어가서 누우라는 경산댁의 만류에도 불구하고 서재로 향했다.

"예, 저 샘은 괜안습니더. 예, 사모님."

거실에서 경산댁이 목소리를 낮춘 채 정숙과 통화를 하는 것이 들렸다. 흔들의자에 미동도 없이 앉아 있는 준구의 시선이 향한 곳은 장식장이었다. 준구는 장식장 안에 놓인 리볼버 권총이 담긴 소형 케이스를 바라보며 깊은 생각에 잠겼다.

"아즈매!"

다급히 거실로 뛰어온 향숙이 경산댁을 불렀다. 한 손으로 수화기를 든 경산댁은 고개를 돌려 향숙을 보다가 깜짝 놀랐다. 향숙의 뒤에는 오늘 아침에 봤던 사람과 같은 사람이라고는 믿을 수 없을 만큼 엉망이 된 민경이 오들오들 떨면서 서 있었다.

"예, 사모님. 지가 다시 연락드리겠습니더"

경산댁은 서둘러 전화를 끊고 향숙에게 민경을 욕실로 데려가라는 손짓을 한 뒤 서재로 갔다.

"선생님 혹시 깨어 계십니꺼?"

문 밖으로 들리는 소리에 무슨 일이 있나 싶었던 준구는 몸을 일으켜 스탠드를 켰다.

서재에 불이 켜지자 경산댁은 문에 대고 말했다.

"송이 어매가 왔습니더."

준구의 얼굴에 놀란 기색이 스쳤다.

"아이고, 우짜노……"

민경을 데리고 욕실로 간 향숙은 진흙과 피로 엉망이 된 가운을 벗기며 말을 잇지 못했다. 향숙은 고개를 숙인 채 떨고 있는 민경을 데리고 욕탕 옆으로 앉혔다. 무릎을 세운 채 웅크리고 앉은 민경은 계속 몸을 떨었다.

"언니야……"

욕조에 뜨거운 물을 부으며 향숙은 눈물을 뚝뚝 흘렸다. 잠시 후 욕실에 들어온 경산댁은 민경에게 다가갔다.

"아이고야 이를 우야면 좋노. 아이고……"

민경의 상태를 살피는 내내 경산댁의 입에서는 한숨 같은 신음이 흘러 나왔다. 고개를 푹 숙인 민경은 눈물만 흘렸다.

"아덜은 잘 자고 있다. 걱정하지 말고. 아휴 이를 우야노……"

안타까움을 담은 눈으로 민경의 어깨를 다독이던 경산댁이 향숙에게 말했다.

"아이고 야야. 니 뜨신 물 좀 더 갖고 온나."

"야."

코를 훌쩍이며 연신 눈물을 찍어내던 향숙이 얼른 양동이를 들고 나가려는 순간, 준구가 욕실 문을 열고 들어왔다.

"아즈매……"

놀란 향숙이 작은 목소리로 경산댁을 불렀다. 준구를 본 경산댁이 얼른 자리에서 일어났다. 향숙과 경산댁은 준구에게 고개를 숙이고는 욕실에서 나왔다.

"괜안십니꺼 선생님."

비틀거리며 몸을 일으킨 민경이 울음을 참으며 준구에게
물었다. 준구의 얼굴과 입술에도 상처가 보였다. 준구의 상
처를 본 민경은 자기가 맞은 것보다 더 아팠다.

"그냥 있어."

준구는 일어나려는 민경을 말렸다. 다정한 준구의 말에 민
경의 가슴 속에서 참았던 설움이 울음으로 변해 올라왔다.

"난 괜찮아."

민경은 차마 준구를 볼 수 없어 고개를 돌렸다. 준구는 민
경의 고개를 다시 돌리고는 얼마나 다쳤는지를 확인했다.
준구의 손이, 눈이 지나갈 때마다 치미는 눈물을 삼키느라
민경의 목이 울렁거렸다.

"자네가 걱정이네."

"흐윽 흑."

자신을 염려하는 준구의 말에 민경은 무너졌다. 준구 앞
에서 울지 않으려 안간힘을 쓰며 앙 다문 민경의 입에서 울
음이 새어나왔다. 준구는 민경이 근수로부터 자신을 보호하
기 위해 안았던 것처럼 민경을 감싸 안았다.

"으, 흐윽……."

준구의 품 안에서 민경은 서러운 울음을 토해냈다. 소리를
죽여 흐느끼던 민경은 결국 끄윽끄윽 신음소리를 내며 울고

또 울었다. 준구는 민경이 울음을 다 토해낼 때까지 그녀를 안아주었다. 욕실 밖으로 새어나오는 민경의 서글픈 울음소리에 향숙과 경산댁은 덩달아 눈물을 훔쳤다.

한참 후에야 준구는 욕실 밖으로 나왔다. 준구의 셔츠는 민경의 눈물과 콧물, 피와 흙탕물로 엉망이 되어 있었다. 준구는 경산댁에게 욕실로 들어가 보라는 눈빛을 보냈다. 경산댁은 얼른 욕실로 들어갔다.

"아이고!"

울다 지친 민경이 탈진한 듯 쓰러져 있었다.

"향숙아!"

경산댁이 부름에 향숙이 얼른 욕실 안으로 들어왔다. 경산댁과 향숙은 민경을 조심조심 씻긴 뒤 수건으로 잘 닦은 후 방에 뉘였다. 기절하듯 쓰러진 민경은 잠을 자면서도 밤새 끙끙 앓았다. 민경을 자신의 방에 눕힌 향숙은 열이 펄펄 나는 민경의 이마를 차가운 물수건을 닦아주면서 간호했다.

다음날 준구는 평소처럼 아침 일찍 집을 나섰다. 산책을 마치고 돌아온 준구의 아침을 챙긴 경산댁은 평상 위에 앉아 심난한 얼굴로 연신 한숨을 쉬면서 부채질을 했다.

"참말로 덥겄다 오늘도."

우울한 얼굴로 경산댁 옆에 앉아 있던 향숙이 하늘을 한 번 보더니 중얼거렸다.

"소나기 한번 안 오나."

그때 헝클어진 머리에 멍자국으로 엉망이 된 얼굴, 퉁퉁
부은 눈을 한 민경이 별채 밖으로 모습을 드러냈다.

"일어났나?"

정신없이 밖으로 나오던 민경은 경산댁의 목소리를 듣자 깜
짝 놀라며 민망함과 미안함에 어쩔 줄을 몰라 하며 말했다.

"미안십니더. 고마 늦잠을 잤네예."

작업실에 가려고 신발을 신고 나서려는 민경에게 경산댁
이 말했다.

"선생님이 오늘은 그냥 쉬라카시든데."

"지를예?"

"니 거울 함 봐라, 그래가꼬 선생님이 심란해가 우에 작업
을 하시겠노? 쯔쯔쯔."

경산댁은 쉬라고 했다는 말에 멍한 표정을 짓는 민경을
보며 한숨을 쉬며 말했다. 경산댁의 말에 민경은 그때서야
무슨 말인지 알았다는 듯 얼굴 여기저기를 더듬거리며 고개
를 푹 숙였다.

"어? 사모님 일찍 오셨네예?"

정숙이 양손에 짐을 들고 마당으로 들어섰다. 향숙은 빨
리 달려가 정숙의 손에서 짐을 받았다.

"지를 부르시지예. 아침에 오시는 줄 알았으면 지가 역으
로 나갔을긴데."

빨라도 오늘 오후에나 오겠거니 생각했던 경산댁은 깜짝

놀라 몸을 일으키며 민망한 얼굴로 말했다.

"오 서방하고 할 이야기가 있어서 안 불렀네. 짐은 오 서방이 들어다 주었네."

정숙은 아니라는 얼굴로 경산댁에게 대답을 하고 민경을 보았다.

엉거주춤하게 일어나 꾸벅 인사를 한 민경은 잘못을 한 사람처럼 고개를 푹 숙였다. 민경의 얼굴은 저번과 비교할 수 없을 만큼 엉망이었다. 정숙의 표정이 무거워졌다.

민경은 행랑채에 있는 경산댁의 방으로 들어갔다. 경산댁의 방 한쪽에서 기주와 송이가 천사처럼 새근새근 잠이 들어 있었다. 민경은 그래도 아이들에게 험한 모습은 보이지 않아 다행이라는 생각이 들었다. 민경이 아이들을 물끄러미 보고 있는데 방문이 열리더니 가방을 든 정숙이 들어왔다.

"사모님예……."

민경은 정숙을 보자 얼른 일어나서 인사를 하고는 고개를 푹 숙였다. 정숙에게 엉망이 된 얼굴을 보며 주는 것이 너무나 죄송스러웠다. 민경은 정숙에게 모든 것이 미안했다. 모델을 하게 해주고, 궁색한 자신의 사정을 헤아려 주고 아이들까지 돌보아 주었던 정숙에게 이런 모습을 보이게 된 것이 너무나 염치가 없었다. 차마 죄송하다는 말조차 부끄러웠던 민경은 무슨 말을 어떻게 해야 할지 몰라 그저 두 손만 만지작거렸다.

정숙은 엉망이 된 얼굴로 죄스러운 표정을 짓는 민경의 모습이 너무나 가슴 아팠다. 민경의 손을 잡으며 앉은 정숙은 애써 밝은 얼굴로 미소를 지으며 가방에서 새 옷을 꺼냈다.

"이쁘겠다."

서울에 있는 동안 늘 헤진 옷만 입는 민경을 생각하며 산 옷이었다.

민경은 자신의 몸에 새 옷을 대어 보는 정숙과 차마 눈을 마주치지 못한 채 고개를 돌렸다. 정숙은 민경에게 더 가까이 다가가 머리를 쓰다듬으며 푸르죽죽하게 멍이 든 얼굴을 살폈다. 퉁퉁 부운 눈가에는 시퍼런 멍 자국이 크게 번져 있었고 입술엔 터지고 찢어진 자국이 선명했다.

"이 고운 얼굴이 얼마나 아팠을까?"

정숙은 자신도 모르게 한숨을 쉬었다. 정숙의 한숨에 민경은 죄인이라도 된 것처럼 고개를 숙였다. 손을 꼭 잡은 정숙이 민경을 품에 안으며 말했다.

"남편 문젠 해결해 놨으니, 작품 완성할 때까지 만이라도 여기서 맘 편히 지내요."

"미안십니더 참말로. 미안십니더 사모님."

그때서야 민경은 울음을 터트렸다. 민경의 울음에 정숙의 눈시울이 빨개졌다.

"울지 마. 울지 마. 괜찮아."

정숙은 눈물이 그렁그렁한 눈가를 훔치며 민경의 등을 따뜻하게 토닥였다.

"고맙십니더."

따뜻한 정숙의 품 안에서 마음이 놓인 민경은 끄윽끄윽 흐느꼈다. 정숙은 민경의 흐느낌 그칠 때까지 그녀를 품에 안고 다독였다.

정숙의 연락을 받고 아침 일찍 역으로 나간 오 서방은 정숙에게서 한 가지 부탁을 받았다. 민경의 남편을 찾아가 작품이 끝날 때까지 민경을 찾아오지 말라는 말과 함께 봉투를 전하라는 것이었다. 근수에게서 확답을 받을 수 있도록 협박이라도 해달라는 정숙의 부탁에 오 서방은 적지 않게 놀랐다. 그가 아는 정숙은 누군가를 협박하라는 이야기를 할 사람이 아니었기 때문이었다.

하지만 민경의 집을 찾아간 오 서방은 술 냄새를 풀풀 풍기며 방문을 연 근수의 얼굴을 보고 정숙이 왜 그런 이야기까지 했는지를 단박에 알 수 있었다. 오 서방은 고령토를 가지고 작업실을 갔던 날, 멍이 잔뜩 들어 있던 민경의 얼굴을 떠올렸다. 한눈에도 민경의 얼굴에 상처와 멍자국을 만든 위인이 바로 근수임을 알아차릴 수 있었다.

"아니 낸, 예술 뭐 그런 건 내가 잘 모르겠꼬."

근수는 오 서방이 건넨 돈 봉투를 집으며 비릿한 미소를 지었다. 포항 갑부집이 정말 돈이 많긴 많은 모양이라고 생각하며 앞으로 두고두고 돈줄로 이용해 먹을 수 있겠다는 생각을 했다.

민경이 기주랑 송이까지 데리고 다니는 것을 보면 진짜 바람을 피운 것 같아 보이지는 않았다. 하지간 눈앞에서 민경이 옷을 벗고 있는 것을 보았을 땐 둘 다 죽여 버리고 싶은 마음이었다. 그런데 실컷 두들겨 패고 나서 술이 떡이 돼서 돌아온 아침에 이렇게 돈 봉투가 생기다니, 한 번으로 끝나지 않는다면 남는 장사라는 생각이 들었다. 민경이 돌아오면 이를 빌미로 들들 볶아서 꼼짝 못하게 확 조져놔야겠다는 생각도 했다.

오 서방은 근수의 표정을 보면서 말이 안 통한다는 것을 알고는 그냥 이야기를 마무리해야겠다고 생각했다.

"알았다. 그라모 작품 끝날 때지만 송이 어매 가만히 놔두라. 며칠이면 된다."

근수는 됐다는 표정으로 돈 봉투를 열었다.

"그 돈으로가 술을 더 처묵든 노름을 하든, 니 맘대로 하고. 대신에 송이 어매는 절대 건들면 안 된다. 알았나?"

오 서방은 답답한 얼굴로 근수를 보며 거듭 강조했다.

근수는 오 서방의 말은 들은 체도 안 하고 지폐를 꺼내 손가락에 침을 발라가며 한 장 한 장 셌다.

"송이 어매가 귀해서 그런 게 아이다. 선생님 작품 때매 안 글나! 작품 때매!"

오 서방은 도통 말이 통하지 않는 근수의 뒤통수를 쥐어
박으려는 시늉을 하며 목소리를 높였다.

"어휴. 개자슥아!"

오 서방은 결국 한숨을 쉬고는 민경의 집을 나섰다.

"뭐, 그라입시더."

근수는 돌아서는 오 서방의 뒷모습을 향해 같잖다는 표
정을 지으며 비웃음을 날렸다.

근수를 만난 오 서방은 곧바로 준구의 집으로 갔다. 오 서
방이 왔다는 말에 정숙이 앞마당으로 내려왔다.

"일딴 얘긴 잘 전달했는데 지가 누굴 협박하고 그런기 영
서툴러가 쫌 찝찝하네예."

오 서방은 근수를 만난 느낌이 영 껄끄러운지 한 손으로
머리를 긁으며 눈썹을 찡그렸다.

"그래 수고했네."

말을 마친 오 서방은 인사를 꾸벅하고는 찝찝한 표정으로
돌아갔다.

정숙은 오 서방이 근수를 만나서 봉투를 전해주었다는
것에 조금은 안심을 했다. 하지만 마음을 놓을 수는 없을 것
같은 심란함에 작게 한숨을 쉬었다.

마지막 선물

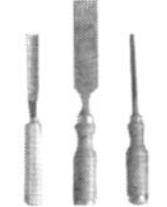

근수가 한바탕 난리를 피우고 간 다음 날, 준구는 경산댁에게 민경이 회복될 때까지는 쉬게 하라고 말했었다.

홀로 작업실에 도착한 준구는 한숨을 삼키며 문을 열었다. 작업 중이던 소조상은 처박힌 채 그대로 있었고 작업을 할 때 사용하던 도구들도 바닥에 아무렇게나 흩어져 있었다. 내동댕이쳐진 의자며 이젤까지……. 작업실은 난장판이 되어 있었다. 준구는 지팡이를 짚은 채 천천히 작업실 안으로 들어갔다.

"하아."

준구는 바닥에 처박힌 소조상을 복잡한 심정으로 한참

들여다보았다. 근수가 쓰러뜨린 소조상은 민경의 몸이 아닌 얼굴을 담으려고 했던 작품이었다. 소조를 보자 필사적으로 작품을 보호하려고 했던 민경의 모습이 떠올랐다.

민경은 왜 근수에게 얻어맞는 것을 감수하면서까지 이 작품을 지키려고 했을까?

준구는 쓰러진 소조상을 일으켜 세워보려 했지만 한 손으로는 역부족이었다. 한동안 낑낑거리며 씨름을 하던 준구는 결국 소조상을 세우는 것을 포기했다.

잠시 숨을 고르던 준구는 흩어진 조각 도구들을 가지고 왔다. 그리고 소조상에서 얼굴만을 떼어내기 시작했다. 한참만에야 준구는 간신히 소조상의 얼굴을 떼어 단상에 올려놓을 수 있었다.

기력을 모두 소진한 듯 한숨을 길게 내쉰 준구는 소조상의 얼굴을 가만히 들여다보았다. 바닥에 처박힐 때 흙이 다 마르지 않는 상태였던 소조상은 한쪽이 일그러져 마치 우는 듯한 표정을 하고 있었다. 우연이었지만 기묘하게 일그러진 소조상의 얼굴에는 뭔가 알 수 없는 느낌이 전해졌다. 준구는 소조상을 보면서 그 느낌이 무엇인지를 찾아내려 애를 썼다.

"헤이!"

작업실 문에 똑똑하고 노크를 한 홍 박사가 중절모로 부채질을 하면서 들어왔다. 어지간히 더운지 얼굴이 땀으로 번들거렸다.

"아휴. 이거 뭐, 전쟁터가 따로 없구만."

홍 박사는 작업실을 두리번거리며 고개를 흔들었다.

"여길 어쩐 일로?"

"어, 정숙이가 보냈지 뭐."

홍 박사는 상처자국이 또렷하게 남아 있는 준구의 얼굴을 보며 어깨를 으쓱하고는 왕진 가방을 책상 위에 올려놓았다. 그는 탈의실에서 옷걸이를 꺼내 소파 옆에 세워놓고는 준구가 소조상을 모시천으로 덮기를 기다렸다.

"자!"

홍 박사의 손짓에 준구는 고분고분하게 소파에 가서 누웠다. 왕진 가방에서 영양제와 링거를 꺼낸 홍 박사는 바늘을 톡톡 치면서 준구의 소매를 걷었다. 준구는 아무 말 없이 천장만 바라보았다.

"이제 들어갑니다."

혼잣말 하듯 준구의 팔에 바늘을 꽂은 홍 박사는 다 되었다는 표정을 지으며 호스를 조정하다 불쑥 입을 열었다.

"난 요즘도 말이야. 화실에 있던 내 머리끄덩이를 잡아끌고 가서는 날 의대에 쳐 넣은 우리 아버님한테 감사한다. 암."

젊은 시절 화가를 꿈꿨다가 부모의 반대로 좌절을 겪었던 홍 박사는 누구보다 준구의 마음을 이해해준 든든한 사람이었다. 의사이기에 앞서 예술을 사랑하는 사람으로 준구의 작품세계에 감동을 했었고, 준구에게 병이 찾아온 뒤에도 어떻게든 그를 치료하고자 노력해왔다.

"의사가 돼 주셔서 고맙습니다."

"어휴, 예술이 뭔지."

그 마음을 아는 준구가 짧게 감사인사를 하자 홍 박사는 졌다는 듯 한숨을 내쉬며 중얼거렸다. 그러자 준구는 홍 박사를 보며 놀리듯 말했다.

"인생은 짧고 예술은 길다. 히포크라테스도 그렇게 얘기했는데."

준구의 말에 홍 박사가 발끈한 듯 즉각 대꾸했다.

"넌 하난 알고 둘은 모르나 본데 자코메티가 그랬다. 예술보다는 삶이라고."

준구는 아무 대꾸도 하지 못한 채 누워서 눈만 껌벅거렸다. 그런 준구를 보던 홍 박사는 작업실을 두리번거리더니 일그러진 소조의 머리를 가리키며 말했다.

"그래 저거, 저거 좋네. 작품 성격이 바뀌었나 보네."

홍 박사의 손끝을 따라간 준구의 시선이 흉상을 향했다.

"지금 내 심정이 딱 저렇다."

흉상을 보던 준구는 홍 박사의 말에 고개를 돌려 그를 물끄러미 바라보았다.

"야, 지금 니가 여자 몸뚱아리나 만들 때냐? 현실을 직시해라, 좀."

다그치는 듯한 홍 박사의 잔소리에 즌구는 창가로 고개를
돌렸다.

"어휴."

고집스런 준구의 성격을 아는 홍 박사는 한숨을 길게 내
쉬며 왕진 가방에서 소독 도구를 꺼냈다.

"그놈의 예술 한답시고 니 꼴이 이지 뭐냐? 정숙이는 또
어떻고. 어휴. 쯔쯔쯔."

홍 박사는 잔소리를 하면서도 준구의 이마에 난 상처 부
위를 꼼꼼하게 소독했다. 소독을 마친 홍 박사는 준구의 성
화에 못 이겨 결국 자리에서 일어났다.

"주사 바늘 뽑을 줄 알지? 여기 약솜 놓고 갈 테니까
꼭……."

홍 박사는 마음이 놓이지 않는다는 듯 계속 잔소리를 했다.

"잠들었다가 놓치면 큰일이니까 살짝 줄기만 해, 알았지?"

홍 박사는 몇 번이나 다짐을 받은 후에야 못 미더운 얼굴
로 작업실을 나섰다.

"하아."

겨우 혼자가 된 준구는 소파에 누워 링거가 꽂히지 않은
팔로 눈을 가리며 한숨을 쉬었다. 엉망이 된 작업실로 쏟아
져 들어오는 햇살이 너무 밝았다. 잠시 선잠이 들었다가 깬
준구는 여전히 약이 남아 있는 링거병을 보면서 힘없이 미소
를 지었다. 혹시 준구가 링거를 꽂은 채로 깊이 잠이 들어버

릴까 하는 노파심에서 홍 박사는 링거액이 천천히 떨어지게 조절을 해 놓고 간 것이다. 어느새 한낮이 지나가고 링거병과 호스가 걸린 옷걸이의 그림자가 길게 드리워지고 있었다.

링거액은 아직 남아 있었지만 준구는 홍 박사가 주고 간 알루미늄 통에서 알코올이 묻은 약솜을 꺼낸 뒤 주사가 꽂힌 자리에 대고 익숙하게 바늘을 뽑았다. 팔을 접으며 주사 자리를 꾹 누른 준구는 잠시 후 피가 나지 않는 것을 확인하자 약솜을 내려놓았다. 그리고 소파 옆에 놓아둔 지팡이를 짚고 자리에서 일어나 개수대를 향해 천천히 걸음을 옮겼다.

이윽고 개수대 앞으로 간 준구는 벽에 걸린 거울 앞에 서서 물끄러미 자신의 얼굴을 들여다보았다. 고집이 세 보이는 표정을 한 남자가 고통과 절망, 체념과 분노가 담긴 눈을 한 채 자신을 마주보고 있었다.

"지금 내 심정이 딱 저렇다."

문득 소조상의 얼굴에 시선을 던진 준구는 홍 박사와 했던 대화를 곱씹었다. 바닥에 처박혀 일그러진 조각의 얼굴이 자신의 심정이라고 말하던 홍 박사의 표정이 떠올랐다. 거울 속에 비친 자신의 모습과 일그러진 소조상을 보는 준구의 귀에 홍 박사의 음성이 들리는 것 같았다.

"지금 니가 여자 몸뚱아리나 만들 때냐?"

책상으로 걸음을 옮긴 준구는 소조상을 덮고 있던 천을 걷은 후 가만히 쓰다듬었다. 민경의 얼굴을 담으려고 했던 작품이었지만 일그러진 소조상은 자신을 닮은 얼굴을 한 채 그곳에 놓여 있었다. 준구는 아무 말 없이 소조상의 표정을 가만히 들여다보았다.

어느덧 해가 기울기 시작했다. 모시천이 덮인 소조상은 컴컴한 작업실 한쪽에 놓여 있었다. 창가로 연결되는 데크에 앉은 준구는 깊은 생각에 잠겨 있었다. 준구의 눈에는 하늘을 붉게 물들이는 아름다운 노을도, 노을을 비춰내는 저수지의 반짝임도 보이지 않았다.

민경과 나누었던 대화와 홍 박사가 했던 이야기들이 머릿속을 둥둥 떠다녔다. 무엇보다 일그러진 소조상의 표정이 머릿속을 떠나지 않았다. 날이 어둑해져서야 작업실을 나선 준구는 생각에 잠긴 얼굴로 어둑한 강가를 걸었다.

집에 도착한 후에도 준구는 아무 말 없이 곧장 서재로 들어가 나오지 않았다. 정숙은 잘 시간이 지나서도 준구가 나오지 않자 서재의 문에 가볍게 노크를 한 후 안으로 들어갔다. 준구는 불도 켜지 않은 채 흔들의자 위에 가만히 앉아 있었다.

이제야 준구의 얼굴을 본 정숙은 상처를 보자 미간을 찡그렸다. 준구에게 다가간 정숙은 걱정스런 얼굴로 상처를 어루만지려 손을 뻗었다.

준구는 놀라고 속상하고 서운한 얼굴로 자신을 보는 정숙과 차마 시선을 마주치지 못한 채 고개를 돌렸다.

정숙과 준구 사이에 어색한 침묵이 흘렀다. 견디다 못한 준구가 자리에서 일어나 서재의 문을 열며 말했다.

"서울 식구들은 안녕하시고?"

아무 말 없이 준구를 바라보던 정숙은 천천히 고개를 끄덕였다. 준구와 정숙은 말없이 서로를 바라보았다. 준구에게 혼자만의 시간이 필요하다고 생각한 정숙은 잠시 후 서재를 나섰다. 준구는 정숙에게 하고 싶은 이야기가 많았지만 어떻게 시작해야 할지 막막하여 입이 떨어지질 않았다.

서재에서 밤을 꼬박 새운 준구는 비장한 얼굴로 아침 일찍 작업실로 향했다. 준구가 방에서 잠을 자지 않았다는 것을 아는 정숙 역시 잠을 설쳤다. 준구가 나가는 소리를 듣고 정숙은 자리에서 일어났다. 준구의 변화가 작품 때문인지, 몸의 상태 때문인지, 민경 때문인지 알 수 없어 마음이 복잡했다.

밤을 꼬박 새운 정숙과 달리 맞느라, 앓느라, 눈물을 흘리느라 탈진한 민경은 혼곤한 잠에 빠져 있었다. 정숙은 향숙과 경산댁에게 민경을 깨우지 말라고 미리 귀띔해 두었다. 혹시 작업실에 가겠다고 해도 오늘까지는 쉬라고 일러둔 참

이었다. 엉망으로 무너진 몸과 마음을 추스르려면 민경에게
도 최소한의 시간이 필요하다고 생각했드. 정숙의 마음을
아는 경산댁은 민경이 자는 방에 기주와 송이도 들어가지
못하게 주의를 주었다. 향숙이 때에 맞춰 밥상만 방 안에 넣
어 주었다.

　아침 이슬을 밟으며 작업실에 도착한 준구는 곧바로 찰흙
을 옮긴 후 바닥에 흩어져 있던 도구들을 정리했다. 한 손에
지팡이를 짚은 채 하려니 준구의 이마에서는 연신 땀이 흘
렀고, 입에서는 신음 같은 거친 숨소리가 흘러나왔다. 하지
만 준구는 잠시도 쉬지 않았다.

　이윽고 준구는 새로운 흉상을 만들기 시작했다. 찰흙을
붙이던 준구는 얼굴을 찡그리며 오그라든 손가락을 다른
손으로 억지로 펴보았다. 하지만 오그라든 손가락에는 감각
도 거의 느껴지지 않았고 오그라들지 않은 부위에는 아픔
이 심했다.

　게다가 손으로 억지로 눌렀을 때만 잠시 펴졌을 뿐 손을
떼면 다시 원래대로 오그라들었다. 답답한 준구는 아예 오
그라든 손을 겨드랑이에 끼운 채 한 손으로만 작업을 하기
시작했다. 마치 그렇게 하면 손가락이 펴지기라도 할 것처럼
준구는 손을 끼운 겨드랑이에 힘을 주었다.

　방해가 되는 손을 치웠지만 한 손으로만 하는 작업은 훨
씬 더뎠고 어색하여 뜻대로 되지 않았다. 거친 숨을 몰아쉬

는 준구의 얼굴에서 땀이 뚝뚝 떨어졌다.

한 손으로는 도저히 작업이 되지 않자 준구는 잠시 작업을 멈췄다. 그리고 겨드랑이에 끼웠던 손을 들어 입으로 손가락을 물어뜯었다.

"으……."

흙이 잔뜩 묻은 손을 물어뜯는 준구의 눈에서 눈물과 땀이 섞여 흘러내렸다. 잠시 후 손가락이 조금 펴진 것 같은 기분이 들자 준구는 다시 헤라를 들고 작업을 이어갔다.

홍 박사는 준구의 집을 향해 뛰어가고 있었다. 홍 박사의 손에 들린 왕진 가방 밖으로 노란 차트가 삐져나와 있었다.

"하아. 하아."

대문 앞에서 잠시 숨을 고른 홍 박사는 진지한 얼굴로 안채로 향했다. 홍 박사가 왔다는 이야기를 들은 정숙이 거실로 나왔다. 홍 박사는 정숙의 어두운 얼굴을 보며 어떻게 말을 꺼내야할지 고민하며 거실로 올라갔다.

"너 저번에 서울 가서 김 박사 만났다며?"

한참 동안 말없이 앉아 있던 홍 박사는 정숙의 눈을 피하며 입을 열었다.

"죄송해요."

홍 박사를 물끄러미 보던 정숙이 고개를 숙였다. 홍 박사는 이해한다는 듯 고개를 저으며 말했다.

"죄송할 건 없다. 걘 내 대학 후배다. 그 분야에선 그 친구가 최고인 거야 누구나 다 아는 사실이다만."

"……."

"그게 의사가 바뀐다고 나을 수 있는 병이 아니잖니."

다정하게 타이르는 듯한 홍 박사의 목소리에 정숙은 고개를 숙인 채 어깨를 가늘게 떨었다. 입술을 꽉 깨문 얼굴이 금방이라도 울음을 터트릴 것 같았다.

"어휴. 너도 오죽했으면 그랬겠냐."

그런 정숙을 보며 한숨을 길게 내쉰 홍 박사는 왕진 가방에서 서류를 꺼내 테이블 위에 내려놓았다.

"휴. 그리고 검사 결과가 나왔는데."

검사 결과가 나왔다는 말에 정숙은 고개를 들었다. 한줄기 희망이라도 찾겠다는 얼굴로 서류를 보던 정숙은 믿을 수 없다는 듯 고개를 흔들었다. 정숙은 눈물이 그렁그렁한 얼굴로 설명을 해달라는 듯 홍 박사를 보았다.

"내가 수십 번도 더 들여다봤다. 근데 힘들겠다."

홍 박사는 차마 정숙의 눈을 마주 볼 수 없어 고개를 돌린 채 담담하게 말을 이었다.

"전에 좋아 보인 건 일시적인 현상이었던 거지."

아무 말 없이 홍 박사의 말을 듣는 정숙의 눈에서 눈물이 뚝뚝 떨어졌다. 홍 박사는 괴로운 듯 한숨을 내쉬며 하고 싶지 않았지만 해야만 하는 말을 꺼냈다.

"찬바람 불 때 즘이면, 아마 거동도 못할 거다. 마음 단단 히 먹고."

정숙은 눈물이 범벅이 된 얼굴로 고개를 끄덕였다. 부엌에 서 홍 박사와 정숙의 이야기를 듣던 경산댁은 한숨을 쉬며 고개를 숙였다. 경산댁의 옆에 앉아 있던 향숙도 새어나오는 울음을 참으며 눈물을 훔쳤다.

"사모님, 어디 가시게예?"

홍 박사가 돌아간 후 말끔하게 세수를 하고 옷까지 갈아 입은 정숙이 양산을 들고 대문을 나서자 경산댁이 걱정스러 운 눈으로 따라 나오며 물었다.

"아니. 그냥."

정숙은 걱정하지 말라는 듯 고개를 저으며 양산을 펼쳐 들고 천천히 걸음을 옮겼다. 하지만 돌다리 길을 지나기도 전에 발걸음을 멈춘 채 머뭇거렸다. 홍 박사의 말을 들으며 한시라도 빨리 준구의 얼굴을 봐야겠다는 다짐과 달리 막 상 집을 나오자 마음이 흔들렸다.

지금까지 정숙은 서울에서도, 포항에 내려온 후에도 준구 의 작업실에 찾아간 적이 한 번도 없었다. 부모님의 뜻에 따 라 선을 봐서 결혼을 한 남편이었지만 정숙은 평범하지 않 은 직업을 가진 김준구라는 남자를 가장 잘 이해할 자신이 있었고 조각가 김준구에게 어떤 아내가 되어야 하는지를 스스로 찾아냈다.

　준구는 작업실과 집을 철저하게 구분하는 사람이었다. 한 번 작업을 시작하면 시간이 가는지, 배가 고픈지도 모르는 준구였기에 정숙은 집과 작업실을 구분하는 것 자체가 자신에 대한 배려라는 것을 알았다. 그렇기 때문에 정숙도 작업실과 집을 철저하게 구분했다. 작업실이 오로지 조각가 김준구를 위한 공간이 될 수 있도록 가정이나 생활의 흔적이 스며들지 않는 공간이 되도록 지켜왔다. 그것은 정숙에게도 하나의 자부심이었다.

　대신 집은 정숙이 주도하는 공간이었다. 정숙은 준구가 작품 말고 집안일에 신경을 쓰지 않아도 되도록 야무지게 살림을 꾸렸고, 준구가 자고 싶을 때, 자야 할 때 아무 방해도 받지 않고 편히 잠을 잘 수 있는 방을 따로 마련했다. 작업실에서 돌아오면 그대로 곯아떨어져 잠만 자다가 다시 일어나서 작업실로 가는 일도 허다한 준구에게 잠이 얼마나 중요한지 알았기 때문이다. 고맙다, 싫다 하는 표현을 한 적은 한 번도 없었지만 준구 역시 정숙이 살림을 꾸려가는 것에 한 번도 간섭을 하지 않았다.

　정숙은 부부 사이에 지켜온 이 무언의 규칙을 깨뜨리는 것이 두려웠다. 작업실에 간 자신을 보는 준구의 눈빛이 어떨지 걱정스러웠다. 결국 정숙은 쓸쓸한 미소를 지으며 다시 집으로 발길을 돌렸다.

준구는 날이 어두워질 때까지 계속해서 작업을 했다. 어느덧 완성된 소조상에 거칠게 석고를 바르는 준구의 셔츠가 땀에 흠뻑 젖어 있었다.

"으……."

힘겹게 석고를 풀던 준구가 갑자기 손을 멈추더니 신음소리를 냈다. 이어서 탁 소리와 함께 석고가 담긴 고무 그릇이 바닥으로 쓰러졌다.

아침부터 쉴 틈도 없이 계속된 작업으로 인해 한계가 온 듯 손가락에 마비가 온 것이다. 무릎으로 고무 대야를 고정한 채 바닥에 엎어진 하얀 석고를 한 손으로 주워 담던 준구는 그만 풀썩 주저앉으며 한숨을 내쉬었다. 잠시 숨을 고른 준구는 땀을 닦은 후 다시 석고를 풀기 시작했다. 고집스럽게 입을 다문 준구의 얼굴에서 오기와 집념이 보였다.

마침내 흉상에 석고를 모두 바른 준구는 바닥에 앉아 숨을 고르며 땀을 닦았다. 새하얀 석고가 발려진 흉상을 가만히 보던 준구는 땀을 닦던 수건으로 툭툭 옷을 털며 자리에서 일어났다. 책상으로 간 준구는 복잡한 얼굴로 아침에 서재 장식장에서 가져온 소형 리볼버 권총을 내려다보았다. 이윽고 준구는 결심을 한 듯 권총을 주머니에 넣었다.

지팡이를 짚고 문 앞까진 간 준구는 불을 끄기 전 작업실을 찬찬히 둘러보았다. 그리고는 불을 끈 뒤 문을 닫았다. 작업실 불이 꺼지자 사방이 어두워졌다. 어둠에 눈이 익숙

해지도록 잠시 기다리던 준구는 언덕을 천천히 내려가기 시
작했다.

"선생님께서 너무 늦으시는기 아인지.'
경산댁이 정숙 앞에 찻잔을 내려놓으며 말끝을 흐렸다. 거
실에서 뜨개질을 하며 준구를 기다리던 정숙은 경산댁의
말에 벽에 걸린 시계를 바라보았다. 11시가 훌쩍 넘어간 지
오래였다. 평소 준구라면 이미 집에 돌아와 잠을 자고 있을
시간이었다.
"괜찮아. 한창땐 밤도 새셨는걸 뭐. 오늘은 작업이 잘 되시
나보네."
애써 미소를 지은 정숙은 경산댁을 보며 말했다. 하지만
준구는 12시가 넘도록 집에 돌아오지 않았다. 혹시 밤길에
발을 헛딛거나 넘어지기라도 한 것은 아닌지 걱정이 되어 견
딜 수가 없어진 정숙은 가디건을 걸친 채 준구를 마중 나갔
다. 대문 앞에서 준구를 기다리던 정숙은 준구의 그림자도
보이지 않자 점점 멀리까지 갔다.
준구의 집에서 제법 멀리 떨어진 돌다리 길. 목을 길게 빼
고 준구가 올 길을 보면서 서성이는 정숙의 얼굴에 걱정스러
운 빛이 가득하다.
마침내 멀리서 누군가의 실루엣이 보이자 정숙은 눈을 크
게 떴다. 지팡이를 짚은 준구였다. 땀으로 온몸이 흠뻑 젖은

채 지칠 대로 지친 얼굴로 비틀거리며 걸어오고 있었다. 안쓰러움에 한숨을 내쉰 정숙은 애써 밝은 표정을 지으며 준구에게 다가갔다.

"당신 시계도 못보고 했구나."

준구는 아무렇지 않은 척 미소를 지으며 말하는 정숙을 슬픈 눈으로 보며 말했다.

"그러게. 걱정되면 작업실로 오지 그랬어."

만약 정숙이 오늘 작업실에 왔다면 어땠을까. 준구는 착잡한 심정으로 짧은 시간 동안 정숙과 함께 어둑할 무렵 집으로 돌아가는 자신의 모습을 상상했다.

"제가 언제 작업실에 간 적 있어요?"

정숙은 몰랐냐는 눈으로 준구를 보며 말했다.

"그랬나?"

정숙의 말에 고개를 갸웃하며 길을 걷던 준구가 조용히 말했다.

"그러네."

정숙은 이제야 알아차렸다는 듯한 명한 표정으로 걷은 준구를 보며 미소를 지었다. 어두운 밤, 나란히 논길을 걷고 있자니 정숙은 꼭 준구와 데이트를 하는 것 같아 기분이 좋았다. 풀벌레 소리가 들리는 들판을 가득 채운 벼들이 달빛을 받아 반짝거렸다.

"당신, 기억나요?"

정숙이 밝은 목소리로 준구에게 물었다. 준구는 정숙을 말없이 바라보았다. 준구의 그윽한 눈길에 기분이 좋아진 정숙은 새색시 같은 얼굴로 입을 열었다.

"우리 신혼 시절 때, 원효로였지 아마."

추억을 되새기는 정숙의 눈이 행복으로 빛났다.

"그땐 전화도 없었으니까, 당신 밤새 작업하면 난 새벽부터 뚝방길에 나와서 하염없이 당신을 기다리곤 했는데."

준구는 정숙의 재잘대는 소리를 들으며 말없이 계속 길을 걸었다. 젊은 시절을 생각하니 정숙에게 해준 것이 아무 것도 없었다. 늘 무심하기만 했던 자신을 항상 이해해주고 품어주었던 아내에 대한 미안함과 고마움에 가슴이 아팠다.

"그래도 신혼인데, 어쩜 저리 작품만 할까 많이 야속했었는데. 지금 생각해 보면 그때가 제일 행복했던 것 같아."

평소와 달리 말이 많은 아내의 목소리가 너무나 곱고 예뻐서 눈물이 날 것 같았다. 그래도 행복했다는 정숙의 말이 가슴에 가시처럼 박혔다. 집에 도착할 때까지 울컥울컥 올라오는 감정들을 삼켜내느라 준구는 아무 말도 할 수 없었다.

"아이고. 이제 오십니꺼."

거실에서 깜빡 잠이 들었던 경산댁이 준구와 정숙이 들어오는 소리에 벌떡 일어났다. 사랑채와 거실의 불은 여전히 환하게 밝혀둔 채였다. 정숙은 경산댁에게 들어가도 된다는 눈짓을 하며 손가락을 입에 댔다. 경산댁은 알았다는 듯 조심조심 방으로 들어갔다.

세수를 마친 준구는 거울에 비친 자신의 얼굴을 가만히 들여다보았다. 한참을 그렇게 서 있던 준구는 한숨을 쉬며 방으로 들어왔다. 모기장이며 이부자리를 챙기던 정숙이 준구를 보며 미소를 지었다.

"오늘 내가 말이 많았죠? 피곤해 보이던데 푹 자요."

정숙은 지친 얼굴로 자리에 누운 준구에게 이불을 꼼꼼하게 덮어주었다.

준구의 잠자리를 챙긴 정숙이 일어나려는 순간, 눈을 감고 있던 준구가 갑자기 정숙의 손을 잡았다. 정숙은 천천히 다시 자리를 잡고 앉아 준구를 바라보았다. 정숙이 앉은 후에도 준구는 손을 놓지 않았다.

"당신한테 미안하오."

여전히 자리에 누워 눈을 감은 채 준구는 마른 입술을 열어 정숙에게 꼭 하고 싶었던 말을 한마디, 한마디 꼭꼭 눌러서 이야기했다.

"늘 고맙고."

물끄러미 준구를 보던 정숙의 눈시울이 붉어졌다. 정숙은 울컥 솟아나는 감정을 참지 못한 채 준구에게 잡히지 않은 다른 손으로 입을 막았다.

"당신을 만난 건 나한텐 축복이었고."

터져 나오는 흐느낌을 참느라 정숙의 어깨가 들썩거렸다.

정숙은 한참 동안 심호흡을 하며 감정을 추슬렀다. 준구는 정숙이 감정을 추스르는 것을 기다리는지 아무 말이 없었다. 눈물 젖은 얼굴로 준구의 손을 꼭 잡고 있던 정숙이 침묵을 깨고 떨리는 목소리로 말했다.

"여보, 나는요."

눈물을 닦은 정숙이 고개를 돌리자 준구는 이미 잠이 들었는지 고른 숨소리를 내며 미동이 없었다. 애틋한 얼굴로 준구를 보는 정숙의 눈에 다시 눈물이 고였다.

"지금도 충분히 행복해."

간신히 말을 마치자마자 참았던 울음이 터져 나왔다. 행여 준구가 잠에서 깰까 터져 나오는 울음을 틀어막으며 속삭였다.

"그리고 사랑해요."

말을 마친 정숙은 조심스럽게 준구에게 잡힌 손을 빼고는 입을 막으며 방을 나갔다. 정숙이 나가는 소리를 들으며 준구는 가만히 눈을 떴다. 준구의 눈에 맺혀 있던 눈물이 흘렀다.

준구는 잠시 후 자리에서 일어나 앉았다. 컴컴한 방 안에서 한동안 우두커니 앉아 있던 준구는 가만히 방을 나와 서재로 갔다.

책상에 앉은 준구는 편지지를 꺼냈다. 백지의 편지지를 보던 준구는 오그라진 손에 펜을 끼우고 편지를 쓰기 시작했다. 어느새 동이 터오는지 어둑어둑하던 서재 안에 푸르스

름한 새벽빛이 들어왔다. 하지만 준구는 계속해서 편지를 썼다. 이윽고 손을 멈춘 준구는 편지를 잘 접은 뒤 봉투에 넣었다.

서재에서 나온 준구는 자켓을 입고 대문을 나섰다. 부지런한 농부들조차 곤히 잠들어 있을 이른 새벽이었다. 준구는 파랗게 올라온 벼 위로 푸른 새벽 공기가 깔린 논길을 터벅터벅 걸어 작업실로 향했다. 조용한 언덕에는 일찍 일어난 새들이 지저귀는 소리만 분주했다. 준구는 저수지에서 올라온 뽀얀 물안개가 낮게 깔린 길을 지나 작업실로 들어갔다.

작업실에 들어선 준구는 자켓을 벗어 의자에 걸친 뒤 정과 망치를 들고 석고 형틀로 다가갔다. 그리곤 크게 심호흡을 한 번 하고 난 뒤 석고를 부수기 시작했다.

쾅. 쾅. 쾅.

망치 소리가 날 때마다 덩어리들이 우수수 떨어져졌다. 1차 석고를 제거한 준구는 작은 망치를 들고 조각상에 남은 석고가루들을 입으로 후후 불면서 섬세한 손놀림으로 조심스럽게 작업을 계속했다. 오로지 조각에 집중한 준구의 눈에서는 더 이상 아무런 잡념이 보이지 않았다.

"와? 쌤이 오늘부터 나오라 하시드나?"

안마당에서 향숙과 함께 빨래를 널던 경산댁은 단정하게

머리를 빗고 옷을 입은 민경이 툇마루로 나오는 것을 보며
물었다.

"우예 됐든 가볼가꼬예."

말없이 신발을 신던 민경이 자리에서 일어나며 말했다.

"계십니꺼?"

그때 바깥에서 웬 남자의 목소리가 들렸다. 경산댁은 누가
왔나 싶어 대문으로 나갔다.

"송이랑 기주는 걱정하지 말고."

경산댁이 가고 나자 향숙이 걱정스러운 얼굴로 민경을 보
며 힘을 내라는 듯 말했다. 민경은 미안하고도 고마운 마음
에 그저 미소만 지어 보였다. 그때 순경 차림을 한 남자가 경
산댁과 함께 안마당으로 들어왔다.

"이민경 씨가 여 있다카든데."

순경은 누가 민경이냐는 듯 향숙과 민경을 번갈아 보면서
말했다.

"지가 이민경인데예."

순경이 자신의 이름을 말하자 깜짝 놀란 민경이 주춤주
춤 손을 들면서 말했다.

"이민경 씨 맞습니꺼? 지랑 잠깐 가입시더."

순경은 민경을 확인하자 재촉하듯 단호하게 말했다. 민경
은 영문도 모른 채 어리둥절한 얼굴로 순경을 따라갔다. 경
산댁과 향숙은 무슨 일인가 싶어 민경이 가는 것을 보고만

있었다.

　민경은 긴장한 얼굴로 순경의 뒤를 따라갔다. 순경은 사람들이 가득 모여 있는 다리 쪽으로 걸어갔다.
　다리 밑에는 무슨 구경이라도 난 것처럼 사람들이 모여서 수군거리고 있었다. 민경은 도대체 무슨 일인지 알 수가 없었다.
　"가입시더."
　다리 아래로 내려간 순경이 구경꾼들을 향해 말했다. 사람들은 얼른 길을 터주었다. 다리 밑에는 다른 순경이 어떤 커다란 거적으로 덮여 있는 물체 앞에 서 있었다. 민경과 함께 온 순경은 현장에 있던 순경과 눈인사를 하면서 말했다.
　"치아바라."
　현장에 있던 순경이 민경의 얼굴을 보더니 잠시 머뭇하고는 거적을 걷어냈다. 동시에 구경꾼들이 고개를 돌렸다.
　거적 아래 있는 것은 근수였다. 생기라고는 한 방울도 찾아볼 수 없는 회색 얼굴을 한 근수가 누워 있었다.
　"남편 분 맞습니꺼?"
　순경의 물음에 민경은 멍한 표정으로 고개를 끄덕였다.
　"근데 우째 된 일입니까?"
　"처음엔, 실족산 줄 알았는데."
　"근데 우째……."

“총에 맞았습니더. 마, 부검을 해야 알겠지만 일단 돌아가 보이소.”

신원확인을 한 순경은 펜을 꺼내 뭔가를 기록하더니 민경에게 가 봐도 좋다는 표정을 지으며 근수의 시신을 다시 거적으로 덮었다.

민경은 멍한 표정으로 천천히 왔던 길을 되돌아갔다. 구경꾼들이 수군거리는 소리가 하나도 귀에 들어오지 않은 채 정신이 멍 했다. 다리 위로 올라온 민경은 사람들과 근수를 덮고 있는 거적을 가만히 보다가 다시 걷기 시작했다. 숨이 끊어진 채 거적 아래 누워 있는 사람이 진짜 근수인 것인지 아니면 모르는 사람인 것인지 정신이 없었다.

민경은 그늘 한 점 없이 쨍쨍한 논길을 멍한 얼굴로 걸었다. 뜨거운 태양에 달궈진 논에서 아지랑이가 피어올랐다. 하지만 민경은 더운 것도, 땀이 나는 것도 모른 채 그저 걷기만 했다.

석고를 모두 부순 준구는 완성된 조각상의 얼굴을 바라보았다. 울고 있는 것 같기도 하고 화가 난 것 같기도 한 표정 사이로 옅은 미소가 어려 있었다. 준구는 만족스러운 얼굴로 조각상을 바라보았다. 그리고 주머니에서 편지 봉투를 꺼내 책상 위에 올려놓았다.

완성된 조각상과 편지를 번갈아 보던 준구는 의식을 치르듯 손을 깨끗하게 씻었다. 그리고 거울을 바라보았다. 한 조각의 후회도 남아 있지 않은 개운한 얼굴의 남자가 그 안에 있었다. 준구는 거울을 보며 미소를 지었다. 그리고 권총을 꺼내 들고 데크로 나갔다. 늘 보던 저수지의 풍경이 오늘따라 더 아름다웠다. 준구는 편안한 얼굴로 눈을 감았다. 그리고 …….

탕!

민경은 갑작스런 총성에 정신이 번쩍 난 사람처럼 걸음을 멈추고 주변을 두리번거렸다. 민경의 눈에 수십 마리의 백로들이 날아오르는 모습이 보였다. 작업실이 있는 방향이었다.

민경은 왠지 불안한 예감에 작업실을 향해 달려기 시작했다.

헐레벌떡 작업실에 도착한 민경은 작업실을 둘러보았다. 처음 왔던 날처럼 말끔하게 치워진 작업실은 근수가 난리를 피웠던 흔적은 전혀 남아 있지 않았다. 준구가 작업을 하던 소조상도 모두 사라진 채 휑하게 비어 있었다.

"선생님."

민경은 불안한 마음에 연신 두리번거리며 준구를 불렀다. 하지만 아무런 대답도, 움직임도 없었다. 민경은 혹시나 싶어 창과 연결된 데크로 나갔다.

"쌤!"

데크로 나간 민경은 쓰러진 준구를 발견하고 소리를 질렀다. 권총을 쥔 채 쓰러진 준구의 머리에서는 피가 끊임없이 흘러나오고 있었고 주변은 이미 피로 홍건했다.

"아악! 안 돼!"

한쪽으로 기울어진 준구의 얼굴을 바로 하려던 민경은 피 묻은 손으로 입을 틀어막으며 정신이 나간 듯 소리를 질렀다.

"쌤! 쌤! 쌤!"

민경은 힘없이 흔들리는 준구를 부여안고 통곡 같은 눈물을 쏟았다. 끊임없이 흘러나오는 피를 각으려던 민경의 양손이 엉망이 되었다. 어서 일어나보라는 듯 준구를 흔들던 민경은 슬픔과 충격으로 숨이 막혀오는 가슴을 부여잡고 신음했다.

"안 됩니더! 안 됩니더!"

이미 숨이 끊어진 준구는 눈을 감은 채 아무 대답이 없었다.

"작업 하셔야지예 선생님. 지가 다시 설게예. 선생님 작업 하입시더."

준구의 머리를 꼭 끌어안은 민경이 오열하며 눈물을 쏟았지만 준구는 끝내 눈을 뜨지 않았다.

정숙은 망연자실한 얼굴로 컴컴한 서재에 틀어박힌 채 나오지 않았다. 준구가 세상을 떠났다는 것을 믿을 수가 없었다. 서재로 들어온 경산댁은 말없이 정숙 앞에 상복을 놓고 돌아섰다.

"가지마."

메마른 목소리였다. 경산댁은 가만히 정숙 앞에 앉았다. 아무 말 없이 옆에 있어주는 경산댁을 보자 정숙의 참았던 눈물이 터져 나왔다. 정숙은 경산댁의 품에서 흐느꼈다. 경산댁은 정숙을 다독이며 달래듯 말했다.

"이제 그만 보내드려야지예."

"그러고 나면 뭘 어떻게 해야 해……."

울음 섞인 정숙의 목소리에 경산댁은 너무나 마음이 아팠다. 경산댁은 측은한 얼굴로 정숙의 등을 천천히 쓸어주었다.

"잘 살아 가야지예. 아마도 그기 선생님의 뜻일 겁니다."

경산댁의 눈시울도 어느새 촉촉하게 젖어들었다. 정숙과 경산댁은 꼭 껴안고 눈물을 흘리며 서로를 위로했다.

준구의 장례식은 기독교식으로 간소하게 치러졌다. 교인들이 찾아와 정숙을 위로하며 찬송가를 부르는 내내 정숙은 영정사진만 바라보았다.

손님들은 오고 가기를 계속했다. 정숙을 대신해 상주 역할을 하게 된 오 서방은 무거운 얼굴로 손님을 맞았다. 경산댁과 향숙 그리고 민경은 묵묵히 쟁반을 들고 손님들에게 음식을 날랐다.

어느새 날이 어두워지자 오 서방은 대문에 걸린 근조등에 불을 켰다. 지친 얼굴을 한 민경이 작은 소반에 육개장을 받쳐 들고 별채 툇마루에 앉아 연신 담배만 태우던 홍 박사에게 들고 갔다. 민경에게서 소반을 받은 홍 박사는 잠시 앉으라는 듯 툇마루에 자리를 내주었다. 민경은 한숨을 쉬며 고개를 숙였다.

소반 위의 육개장에는 손도 대지 않은 채 일어선 홍 박사는 좀 더 쉬라는 듯 민경의 어깨를 두드려 준 뒤 정숙에게로 갔다. 정숙은 미동도 없이 멍한 얼굴로 앉아 있었다. 홍 박사는 돌처럼 딱딱하게 굳은 정숙의 어깨를 부축해 일으켜 세웠다. 홍 박사는 경산댁이 자리를 펴 놓은 방으로 정숙을 데려간 뒤 정숙이 눕는 것을 보고서야 나왔다. 방에서 나온 홍 박사는 준구의 영정사진을 물끄러미 보면서 눈물을 글썽거렸다.

"인생은 짧고 예술은 길다. 히포크라테스도 그렇게 얘기했는데."

준구의 목소리가 들리는 것 같았다.

장례식이 끝난 후 민경은 송이와 기주를 데리고 집으로 돌아왔다. 방에 들어선 민경은 근수의 유품을 정리했다. 몇 벌 안 되는 옷가지와 영정사진, 훈장과 군번줄과 라이터 등을 가방 안에 차곡차곡 담았다. 근수의 흔적이 사라지자 늘 어수선했던 방 안이 말끔해진 것 같았다. 민경은 가방을 닫고 잠든 송이와 기주를 바라보았다.

"계십니꺼."

마당에 들어선 우편배달부가 방문을 연 민경에게 편지 한 통을 건넸다. 친척은커녕 친구조차 없는 민경은 의아한 얼굴로 봉투를 살폈다. 보낸 사람에 준구의 이름이 쓰여 있었고, 받는 사람에 민경의 이름이 쓰여 있었다. 봉투를 뜯고 편지를 꺼내서 읽던 민경의 눈시울이 붉어졌다. 준구의 목소리가 들리는 것 같았다.

여태껏 나는 그저 사람의 몸뚱이에서 아름다움을 찾아 헤맸었지.

그러나 자네 덕분에 진정한 아름다움을 알게 되었어.

삶이라는 거, 사람의 얼굴에 배인 삶의 흔적이 얼마나 아름다운 것인지

나는 이제야 비로소 내 자신을 돌아보게 되었네.

자네는 내게 큰 가르침을 준걸세.

눈물을 흘리며 편지를 읽던 민경이 갑자기 입을 틀어막았다. 편지지를 잡은 민경의 손이 부들부들 떨렸다.

자네 남편은 돌아오지 않을 걸세.

부끄럽지만 내가 자네에게 해줄 게 이것밖에 없더군.

거적 아래 누워 있던 근수의 모습과 실족사가 아닌 총상
이라던 순경의 말이 머릿속을 스쳐갔다. 쓰러진 준구의 손
에 쥐어져 있던 총.

진심으로 행복하길 비네.
정말 고마웠네.

민경은 엄청난 고백이 담긴 준구의 편지를 가슴에 안으며
눈물만 줄줄 흘렸다. 다시 태어난다 해도 준구와 정숙에게
받은 은혜를 갚을 길이 없었다.

정숙은 모든 장례 절차를 잘 치러냈다. 모든 절차를 마치
고 집으로 돌아온 정숙은 준구를 보내기 위해 의식을 치르
듯 홀로 작업실을 찾았다. 준구가 있을 때는 한 번도 가본
적이 없었던 작업실을 이제야 처음으르 가는 셈이었다.

논길을 지나 강가를 걸어 작업실에 도착한 정숙은 천천히
문을 열고 안으로 들어갔다. 정숙은 작업실 내부를 꼼꼼하
게 돌아보면서 준구의 도구들을 하나씩 만져보았다. 이곳에
서 작업을 했을 준구의 모습이 눈앞에 선했다. 정숙은 아련
한 표정으로 작업실을 돌아보았다.

작업대 위에는 정숙이 올 것을 알기라도 한 것처럼 곱게
접힌 편지 한 통이 놓여 있었다. 정숙은 희미한 미소를 지으

며 편지를 들고 데크로 나왔다. 정숙은 자연스럽게 준구가
늘 앉았던 의자에 앉아 편지를 펼쳤다.

시간이 얼마 남지 않았음을 알고 있었지.
망가져가는 내 몸뚱아리가 당신에게 더 이상 짐이 되기
싫었네.

첫 줄을 다 읽기도 전에 눈물이 차올랐다. 정숙은 눈물을
닦으며 편지를 계속 읽었다.

비록 내 몸은 겨울을 맞고 있지만, 내 작업은 다행히 봄을
맞았어.
나는 이 작품의 제목을 봄이라 지으려고 해.

작품에 대한 이야기에 정숙은 데크에서 일어나 작업실 안
으로 들어갔다. 작업실 안에는 준구가 마지막으로 남긴 흉
상이 놓여 있었다.

어느 조각가의 말처럼 예술보다는 삶 그 자체가
더 값어치 있다는 걸 이제야 깨닫게 되었어.
이 얼굴에는 내 삶이 배어 있고, 내 삶에는 당신이 투영되
어 있지.

정숙은 준구가 혼신의 힘을 다해 완성했을 흉상을 가만히 만져보았다. 힘겹고 고통스러운 얼굴을 하고 있는 흉상은 준구의 자화상이었다. 이 작품을 완성한 뒤 만족스러운 미소를 지었을 준구를 떠올리며 정숙은 애써 미소를 지었지만 눈물이 멈추지 않았다.

흉상의 얼굴은 힘겹고 고통스러운 표정이었지만 정숙은 더 이상 아프지도 외롭지도 않았다. 고통스런 삶 속에서 자신에게 작품을 남겨 주고자 했던 준구의 마음을 느낄 수 있었기 때문이다.

부족한 사람이라
처음 봤을 때부터 지금 이 순간까지
당신을 사랑하고 있다는 말을 이제야 고백하네.
당신에게 이 작품을 남길게.
당신 덕분에 지금 이 순간 난 웃고 있어. 고맙고 사랑해.

"나도 사랑해요."
정숙은 눈물이 가득한 얼굴로 디소 지으며 준구가 남긴 흉상을 끌어 안았다.

the late spring

1. 프롤로그

커튼이 드리워진 어둑한 어느 조각가의 작업실.
누군가 부스럭거리는 소리가 들리더니 잠시 후, 밝은 색 린넨 정장차림의 남자가 커튼으로 다가간다.
좌우로 힘껏 커튼을 젖히자 드러나는 그림 같은 저수지의 풍경.
커튼 너머 데크로 나가는 남자, 난간을 짚고 기분 좋게 숨을 들이 쉰다.
그 위로 펼쳐지는 푸른 하늘에..

2. 타이틀 "봄"

3. 교회 앞 (낮)

부감으로 보이는 허름한 지붕에 설치된 흰색 십자가.
건물입구에 '충신감리교회' 나무간판이 붙어있다.

자막: 1969년 포항

교회 앞에서는 작은 종이봉투에 쌀을 담아 나눠주는 행사를 하고 있다.
궁색한 차림새의 사람들이 길게 한 줄로 늘어서서 테이블에 앉아있는 40줄의 집사에게 이름과 주소를 대고 있다.
갓난아기를 업은 허름한 치마저고리차림의 20대 중반의 여인 민경,
빈 봉투를 들고 집사 앞에 선다.

민경 이름은 이민경 이고예.

얼굴을 들킬까봐 괜히 딴청을 피우는 민경.

이름을 적으려다 말고 민경을 쳐다보는 고지식한 인상의 집사.

집사 아주머니 아까 한 번 타가지 않았나요?

주변 사람들의 눈총에 민경의 얼굴이 벌게진다.

민경 지, 지가예? 아닌데예.
줄선여자1 맞네. 맞네. 아까 저 서있었구만.
줄선여자2 저.. 저런 도둑년을 봤나!

뒤편에서 젊은 전도사와 함께 봉투에 쌀을 닫던 차가운 인상의 40대 중반 정숙, 주변사람들보다 껑충한 키의 민경을 쳐다본다.

집사 이러시면 곤란해요, 아주머니.
민경 생사람 잡지마소.
줄선여자1 애고, 양심이 있어야지..
줄선여자3 머이고~ 거 빨리빨리 좀 혀라~

웅성거리며 민경을 기웃거리는 사람들.. 민망한 표정의 민경.

정숙(OS) 그냥 두세요, 집사님.

집사가 쳐다보면 정숙이다.
당황하는 민경을 보며 미소 짓고 다가서는 정숙.
정숙은 성경말씀이 인쇄된 종이를 민경에게 건넨다.

정숙 일요일 날 아침에 교회에 나와 보세요.
민경 (고개 숙이며) 고, 고맙심더.

민경이 급하게 자리를 뜨자 다시 이어지는 행사..
쌀 봉투를 들고 바삐 행사장을 빠져나가는 민경의 뒷모습.
언제 따라왔는지 민경의 치맛자락을 붙들고 잰 걸음으로 따라가고 있
는 네 살짜리 여아, 민경의 딸 송이다.
또 다른 쌀 봉투를 든 송이, 정숙을 힐끔 돌아본다.
정숙은 멀어지는 민경에게서 시선을 떼지 못한다.

전도사(O.S) 권사님..

정숙이 돌아보면 빈 봉투를 들고 있는 젊은 전도사.
미소 지으며 포대에 바가지를 넣는 정숙에게.

전도사 꼭 저런 사람 있더라.. 줄 서계신분들 다 드리려면 모자랄 텐데, 어떡해요..
정숙 (미소 지으며) 괜찮아요, 전도사님..

쌀을 담던 정숙, 복잡한 표정으로 민경이 사라진 골목을 다시 한 번
돌아본다.
정숙의 시선 방향을 함께 보던 전도사.

전도사 왜 그러세요? 아는 분이세요?
정숙 (미소 지으며) 아, 아니에요.

4. 준구의 집 (낮)

행랑채까지 거느린 큰 규모의 기와집 전경.
마당 한편에 널어놓은 빨래들이 훈훈한 여름바람에 너불대고 있다.
하녀로 보이는 50대 초반의 경산댁과 20대 초반의 향숙이 빨래를 널
고 있다.

(인서트)

서재에 걸린 스산한 풍경화를 따라 카메라가 흐르면,
고급스런 소형 쇼케이스 리볼버 권총이 들어있는 진열장이 보이고,
유리창에 반사된 40대 초반의 남자 김준구, 무기력하게 앉아 있다.

빨래를 탁탁 펴서 능숙한 솜씨로 빨랫줄에 너는 경산댁.
수건 하나를 빙빙 돌리며 콧노래와 함께 몸을 흔드는 철없는 향숙에게.

경산댁 아따 가스나. 가수났다 가수났어!

향숙, 아랑곳하지 않고 더욱 신나게 몸을 흔든다.

경산댁 (못마땅한 듯) 가스나 지랄한다 지랄을~
향숙 흥!
경산댁 으야~ 여는 됐신께, 니는 선생님 오후 약 챙기드리라!
향숙 맨날 드려봐야 드시지도 않드만!
경산댁 가스나! 주디..!
향숙 칫!

향숙이 이마에 맺힌 땀방울을 소매 끝으로 쓰윽 문지르고 커다란 빨
래를 제치자, 구부정한 자세로 마당을 가로지르는 준구.
그 모습에 놀란 향숙

향숙 (휙 돌아보며) 아지매, 선생님이 밖으로 나가시는데예!

경산댁이 향숙에게 다가와 준구가 나가는 것을 보더니 향숙에게 따
라 가 보라고 손짓하며,

경산댁 가봐라. 가봐라.

향숙 야!

5. 자동차 내부 (낮)

크롬으로 치장된 차량 내부에 반짝이는 윤기가 흐른다.
준구가 차에 타고 시동을 걸자 장기간 방치된 듯 힘겹게 도는 시동모
터 소리.
잠시 후 '부르르릉-!' 하며 겨우 걸리는 시동.
준구가 액셀레이터를 밟자 육중하게 저음으로 깔리는 자동차의 엔진
소리.
엔진의 진동으로 미세하게 떨리는 쉬프트레버와 계기판의 바늘..
액셀레이터를 밟아보는 준구, 머플러에서 힘차게 울리는 배기음..
그 소리에 화들짝 놀라는 경산댁과 향숙의 모습.
불편하게 오그라든 손으로 차 내부 여기저기를 쓸어보는 준구의 표정
이 어둡다.
그런 준구를 난감한 듯 보다가 서로 쳐다보는 경산댁과 향숙.
푸드드득... 스스로 시동을 꺼버리는 준구.

6. 국밥집, 뒤편 (낮)

지저분한 국밥집 뒤편. 기주를 업은 채 쭈그리고 앉아 설거지를 하고
있는 민경, 이마에 땀방울이 가득하다.
송이는 기주와 함께 고무대야에 물을 받아 놓고 민경 옆에서 물놀이
를 하고 있다.
뒷골목 맞은편의 노동자들 서넛이 담배를 피우며 민경을 힐끗거린다.
치마를 걷어 올리고 앉은 민경의 하얀 허벅지살이 그대로 드러나 보

이고 긴 목선을 타고 내려가면 풀어진 단추 안으로 깊숙한 가슴골이
보인다.
대야 한가득 채소를 들고 가게 뒷문으로 나온 여주인, 건너편 남자들
을 째려보자 딴청을 부리는 남자들의 모습.
여주인, 혀를 끌끌 차며 민경과 아이들을 본다.

여주인 자~알 하고 있다. 우짤라고 여태까지 설거지를 하고 앉았노? 어이? 니 그
래가 이거는 언제 다 할끼고? 퍼득퍼득 좀 해라! 쯔쯔쯔..

서두르라고 툴툴거리며 들어가 버리는 여주인
아랑곳 않고 설거지만 하는 민경..

7. 준구의 집, 안마당 (오후)

(인서트)

싱그러운 바람이 부는 돌다리 길. 정숙, 가벼운 발걸음으로 집으로 향
한다.

양산을 쓰고 마당으로 들어서는 정숙을 경산댁이 반긴다.

정숙 나왔네.
경산댁 다녀 오셨습니꺼?
정숙 선생님 오후 약은?

절래절래 고개를 흔드는 경산댁. 정숙은 옅은 한숨을 내 쉰다.

8. 민경의 집, 밖 (늦은 오후)

골목길에 접어드는 민경, 등에는 기주를 업고 품에는 잠든 딸을 안았다.
파김치가 되어 겨우 발걸음을 옮기고 있는 민경, 졸음이 쏟아진다.
허름한 대문을 밀고 마당으로 들어와 집안으로 들어가는 민경의 모습.

9. 준구의 집, 서재 (밤)

불이 환하게 켜진 한밤중의 커다란 한옥 전경.
흑백TV가 소리 없이 켜져 있고, 화면에는 월남에 파병됐다가 귀국한
군인들의 카퍼레이드와 태극기를 흔드는 시민들이 보인다.
무심하게 TV를 보는 준구의 모습..

자막: 자랑스러운 우리 백마부대 병사들이 월남에서 돌아왔습니다.
연도를 가득 메운 시민들이 태극기를 흔들며 병사들을 환영하고 있
습니다.

알약들이 담긴 종지와 물 컵을 쟁반에 받쳐 들고 서재로 다가오는 정숙.
정숙이 쟁반을 테이블에 내리려는데 테이블 위에 보이는 자동차 키
뭉치..

준구 마당에 저 차 좀.. 처분해요.

차 키를 다시 준구 앞으로 밀어내며 화제를 돌리는 정숙.

정숙 오늘 낮에 젊은 애기 엄마 한 명 봤는데..

TV만 물끄러미 보는 준구의 모습에.

정숙 사람이 얘기하면 좀 쳐다봐요.

조용히 티비를 끄는 준구, 그제야 생뚱맞은 표정으로 정숙을 쳐다본다.
다시 생기 있는 목소리로 말을 잇는 정숙.

정숙 남들보다 키가 한 뼘은 크고, 팔다리가 길고 가는 게... 당신 다시 작업..

준구, 힘겹게 찻잔을 들어보지만 이내 곧 놓쳐버린다.
화들짝 놀라 떨어지는 찻잔을 잡는 정숙.

준구 이 손으로 뭘 할 수 있겠어?

부자연스럽게 오그라든 양손을 보이는 준구.

정숙 (준구의 양손을 부여잡으며) 여보 그러지 말고..
준구 (말을 자르며) 쓸데없는 짓 하지 말아요

그대로 남아있는 알약들을 내려다보던 정숙, 고개를 들어 안타깝게
준구를 본다.

10. 민경의 집, 방 (밤)

낮은 촉수의 백열등이 켜져 있는 단출한 방.
기주에게 젖을 물린 채 방 한쪽 구석에 등을 기대고 졸고 있는 민경.
어느새 깬 송이, 눈을 비비며 민경의 옆에 꼭 붙는다.
거슴츠레한 눈으로 송이를 보던 민경, 긴 한숨을 내 쉬더니 송이를 다
독거리며 자장가를 불러주기 시작한다.
안쓰러운 듯 송이를 보는 민경의 표정.

11. 국밥집, 실내 (낮)

점심 손님들이 빠져나간 국밥집은 태풍이 지나간 자리처럼 어질러져 있다.
빈 그릇들과 수저를 고무 대야에 담고 있는 여주인과 민경.
무언가 못마땅한 듯 민경에게 짜증을 부리고 있는 여주인의 모습.

여주인 니 맨날 그래 굼떠가 언제 이거 다 치고 저녁손님 받겠나? 삐쩍 말라가꼬..
쓸데없이 키만 커가..
경산댁(V.O) 계십니꺼?
여주인 어서 오이소.

여주인 돌아보면, 정숙과 경산댁이 국밥집으로 들어오고 있다.
국밥집에 어울리지 않는 세련된 복장의 정숙.
힐끗 돌아본 민경, 정숙을 알아보고 어색하게 인사를 한다.

12. 국밥집 (낮)

(인서트)

국밥집 뒤편에는 경산댁이 평상에서 송이와 기주를 봐주고 있다.

국밥집에 단 둘이 마주 앉은 정숙과 민경.
민경이 조심스레 말문을 연다.

민경 그런데 그... 모델이란 게...
정숙 (인자한 미소) 조각가 김준구선생이라고 들어본 적 있어요?
민경 아... 서울서 오신 유맹한 교수님이 계시다카는 얘기는...

266

정숙 (웃으며) 그 교수님이 조각가 김준구선생이에요.

민경 아, 그래예? 뭐 우쨌든가네 가만 서있기만 하면 돈을 주신다꼬예? (고개를 갸우뚱) 그기...

정숙 (말 자르며) 두 아이를 데리고 식당일하기 힘들죠? 애기 엄마가 일하는 동안 아이들도 우리가 봐줄게요.

민경 그란데, 와 지한테 그런...

정숙 애기 엄마는 모델로서 훌륭한 몸을 가졌어요.

민경 야? 지가예?

정숙 지금 일하는 데서 한 달에 얼마나 받나요?

민경 (우물쭈물) 한... 오백 원 쯤..?

정숙 한 달에 오천 원 어때요?

민경이 깜짝 놀라 정숙을 바라본다.

민경 네? 오, 오천 원 예? 아이고... 어쩔꼬...

정숙이 핸드백에서 준구의 전시 팜플렛을 꺼내 테이블 위에 내려놓는다.
누드조각상 사진들을 보던 민경, 화들짝 놀라 테이블에 사진을 던지듯 내려놓고 화끈거리는 얼굴을 해서는 냉차를 연거푸 들이마시더니..

민경 넘사시롭구로... 사람 잘못 봤심더.

단호하게 외면해버리는 민경. 그런 민경을 가만히 보는 정숙.

13. 전봇대 길 (오후)

한가로운 전봇대 길을 걸어가는 정숙과 경산댁의 모습.

경산댁은 정숙의 표정을 살피며 조용히 뒤를 따라 걷다가,

경산댁 아무래도 안오겠지예?

생각에 잠겨 말없이 걷는 정숙의 눈치를 보며 경산댁도 뒤 따라 걷고
있다.

cut to #12 (플래시백)

미소를 잃지 않고 민경을 보는 정숙의 얼굴에는 안타까움과 착잡함
이 보인다.
다시 고개를 들어 그런 정숙의 얼굴을 보는 민경의 복잡한 표정.

정숙 이름이 이민경이라고 했죠?
민경 (고개만 끄덕인다) …
정숙 (안타까운 표정으로 고개 숙이며) 사실.. 민경씨가 하겠다고 마음먹어도..
모델이 되는 건 아니에요.
민경 (정숙을 본다) …
정숙 선생님이 거절하실 수도 있는 거고.. (고개 들고) 만약 거절하시면 나도 어쩔
수 없어요. 그렇더래도 내가 사례는 할 거에요..

눈을 껌벅거리며 정숙을 보는 민경의 얼굴.

14. 준구의 집, 사랑채 (밤)

스탠드가 어둡게 켜진 방. 1인용으로 보이는 자신의 이부자리에 앉아
있는 준구.
모기장을 정리하던 정숙이 준구를 힐끔 본다.

정숙 제가 찾았다는 모델.. 있잖아요..

준구 그 얘기는.. 끝난 걸로 알고 있는데.

정숙 그러지 말고 한번...

정숙의 말을 듣지 않으려는 듯 이부자리에 누워버리는 준구.

정숙 한번 보기만 해봐요. 네? 며칠 내로 데려올게요.

몸을 돌려 정숙을 등지는 준구. 그런 준구를 보던 정숙.

정숙 보고.. 아니면, 다시는 안 그럴게요...

둘 사이에 흐르는 침묵..

15. 준구의 집, 앞 (낮)

경산댁과 향숙이 청소도구를 잔뜩 들고 골목길을 걸어오고 있다.
두 사람의 옷 군데군데 물에 젖어있고, 치맛단이 지저분하다.

향숙 (투덜대는) 선생님이 작업실에 언제 가실지도 모르는데 청소부터 하능교?
경산댁 사모님이 뭐 생각하시는 기 안 있겠나..
향숙 며칠 지나면 또 먼지 쌓일 낀데...
경산댁 확! (알밤을 먹일듯 손을 치켜들고) 가시나 말 많구로... 시끄럽고. 사모님
애기 엄마 집에 또 가본다켓다.
향숙 진짜 얼마나 대단하길래 그라는데예? 사도님은..
경산댁 어야둥둥.. 선생님이 계속 저라시믄 오래 몬 사신데이... 적어도 사모님은
그리 생각하신다...
향숙 어, 누구신데예?

보면, 기주를 업은 민경이 송이와 대문 앞에 서 있다.
표정이 밝아지는 경산댁.

경산댁 아이고... 애기엄마...

16. 준구의 집, 거실 (낮)

경산댁을 따라 서재로 난 길을 걷는 민경, 집의 규모에 놀라 두리번거
린다.
솟을대문을 통과한 민경의 시야로 보이는 서재의 정숙, 마치 딴 세상
여인 같다.

(점프)

거실 앞마당 연못가에 민경과 정숙이 마주앉아 있다.
긴장한 민경을 온화한 미소로 보던 정숙, 테이블 위로 흰 봉투를 내
민다.

정숙 이천 원 들어있어요. 선생님이 거절해도 그 돈은 민경씨 꺼 에요.
민경 고맙심더..

봉투를 집으려 손을 뻗는 민경, 손톱에 낀 검정이 민망하다.

민경 아, 그라고 아까 말씀드린거예..
정숙 걱정 말아요. 누구든지 민경씨는 우리 집에서 허드렛일을 하는 걸로 알거
에요.
민경 아... 참말로 고맙심더.
정숙 선생님 만나기 전에 준비를 좀 할까요...?

민경, 두리번거리며 의아한 표정이다.

17. 준구의 집, 욕탕 (낮)

(인서트)

민경의 더러운 고무신이 하얀 운동화로 바뀌고
지저분한 민경의 옷은 깨끗한 새 옷으로 바뀐다.

정리를 마친 향숙이가 욕실에서 빠져나오면 욕조에 몸을 담그고 있는
민경, 자신을 보는 정숙의 눈길에 얼굴이 붉다.

정숙 오래 걸리지 않을거예요.

정숙, 비누칠한 수건으로 민경의 몸을 부드럽게 닦아주고 있다.
어쩔 줄 몰라 하면서도 분위기에 이끌려 정숙에게 몸을 맡기는 민경.
향숙이가 더운 물이 담긴 커다란 들통을 들고 들어와 정숙 옆에 놓고
나간다.
민경을 힐끗 쳐다보고 나가는 향숙.
정숙이 바가지로 더운 물을 퍼서 욕조에 붓고 손을 넣어 온도를 느낀다.

정숙 팔 이리 줘 봐요.
민경 …

민경의 팔을 닦아주기 시작하는 정숙. 민경의 손을 꼭 잡은 정숙의 손.
그 손을 물끄러미 보던 민경, 다시 정성스레 비누칠을 해주는 정숙을
본다.

정숙 (혀를 끌끌 차며) 아휴.. 손이 다 망가졌네.. 고왔을 텐데..

18. 준구의 집, 안마당 (낮)

기주에게 부채질을 해 주는 경산댁, 송이에게 인형을 주며

경산댁 이건.. 사모님이 주시는 기다.

송이가 인형을 빼앗듯 잡아채자, 다시 온화한 표정으로

경산댁 고맙십니더 해야지.

경산댁을 쳐다만 보는 송이.

경산댁 요 요. 쥐콩만 한 게, 째리보는거 바라.

이 때, 투덜대며 다가오는 향숙.

향숙 와 사모님이 직접 씻기 주시는 거라예? 지는 손이 없나...
경산댁 (기주를 내려다보며) 내 기억엔 니 처음 온 날도, 사모님이 씻기 준 거 같은데?
향숙 (쭈뻿) 그, 그거는 좀 다른 거 아인교?
경산댁 사모님 마음은 꼭 같으실 기다.

cut to #17

민경은 자신의 다리를 씻겨주는 정숙을 내려다보고 있다.

정숙 자, 다 됐어요. 이제 물기만 닦으면 돼요.

정숙이 일어서면, 송골송골 코끝에 맺힌 땀방울..
그런 정숙을 보며 먹먹한 표정의 민경.

19. 작업실 앞 길 (낮)

(인서트)

작업실로 이어진 강가 길을 걷고 있는 경산댁과 민경.

작업실 근처 길. 긴장한 표정의 민경을 쳐다보는 경산댁.

경산댁 긴장 푸소 애기 엄마.. (조금 더 걷다가) 금방 익숙해 질 기다.
민경 야...

대답을 하며 경산댁을 보는 민경.
경산댁 너머로 멀리 물가에 보이는 작업실의 모습.

20. 작업실 (낮)

단상에 혼자 걸터앉아 긴장된 표정으로 작업실 여기저기를 보고 있
는 민경.
광목천으로 덮어놓은 무표정한 조각상들과 주변에 보이는 끌, 헤라,
망치 등..
민경이 처음 보는 도구들은 어쩐지 으스스하다.
불안한 표정으로 긴 한숨을 내 쉬는 민경의 모습에서 딸깍. 문 열리는

소리.
민경이 고개를 돌려 출입문을 보면, 작업실로 들어오는 준구의 실루엣.
더욱 긴장한 표정으로 천천히 자리에서 일어서는 민경.
준구가 들어오다 말고 서서 민경을 물끄러미 본다.

(점프)

의자에 앉아있는 준구, 팔짱을 낀 채 맞은 편 단상을 쳐다보고 있다.
볕이 잘 드는 단상 위에 쑥스러운 표정의 민경이 서있다.
무표정한 얼굴로 한동안 민경을 보던 준구

준구 옷을 벗어 봐요.
민경 ...네? (조심스럽게) 저.. 억수로 죄송한데예.. 잘 안 들리거든예..
준구 (보다가) 옷을 벗어요.

민경, 마음먹고 섰지만 막상 옷을 벗으라는 말에 얼굴이 붉어진다.
떨리는 손이 단추에 가지만 주저하는 민경.
준구가 의자에서 일어서서 민경에게 몇 발짝 다가온다.
준구를 보며 군침을 꿀꺽 삼킨 민경, 등을 돌리고 천천히 팬티를 내리
기 시작한다.
그런 민경을 보던 준구, 답답한 듯.

준구 자, 잠깐..

팬티를 내리다 멈칫한 민경, 준구의 눈치를 본다.

준구 거기 말고. 위에서 부터.. 천천히..

팬티를 올리고 다시 일어서 상의와 하의, 그리고 속옷을 벗어나가는

민경.
어느새 아름다운 민경의 어깨와 등이 햇빛을 받는다.

준구 뒤로 돌고...

심호흡을 하고는 천천히 준구를 향해 돌아서는 민경, 고개를 들지 못한 채 두 손으로 가슴과 아래를 가리고 서 있다.

준구 손 내리고... 고개 들고...

준구의 말 한마디 한마디에 민경의 적나라한 나신이 완전히 드러난다. 부들부들 몸을 떠는 민경, 자신에게 쏟아지는 햇빛을 보다가 준구를 본다.

준구 난 보지 말고.

고개를 돌리고 눈을 질끈 감아 버리는 민경.
민경의 몸 구석구석 관찰하는 준구의 눈매가 번뜩인다.
준구의 차분하고 냉정한 주문이 계속된다.

준구 옆으로 돌아봐요. (민경이 반대 방향으로 돌자) 반대로.. 그 상태에서 팔을 올려봐요. 양팔 다 위로. 더.. 더!!

흰 피부에 드러나는 겨드랑이 가득 새까만 체모와 두툼한 음모..
그리고 앙팡지게 딸려 올라가는 두 젖가슴.

준구 다리를 앞뒤로 조금 벌리고, 몸을 뒤로 젖혀요.

다리를 앞뒤로 하고 허리를 뒤로 젖히는 민경,

준구 더.. 더..!

민경의 몸이 활처럼 젖혀진다.
뻗친 팔 끝에 만개하는 꽃잎처럼 퍼지는 손가락들..
허벅지에서 발목까지 탄력 있게 움직이는 근육들..
의미심장한 표정으로 민경을 보는 준구의 모습..
식은땀을 흘리며 부들부들 떠는 민경, 등에도 땀이 송골송골 맺혀간다.

21. 준구의 집 (낮)

대문으로 들어서는 경산댁. 향숙이가 기다리고 서 있다.

향숙 아즈매!.. 어때예?
경산댁 뭐? 니가 와 신경 쓰는데?
향숙 흥, 모델은 뭐 아무나 하나?
경산댁 (향숙을 톡 치며) 고 주딩이 닥치래이.

경산댁이 눈치를 주면, 거실을 보는 향숙.
정숙이 거실에서 긴장되는 듯 서성이고 있다.

cut to #20

자세를 풀고 식은땀을 흘리는 민경, 헉헉 숨을 몰아쉬는데,
이어지는 준구의 주문.

준구 바닥에 앉고..

준구의 지시대로 눈을 감은 채 자세를 잡아보는 민경, 어색하지만 진

276

지하다.
민경의 이마를 타고 흐르는 한줄기 땀이 코끝에 맺힌다.
천천히 앉으려던 민경, 긴장한 탓인지 바닥어 털썩 주저앉아 버렸다.

준구 눈 떠도 돼. 날 보지말고.

무릎을 꿇은 채 준구의 지시를 기다리는 민경.

준구 한 쪽 무릎을 세우고... 옆으로 돌아 서. (몸 들리면) 손으로 무릎을 감싸서
웅크려봐.

자신의 무릎을 감싸며 웅크리는 민경.

준구 더.. 꽉.

민경, 어쩌란 건지.. 눈을 굴리는데..

준구 지금.. 누가 자기를 때리고 있어. 맞고 있다고 생각해봐. 맞고 있어. 그래서
무섭고... 슬퍼.

겁먹은 듯 손바닥으로 머리를 감싸는 민경.

준구 그렇지! 그래. 더! 맞고 있는거야. 지금. 그래서 기분이 안좋아. 나빠. 슬프고
우울해. 많이 아파.

준구의 주문을 알아들은 듯 진짜 맞기라도 하는 양
몸을 웅크리고 바르르 떠는 민경.
그런 민경의 포즈가 제법이라는 듯 만족스러운 표정의 준구, 다가와
잔뜩 웅크린 민경의 몸을 보며 주변을 한 바퀴 돌아본다.

22. 대포집 (낮)

드럼통으로 대충 만든 테이블 대여섯 개가 전부인 자그마한 선술집.
한쪽에 켜져 있는 트랜지스터라디오에서 뉴스가 흘러나오고 있다.
손님이 없는 듯 라디오 옆에서 꾸벅꾸벅 졸고있는 여주인의 모습.

아나운서(F) 화랑무공훈장을 받은 병사들이 무개차에 나란히 서서 시민들을 향해 손을 흔들고 있습니다. 대한민국 육군의 용맹함을 멀리 월남 땅에서...

목발을 짚고 절룩거리며 선술집으로 들어서는 20대 후반의 남자, 근수.

아나운서(F) 월남에 주둔 중인 미 해병 더글라스 대장이 우리 박정희대통령각하께 보낸 편지에서도 백마부대의 용맹함을 칭송하는...

라디오 전원을 꺼 버리고 테이블 모서리에 던지듯 거칠게 기대 놓는 목발.
그 소리에 화들짝 놀라 침을 닦으며 잠에서 깬 여주인.

근수 미친놈들, 용맹은 지랄.. 몇 명이나 쳐죽어 자빠지는지, 몇 명이나 병신 되는지 한 번도 얘기를 안 해. 미친놈들!

인상을 찌푸리며 의자를 발로 차서 꺼내더니 앉는다.

근수 술 좀 주소.

험한 인상을 쓰며 근수 앞자리에 팔짱을 끼고 서는 여주인.

여주인 니 줄 술 없다.
근수 (꼬나본다) 에이씨!

여주인 근수 니도 훈장 받았재?

근수 잘난 훈장은.. (담배 꺼내 물고) 갑자기 그 얘긴 말라꼬 꺼내능교?

여주인 니는 나라에서 보조금 얼매나 나오노?

근수 보조금은 개뿔, 입에 풀칠이나 하면 다행이구로..

여주인 송이 어메한테도 죽은 맹섭이 보조금도 나올 거 아이가? 근데 니 와 외상 값 안 주는 긴데?!

근수 아, 주믄 될 거 아인교! 주믄!!!

여주인 아이고 말은 문디..

이때, 대포집으로 들어오는 친구1,2 근수를 보고

여주인 (일어서며) 그래 왔나?

친구1 니 요즘 통 안보이데?

친구2 어, 근수 아이가?

친구들을 보는 근수, 시큰둥하게 아는 척 한다.
근수 테이블에 다가와 앉는 친구들.

여주인 꼴 보니께.. 어데 가가 또 홀라당 날려부꾸마..

근수 시끄럽다! 고마 쫌!

친구1 야! 고마해라.

또 털렸냐며 근수의 어깨를 다독이고 낄낄대며 웃는 친구들.. 대포집 전경.

23. 민경의 집, 방/부엌 (밤)

(인서트)

어둑한 밤. 민경의 집 주변 전경.

밖에서 술 취한 근수의 목소리가 들리자 몸을 일으키는 민경.
기주와 송이가 자고 있는 모기장 안으로 조용히 들어간다.
그때 거칠게 방문을 열고 들어오는 근수의 목발.
민경, 불안한 듯 기주를 끌어안고.
모기장 안에 누워있는 민경을 향해 비릿한 미소를 짓더니 슬쩍 모기
장을 제친다.
목발로 민경의 치마를 들춰보는 근수.
치마 아래로 매끈한 민경의 다리가 들어나고..
민경, 숨죽이며 눈을 질끈 감으며 기주를 꼭 껴안는다.
그런 민경을 보자 근수, 차마 어쩌지 못하고 방바닥에 벌러덩 눕더니
불만스런 목소리로 중얼거린다.

근수 에이 씨.. 지 서방이 왔는데.. 일어나 보지도 않고. 개 같은 년.

24. 전봇대 길 (오전)

한 여름의 드넓은 평야. 푸른 벼가 가득한 논이 끝없이 이어져있다.
헐렁한 린넨 자켓의 준구가 지팡이를 짚고 한적한 농로를 힘겹게 걷
고 있다.
논 가운데서 제초작업 중이던 농부 하나가 허리를 펴고 땀을 닦다가
옆에서 작업을 하던 농부를 툭 치고 보면, 준구의 모습이 멀리 보인다.
준구가 걷는 모습을 농부들이 일손을 놓고 본다.

25. 작업실 (아침)

아침 햇살이 들고 있는 작업실. 준구가 스케치북을 열고 목탄을 집어
든다.
스케치북 위에 부들부들 떨며 그어지던 목탄이 뚝 부러진다.
그런 동작을 여러번 반복하던 준구, 식은 땀이 흐른다.
한숨을 내쉬는 준구의 표정..

26. 민경의 집, 방 (아침)

코를 씰룩거리며 잠에서 깨는 근수가 부스스한 얼굴로 보면, 방 안에
는 밑반찬 여러 개가 차려진 아침상.
근수, 좁은 부엌에서 송이와 함께 음식을 만들고 있는 민경에게

근수 이기 뭔 냄새고?

송이가 반찬 하나를 더 가져와 상에 놓으며 두려운 표정으로 근수를
본다.
부엌의 풍로에서 파전을 부치며 대답하는 민경

민경 소고기국 입니다.
근수 쌀밥에 고기. 뭔 돈으로 고기를 다 샀노?
민경 저 우에.. 서울에서 내려온 교수님댁 안있습니꺼?
근수 풍인가 맞았다카는?
민경 그 집에서 허드렛일 하기로 했십니더.
근수 근데? 돈은, 미리 받았나?

민경이 이상한 느낌에 다급히 방으로 들어오면, 방에는 서랍들이 열

린 채 돈 봉투를 들고 있는 근수의 모습.

민경 안 됩니더. (근수에게 매달리며) 밀린 집세도 내야 되고예, 당신 외상값도 갚아야 될 거 아인교!

민경을 밀쳐내고 봉투 속 돈을 확인하는 근수.

근수 이기.. 시발. 빠따라시 아이가.. 뭐시 이리 많노?

돈을 확인하고 눈이 커진 근수, 민경 흘깃 쳐다보는데,

민경 (다급히 매달리며) 그건 안 됩니더!

그런 민경을 노려보는 근수, 민경 겁에 질려 기가 죽는데..

근수 저리 안 가나!

민경의 뺨을 후려치는 근수, 민경은 근수에게 뺨을 얻어맞고 나가떨어진다.
그 소란에 기주는 울기 시작하는데..

근수 개 같은 년이.. 돈을 숨카고 지랄이고..!

자지러지게 우는 기주를 품에 안으며 황망한 표정의 민경.
돈 봉투를 든 채 절룩거리며 급하게 밖으로 나가버리는 근수.

27. 준구의 집, 욕실 (아침)

한쪽 팔을 치켜든 민경, 그 팔을 잡고 겨드랑이 털을 밀어주고 있는
정숙.
민경은 부끄러운 듯 외면하고 있다.

정숙 모델이 됐다는 의식 중에 하나예요. 불편해 하지 말그요... 잘 부탁해요.

정숙을 보는 민경, 수줍게 하는 말.

민경 아입니다. 열심히 해 볼께예..

28. 강가 길 (오전)

따스한 햇살. 홀로 작업실을 걸어가는 민경.
살랑이는 바람을 따라 흔들리는 강아지풀 사이로 길게 뻗은 길.
마치 미지의 세계로 이어놓은 듯 아름답게 펼쳐진다.

29. 작업실 앞 길 (오전)

두리번거리며 작업실에 도착한 민경, 문 앞에 쓰인 "김준구 조형연구
소" 문패를 보고 심호흡을 한다.
문을 열고 조심스레 안으로 들어가는 민경.
준구는 커다란 이젤을 세워 놓고 대형 캔트지에 긴 선들을 그어대고
있다.
놀란 표정으로 준구의 동작을 보며 어찌할 바를 모르고 서있는 민경.
대형 캔트지에 시커멓게 그어지고 있는 수천 개의 선들..

목탄이 부러져 나가며 준구의 신발위로 툭툭 떨어지고 있다.

(인서트)

작업실 앞 커다란 나뭇가지 위로 뜨겁게 빛나는 정오의 태양.

말없이 선 긋기에 열중인 준구의 셔츠가 땀에 젖어가고 있다.
팔을 돌리고 주무르며 다시 선 긋기를 하려던 준구가 민경을 발견한다.

준구 언제 왔나?
민경 예? 한.. 두 시간쯤..
준구 (시계를 보더니) 정확하군.

준구의 대답에 살짝 미소를 짓는 민경.

준구 내일 다시 오게.

바로 선을 긋기 시작하는 준구.
민경은 더 이상 말을 건네지 못하고.
작업에 열중인 준구의 뒷모습을 향해 인사를 한 후 작업실을 빠져 나
간다.

30. 전봇대 길 (오후)

민경, 뻐근한 어깨와 팔을 주무르며 송이와 함께 집으로 돌아가고 있다.
송이가 엄마에게 손을 달라고 하자 송이의 손을 잡아주는 민경.
뭔가 아는 것처럼 미소를 짓는 송이.
민경과 송이가 울창한 전봇대 길을 걷고 있다.

31. 작업실 (낮)

민경이 문을 열고 들어와 모자를 벗고 제자리에 굳은 듯 선다.
또다시 선긋기를 하고 있는 준구의 모습.
준구가 연습하는 선은 직선이 아닌 곡선이다.
손이 풀렸는지 제법 유연하게 그어지는 선들..
부드러운 곡선을 길게 내려 긋던 준구, 자세를 낮추려고 지팡이를 옮겨 짚다가 무의식적으로 지팡이를 내팽개친다.
놀라움에 준구를 보는 민경..

준구 뭐하나, 작업 준비 해야지.
민경 (흠짓 놀라) 아, 예..

쪼르르 탈의실로 들어가는 민경.

(점프)

단상 위 민경이 어색하고 뻣뻣하게 자세를 잡고 앉아 있다.

준구 아니지. 무릎 더 세우고.

준구, 답답한 마음에 다가와 민경의 어깨며 팔의 각도를 잡아준다.
자리로 돌아온 준구, 스케치북과 목탄을 잡고 민경을 본다.
경직된 자세로 힘겨워하는 민경의 모습.

준구 아니지. (한숨 쉬며) 그게 아니지. (골똘히 보며) 아닌데...

준구, 자리로 돌아와 다시 민경을 보더니 한숨을 쉬며 민경을 보다가 고개를 저으며 돌아 나선다.

준구 내려와. 옷 입고.
민경 (멀뚱히 보며) ?

준구, 작업실 문을 연다.
가운을 들어 몸을 가리며 긴장한 표정으로 일어서는 민경.

민경 서, 선생님..

32. 저수지 (낮)

물가에는 치마를 대충 걷어 올리고 물속을 헤집고 있는 민경의 모습.
준구는 의자에 앉아 민경을 관찰하고 있다.
수면 가까이의 민경의 얼굴에 너울대는 물 반사가 싱그럽다.
얼굴 선, 목, 팔, 다리 등 민경의 몸을 유심히 보고 있는 준구.
민경은 물속에서 다슬기를 잡아 유심히 보고 있다.

준구 지금... 무슨 소리가 들리지?

민경, 고개를 두리번거리며 여기저기 둘러본다.

민경 아무 소리도 안 들리는데예?
준구 눈을 감고 귀를 기울여서 다시 들어봐..

눈을 지그시 감고 소리에 집중하는 민경의 얼굴.
멀리서 들리는 새소리에 슬며시 미소가 지어지는 민경.

민경 아, 들리네예.. 저 멀리서 새 소리.. (입이 조금씩 벌어지며 혼잣말) 아.. 예
쁘네..

무표정하게 민경을 관찰하고 있는 준구.

(점프)

턴테이블 LP판에 바늘을 내려놓는 준구.
신기한 듯 준구를 가만히 쳐다보는 민경.
모차르트의 밝은 선율이 고요하던 작업실에 감미롭게 깔린다.

준구 귀로만 듣지 말고 마음으로 느껴봐..

무슨 말인지 몰라 멀뚱한 민경.

준구 아까 물가에서처럼..

알았다는 듯 고개를 끄덕이는 민경, 눈을 지그시 감고 음악을 듣기 시
작한다.

준구 이번엔 듣는 게 아니고 마음으로 느끼는 거야..

민경이 눈을 감은 채 숨을 들이쉬고 자세를 잡아본다.
살짝 눈을 떠 준구의 눈치를 살피는 민경. 준구는 눈을 감고 있다.
눈을 감는 민경, 심호흡을 하며 다시 자세를 잡아본다.
한결 부드러워진 동작으로 자세를 잡는 민경, 조심스레 다시 눈을 떠
본다.
어느 새 준구는 스케치를 하고 있다.

33. 창고 (밤)

담배 연기가 뿌연 조그만 창고.
대여섯 명의 남자들이 모여앉아 노름을 하고 있다.
화장기 짙은 20대 후반의 다방레지가 보온병 보자기를 들고 창고로
다가간다.
친구1 옆에 앉는 다방레지...

다방레지 뭐 이런데가 다 있으요?
친구2 요기가 통금은 있어도 단속이 없잖아~ 어 근데.. 아가씨 처음보는데, 어디
서 왔어요?
다방레지 점촌예~
친구4 점촌이 어데고?
친구3 야이 빙신야! 것도 모르나? 삼천포 옆에 있잖아. 임마 빙신아.
친구2 아! 이것들 완전 무식한 것들이네. 마! 문경 옆에 점촌! 전기도 안 들어오는
그기~
다방레지 (친구2의 등짝을 치며) 전기는 들어오거든?! 수도가 안 들어오지..

다방레지의 대답에 우습다고 낄낄대는 친구들.

친구4 영화배우 맨키로 통통하이 귀엽게 생깃네.

패를 섞던 친구1, 구겨진 표정의 근수를 쳐다본다.

친구1 근수야. 니 또 옆 동네 가가 천이백원 뜨였대매? 고마 해라.
친구2 천이백원?!! 그 큰돈을? 니 엊그저께도 잃었잖아. 돈이 자꾸 어디서 생기노?
근수 내가 무신...

몇 장 남지 않은 지폐를 보던 근수, 답답한 듯 담배를 물고 다방레지

를 본다.

34. 준구의 집 (낮)

유난히도 화창한 아침.
툇마루에서 티없이 놀고 있는 송이와 기주를 보며 외출준비를 정숙.
경산댁이 준구의 점심상을 준비하는 향숙을 부른다.

경산댁 오늘부터 점심은, 지가 해보겠다고.. 하이고.
정숙 홋.. 기특하네.
경산댁 우옜든, 함 보시지예 (부엌을 향해) 가시나, 퍼뜩 안오고 뭐하노!

향숙이 쟁반을 들고 부엌에서 나오자 외출을 하려던 정숙이 향숙을
부른다.
음식을 확인해 보다가 젓갈그릇 하나를 덜어 내는 정숙.

정숙 잘 잡숴야 되지만, 이런 건 혈압에도 안 좋고.. 알겠니 향숙아?

보자기를 묶으며 구시렁대는 향숙.

향숙 야~ 그거.. 선생님이 좋아하시는데..
경산댁 잔소리 말고 퍼뜩 다녀 오니라.
향숙 야!

보자기를 들고 나가는 향숙의 뒷모습을 흐뭇한 표정으로 바라보는
정숙.

35. 전봇대 길 (낮)

쟁반보자기를 머리에 이고 팔랑이며 걷는 향숙.
자전거를 탄 검게 그을린 청년들이 스쳐가며 향숙을 힐끔거린다.
마주오던 잘생긴 청년 하나가 자전거를 세우고 향숙을 보자 시선을
의식하는 향숙.

청년 이야 귀엽네~ 어이서 왔노? 처음보는데?
향숙 (눈을 치켜뜨고 본다) ..!
청년 안 무겁나? 오빠가 태와주까?
향숙 (고개 휙 돌리고) 치! 됐거든요?

향숙, 청년에게 호기심은 가지만 새초롬한 표정만 주고 가버린다.
멀어지는 향숙을 보던 청년, 어이없다는 듯

청년 저런 또라이 년을 봤나.. 쳇.

다시 자전거를 타고 자리를 뜨는 청년 뒤를 의식하며 걷던 향숙이 고
개를 돌려 보면, 어느새 멀어진 청년의 자전거.
청년은 휘파람을 불며 안장에서 일어선 채 긴 다리를 휘휘 저으며 내
달린다.

향숙 와 하다 마노. 씨..

완전히 토라진 향숙, 씩씩거리며 발걸음을 재촉한다.
넓고 푸른 평야를 엉덩이를 씰룩거리며 걸어가는 향숙의 모습.

36. 작업실, 데크 (낮)

작업실 한편, 물가로 난 데크에는 차양이 쳐 진 테이블.
준구가 어깨를 주무르며 나와 의자에 털썩 앉는다.
가운을 입고 데크로 나온 민경, 주변을 둘러보다가

민경 (조심스럽게) 선생님...

준구가 민경을 쳐다본다.

민경 궁금한 게 있는데예..
준구 말 해봐..
민경 여기 올때 보았던 논들이.. 원래는 다 선생님 꺼였는데, 일본 놈들이 다 뺏뜨
러 갔다는 기 참말입니꺼?
준구 (옅은 한숨을 내쉬고) 그게 궁금했나?

준구가 대답이 없자 의기소침해지는 민경.
신발 끈이 풀린 걸 발견한 준구, 의자에 다리를 올려 끈을 묶으며

준구 선친께서는 논밭의 주인은 농부여야 한다고 항상 생각하셨어.. 일본인들이
몰수하기 전에 미리 소작인들에게 거의 나눠주셨지.
민경 아...
준구 (미소 지으며) 다.. 옛날 얘기야..

민경, 노크 소리에 나가 문을 열어 보면, 더위에 벌개진 얼굴로 머리에
쟁반을 얹은 향숙이 뾰로통한 표정으로 부채질을 하며 서 있다.

민경 (쟁반을 건네 받으며) 고마버예...

쟁반을 받아드는 민경, 바로 문을 닫아버리고.
향숙이 대문 틈새로 작업실 안을 호기심어린 눈으로 기웃거리다 뾰로
퉁한 얼굴로 다시 길을 나선다.

37. 민경의 집, 동네/마당 (늦은 오후)

집으로 향하는 골목. 민경과 송이의 모습이 전에 없이 밝고 경쾌하다.
송이와 집 마당으로 들어서던 민경, 댓돌에 놓인 여자 샌들을 보더니
앞서 뛰어 들어가던 송이를 잡아끈다.

38. 민경의 집, 방/부엌 (늦은 오후)

바지를 반쯤 내린 근수 위에 원피스 차림의 다방레지가 치마만 걷어
올린 채 올라 앉아 몸을 흔들고 있다.

다방레지 오빠 좋나?

조심스럽게 방문을 연 민경, 두 눈에 핏발이 선다.
벌컥 문이 열리고 양동이를 들고 뛰어 들어온 민경, 물을 끼얹어 버린다.
물을 뒤집어쓰고 혼비백산한 다방레지, 급히 팬티와 보온병만 들고
도망친다.
기주를 안은 송이, 부엌에서 두려움에 떨며 도망치는 다방레지를 본다.
물벼락을 맞은 근수, 바지춤을 올리며 죽일듯한 표정으로 민경에게
달려들며..

근수 미친년이.!!!

(부엌)

겁에 질린 송이가 기주를 끌어안고 부엌 한쪽 구석에서 벌벌 떨고 있다.
부엌문 너머로 근수가 민경을 두들겨 패는 소리와 비명소리가 들린다.

근수(V.O) 어디 서방한테 눈을 치켜뜨고 지랄이고 지랄이!

39. 전봇대 길 (오전)

준구가 한적한 농로를 걸어가고 있다.
논 가운데서 작업 중이던 농부들이 지나가는 준구를 향해

농부1 선생님! 안녕하십니꺼!
농부2 작업실 가시는교~

나머지 농부들도 준구에게 공손히 인사를 한다.
말없이 미소와 손짓으로 그들의 인사에 화답하는 준구.
준구가 지나갈 때 까지 쳐다보던 농부들, 다시 허리를 굽혀 일을 시작
한다.

40. 민경의 집, 방 (낮)

이불을 덮고 누워있는 민경.
민경의 얼굴에 벌겋게 손자국이 남아있고 아랫입술이 부어올라있다.
혀를 끌끌 차며 애처롭게 민경을 보는 경산댁.
민경의 옹색한 세간을 둘러보며 긴 한숨을 내쉰다.

41. 작업실, 안/밖 (낮)

책상에 앉아 혼자 스케치를 보고 있는 준구, 들리는 노크 소리.

준구 들어오게.

보자기를 들고 작업실로 들어온 향숙. 준구는 계속 스케치에 열중이다.

향숙 선생님.. 송이 어메가 오늘은 몬 온다카네예. 점심은 어이따 놓을까예..

자신의 손목시계를 보는 준구.

준구 아니다. 오늘은 집에 가서 먹자..

준구를 보는 향숙, 표정이 밝다.

향숙 예...

준구가 앞장서고 조금 뒤에서 따라 내려가는 향숙, 좋아 어쩔 줄 모른다.

42. 준구의 집, 욕탕 (늦은 오후)

목침대 위에 준구, 허리 아래를 두꺼운 수건으로 덮은 채 엎드려있다.
헐렁한 차림으로 준구의 목과 어깨를 주무르고 있는 향숙.
향숙의 이마에 송골송골 맺힌 땀방울

향숙 시원하시지예?

그때 경산댁이 뜨거운 물이 담긴 솥을 들고 와 욕조에 붓는다.
향숙의 가슴 싸개가 흘러내려 한쪽 가슴이 드러나 있다.
향숙을 보고 눈을 흘기는 경산댁. 입술을 삐쭉 내미는 향숙.
경산댁이 쯧쯧쯧 혀를 차며 욕탕을 나간다.

43. 준구의 집, 거실 (밤)

스케치북을 열고 드로잉 서너 장을 펼쳐서 보고 있는 준구.
맞은편에 앉아 뜨개질을 하던 정숙, 코끝에 걸친 돋보기 너머로 준구
를 본다.
그림 하나를 골라서 유심히 보던 준구, 손을 뻗어 테이블의 찻잔을
든다.
그림에 집중했는지 찻잔을 어정쩡한 높이로 든 채 멈춰버린 준구.
그런 준구를 보고 미소 짓는 정숙.

정숙 여보.

준구, 정숙을 보다가 자신의 모습을 발견하고 미소 짓는다.

정숙 참, 오늘 경산댁이 송이 엄마한테 가봤는데... 몸이 많이 안 좋더래요.
준구 그래? (정숙을 똑바로 쳐다보며) 몸살인가.. 약이나 제대로 챙겨먹었다 하고?

준구의 말에 복잡한 표정의 정숙.

정숙 하루 더 기다려 보고, 안되면 제가 의원에 데려가 볼게요..
준구 그래.

스케치북을 탁 덮어버리는 준구.

44. 작업실 (낮)

데크의 의자에 앉아 책을 보는 준구, 잠시 후 시계를 한 번 쳐다본다.
시계는 정오를 넘어가고 있다.
이때, 밖에서 들리는 발자국소리를 의식하는 준구.
그러나 또다시 향숙이 점심을 들고 들어온다.

향숙 선생님.. 송이 어메는 오늘도 안 올 란 갑십니다..
준구 ...
향숙 오늘 점심도 댁에 가가 드실낍니까?
준구 아니다. 그냥 거기 두고 가.

준구는 다시 읽고 있던 책으로 시선을 떨군다.
보자기를 내려놓고 눈치를 살피던 향숙, 준구의 시선 밖으로 조금 물러나 그 자리에서 서서 조용히 옷을 벗기 시작한다.
책을 읽는데 열중인 준구. 그 뒤 커텐 너머로 나타나는 향숙의 나신.
부끄러운 표정의 향숙, 겨우 입을 연다.

향숙 지는... 모델로서는 부족한가예? 선생님..

준구를 똑바로 보는 도발적인 향숙의 표정.

준구 ...

준구를 보며 잠시 그대로 서있는 향숙.. 준구의 무표정..
향숙이 고개를 떨어뜨리더니 어둠속으로 물러난다.
책을 보던 준구, 고개를 들어 하늘을 보다가 눈을 감아버린다.

45. 준구의 집, 향숙의 방 (밤)

벽을 보고 앉아있는 향숙, 훌쩍 거리고 있다.
방문을 열고 들어온 경산댁, 소반의 밥이 그대로 있자.

경산댁 저녁 내내 방구석에만 쳐박혀가.. 밥이라고 애써 챙겨 왔더니, 처묵지도 않고. (짜증내며) 아주 상전이 따로 없구만..

경산댁이 다그치자 향숙의 설움이 다소 커진다.

경산댁 니 끝까지 말 안할끼가?
향숙 아입니더.
경산댁 (버럭 하며) 그럼.. 그럼 대체 와그라는데?
향숙 (울음이 심키며) 그런 거 아니라니까예..!

향숙이 경산댁을 향해 돌아앉는다. 한참을 울어 벌게진 향숙의 눈.
향숙의 상태를 본 경산댁, 안쓰런 표정이 된다..
향숙이 경산댁 품에 벌컥 안긴다.
엄마 품에 안긴 어린아이처럼 울기 시작하는 향숙.

경산댁 (불쌍한 표정으로 안아주며) 가시나 와그라노. 하이고... 이 아가 와그라노.. 향숙아..

46. 작업실 (낮)

작업실로 조심스레 들어오는 민경, 앉아있는 준구를 향해 고개를 숙인다.
자신의 옆을 지나치던 민경의 얼굴의 상처를 발견한 준구, 놀란 표정이다.
준구를 쳐다보지 못한 채 단상 뒤쪽의 간이 탈의 공간으로 간 민경,
어깨 높이의 칸막이 뒤에서 옷을 벗기 시작한다.
이상한 느낌의 준구, 인상을 쓰며 스케치북을 든 채 민경에게 다가온다.
칸막이 옆으로 가서 민경의 몸을 보는 준구.
민경의 팔, 허벅지에 시퍼런 멍 자국이 즐비하다.
민경, 고개를 들지 못한다. 민경의 턱을 한 손으로 올려 보는 준구.
볼에 아직 손자국이 남아있고 아랫입술이 퍼렇게 부어올라있다.

준구 몸살이 아니었군..

민경을 뒤로 돌려 보는 준구. 어깨 뒤쪽이며 등에 커다란 멍이 잔뜩
있다.
준구는 처음에 자신이 내 뱉었던 말이 떠올라 괴롭다.
뒤에 서 있는 준구를 의식하며 몸을 움츠리는 민경.
한동안 멍하니 서 있던 준구

준구 아휴.. (머리를 짚은 채 긴 한숨) 괜찮나?
민경 지는 뭐.. 맞는 데는 이골이 나 가..

민경의 그 말에 충격을 받은 준구의 표정.

민경 죄, 죄송합니데이, 선생님.

긴 한숨을 들이쉬고 돌아선 준구, 스케치북을 툭. 던져 놓으며

준구 옷 입어.
민경 예?
준구 (휙 돌아서) 이래가지곤, 작업을 할 수가 없어.

298

저벅저벅 민경에게 다가가는 준구.
움츠러드는 민경.

민경 죄, 죄송합니더..

준구, 민경의 어깨를 꽉 짚고..

준구 작품이 끝날 때 까지는, 네 몸 네가 똑바로 간수해야해.

고개를 끄덕이는 민경.
저벅저벅 걸어서 문을 쾅 닫고 밖으로 나가버리는 준구.
미안한 마음에 또다시 고개를 숙이는 민경.
이때, 벌컥 다시 문이 열리고 들어오는 준구, 심각한 표정으로

준구 아니야. 아니야.. 단상에 서 봐.

(점프)

단상위, 온몸에 멍자국으로 가득한 민경이 서 있다.
황당한 표정으로 멍하니 민경을 보던 준구, 고거를 떨구고 내 쉬는 한숨..

준구 아무래도 안되겠어..

47. 준구의 집, 안/밖 (낮)

혼자 놀고 있는 송이에게 다가온 향숙이 불쌍한 듯 본다. 향숙을 보는 송이.

향숙 기주는 자나?

쳐다 보지도 않고 고개만 끄덕이는 송이.

향숙 송이야~

향숙은 송이에게 숨겨온 막대 사탕을 내 준다.
막대 사탕을 들고 좋아하는 송이의 머리를 쓰다듬는 향숙, 빙그레 웃는다.
송이도 향숙을 보고 웃는다.
이때, 털털대는 낡은 자동차 소리에 뛰어나가는 향숙.
향숙이 바깥 대문으로 뛰어 가보면, 궤짝에 한가득 담긴 포도를 내려 놓는 오서방.

오서방 향숙이 오랜만이다잉. 우리 향숙이 포도맹키로 탱글탱글 잘익었다이~ 시집가야 안되긋나? 하하하
향숙 흥!
오서방 니 무라꼬 사온거 아닌께 잘 챙겨드리라잉~
향숙 야~

밖으로 나온 향숙, 경산댁 그리고 정숙과 송이.
정숙을 본 오서방, 화들짝 놀라 공손하게 인사를 한다.

경산댁(V.O) 오서방 왔는가?
오서방 아이고 사모님.. 계셨습니까? (인사하고) 오는 길에 사모님 포도 좋아시는 거 생각나가지고 포도 쪼매 사왔십니더.. 맛 좀 보시라꼬예..
정숙 (빙그레 웃으며) 그래 고맙네. 늦지 않게 어서 올라가게.

꾸벅 인사를 하는 오서방, 차에 올라 길을 나선다.

오서방을 배웅하는 여자들..

48. 작업실, 앞 (낮)

오서방, 커다란 고무 대야에 고령토를 삽으로 반죽하고 있다.
고령토 한 줌을 쥐어든 무거운 표정의 준구. 그의 눈치를 보는 오서방.

오서방 (조심스레) 어떠십니까? 영 아닌갑네예.. 하. 그 영감탱이. 최상품이라케
가 사온 긴데...
준구 (보며) 아닐세, 괜찮네.. 좋아.
오서방 아 그래예? 다행이네예. 아휴~ 어쩐지 제일 좋은거더라 하더라케예.

오서방, 미소 지으며 물을 붙고 다시 삽질을 한다.
쭈뼛거리며 다가온 민경을 보자 깍듯하게 인사를 한다.
민경도 어색한 듯 오서방에게 인사를 하고 준구를 보자

오서방 모델인가베.
준구 뻐근하지?
민경 ... 예?
준구 근육이 뭉친 게.. 여기 저기 쑤시고..
민경 (고개만 끄덕끄덕) ...?
준구 오서방 자네 이 친구 오늘 시다로 좀 쓰게!
오서방 시다예?

준구의 신호를 알아채고 싱글싱글 웃는 오서방, 민경에게 익살스런 표
정으로

오서방 (대야를 가리키며) 고 신발 벗고.. 고 드가봐라.

민경 어데예?

오서방, 신발을 벗고 먼저 대야로 들어가 발반죽을 해 보이며

오서방 신발 벗고 함 들어가 보라고. 어 어. 이 잔 반죽은 삽으론 몬하는기라. 발로 요래요래 밟아하는 기거든. 사부작사부작 밟아봐. 그래.

민경, 신발을 벗고 대야에 들어가 오서방을 따라 발반죽을 시작한다.

오서방 근데 우리 모델님 낯짝은 와 그 모냥인고? 동네 아지매들하고 치받고 싸웠는 갑제?

한편으론 억울하고 또 한편으론 창피한 듯 고개를 돌리는 민경.

오서방 하기사 뭐.. 작품서 얼굴은 밸로 중요 안하다.
민경 (본다) 예?

대야에서 나온 오서방, 민경의 몸을 요모조모 살피며,

오서방 원래 전신 조각이라카는디 사람 이 몸 행태가 중요한 기라... 얼굴은 쪼매 못나도 된다.

자신의 몸을 살피는 오서방의 익살스런 표정과 눈길에 무거웠던 마음이 한결 가벼워진 민경, 새초롬한 표정을 짓는다.

민경 칫.. 공갈치지 마이소. 내가 바본 줄 아나?
오서방 아~~따 야가 속고만 살았나? 앞으로 보면 안다. 함 봐라. 다리는 나무 꼬쟁이만 해가꼬.
민경 뭐라꼬예?

오서방 자 밟아라 밟아. 아이고~ 발은 씻었나? 좀 단디해라. 단디.

작업실로 발걸음을 돌리던 준구, 싱글싱글 떠드는 오서방과 뒤뚱거리며 발반죽을 하고 있는 민경의 모습을 환한 얼굴로 바라본다.

49. 전봇대 길 (낮)

민경, 쟁반보자기를 들고 혼자 걸어오고 있다.

향숙(OS) 이제 끝났네예?!

민경이 멈춰 서서 돌아보면 향숙이 나무그늘 안에서 걸어 나온다.
미소 짓는 민경. 향숙이 보자기를 잡으려 하자, 피하며.

민경 내가 들게예.
향숙 주이소. 괜찮아예.

향숙이 보자기를 빼앗아 든다.
나란히 산길을 걸어 내려가는 두 사람.

향숙 언니라케도 됩니꺼?

민경이 웃으며 고개를 끄덕인다.

향숙 그라모 말 놓는깁니더?
민경 (웃으며) 그라까?
민경 향숙이라켓제?
향숙 (끄덕이는) ...

민경 선생님 댁에서 산지 오래됐나?
향숙 한 3년..

한가로운 전봇대 길을 걷는 두 사람의 모습.

향숙 사모님이 아부지 취직을 시키주시가.. 식구들은 전부 서울로 이사 갔다.
민경 아... 그랬나.
향숙 사실 내도.. 원래 이 집에 허드렛일 하려고 온 긴 아이고..

민경이 걷다 말고 흥미로운 표정으로 향숙을 쳐다본다.

50. 준구의 집, 욕탕 (플래시백)

욕조 안에 눈을 감고 앉아있는 앳된 향숙의 얼굴.
정숙이 향숙의 뒷목에 물을 붓자 긴장해서는 눈을 뜬다.

정숙 물이 차갑지는 않니?
향숙 괘안십니더.

정숙이 향숙을 정성스럽게 씻기고 있다.

정숙 선생님이 다시금 삶에 대한 의지를 되찾게 하는 게.. 네 몫이다.
향숙 야...
정숙 남자를 품어 봤느냐?
향숙 (고개를 푹 숙이는) ...
정숙 어찌 품는지는 알고 있겠지.

향숙이 말없이 고개를 끄덕인다.

향숙(V.O) 사모님이 3일이나 집을 비아주셨는데... 실패해가꼬...

51. 준구의 집, 앞 (오후)

어느덧 대문 앞까지 걸어온 민경과 향숙.

민경 근데 니는, 와 나한테 그런 얘기를 해주는데, 향숙이는..
향숙 그냥.. 선생님이... (망설이다가) 언니라카믄 거부하지 않을 수도 있겠다는
생각이 들어가...

눈을 동그랗게 뜬 채 향숙을 보는 민경.

향숙 (고개를 푹 숙이고) 마, 내도.. 내가 무신 말을 하는 긴지 잘 모르겠다!

던지듯 말을 내 뱉고 집 안으로 뛰어 들어가는 향숙.
어리둥절한 표정으로 향숙의 뒷모습을 쳐다보는 민경.

52. 작업실 (낮)

(인서트)

이런 저런 자세를 취해보는 민경의 모습과 그것을 스케치하는 준구의
모습이 시간을 타고 화면 위에 흐른다.
어느덧 준구, 스케치를 포기하고 민경을 관찰하기 시작한다.
이런 저런 각도에서 민경을 관찰하던 준구, 고개를 갸우뚱 하거나 옅
은 한숨을 내쉬더니 고개를 가로젓는다.

준구 (고개를 갸우뚱) 좀, 쉬었다 할까.

자세를 풀고 팔을 뒤로 하며 뻐근한 허리를 돌리는 민경.
무심코 그 모습을 본 준구.

준구 잠깐. 지금 좋다.

의도하지 않았지만 왠지 비범한 자세를 취하게 된 민경, 준구를 본다

준구 거기서 허리만 돌려봐.. 그렇지. 그 상태로 다리를 벌려봐.

자세를 잡아보는 민경. 준구가 조금 더 다가와 측면으로 돌며 본다.

준구 고개를 돌려봐. 아니, 반대로

서둘러 스케치북에 그림을 그리는 준구, 고개를 끄덕인다.

준구 이 자세.. 기억 하겠지?

고개를 끄덕이는 민경.
준구, 민경을 보며 의미심장한 표정으로 다시 스케치를 본다.

53. 작업실 (오전)

커튼을 젖히고 데크로 나간 준구.
커다란 저수지를 보다가 "좋다!"고 힘차게 외쳐본다.

54. 대포집 (낮)

동생들과 트위스트 스텝을 밟으며 까불고 노는 친구2의 모습.
한심하다는 듯 보던 근수, 호주머니에서 지폐를 꺼 내 테이블에 던지
고 일어선다.
지폐를 보던 친구1, 뭔가 생각이 난 듯 근수를 향해,

친구1 근수, 니 요새 호주머니 행팬이 억시 편해졌다?
근수 (돌아서 본다) …

이때, 스텝을 밟으며 친구1에게 다가온 친구2

친구2 행님, 주말에 영덕에서 큰 판 벌린다카데?
친구1 (주위를 살피며) 입 닥치라. 마… 순사라도 들으면 우짤라꼬…
친구2 순사는 무신..
근수 행님, 내도 끼자.
친구2 야, 거긴 판돈이 커가 닌 택도 없다. 적어도 일만 원은 있어야한데이.
근수 (놀란 표정으로) 일만 원?

55. 작업실 (낮)

미리 그려놓은 스케치를 보며 각목으로 만든 뼈대에 큰 찰흙 덩어리
를 붙이고 있는 준구의 모습.
준구 옆에서 "와~" 신기한 듯 소조상을 보며 찰흙을 떼어 주는 민경,
준구가 손을 내밀자 적당한 크기의 찰흙을 넘겨주고 있다.
스케치를 보며 무심코 다시 손을 내미는 준구.
민경은 소조상의 얼굴을 보느라 정신이 팔렸던지 건네줄 찰흙을 들고
만 있다.

준구 뭐해? 팔 떨어지겠다.

민경이 서둘러 찰흙을 건네준다.
민경이 떼어준 찰흙 덩어리를 보던 준구.

준구 제법이야. 크기도 적당하고..
민경 (수줍은 듯) 오서방 아재한테 여쭤봤어예..

민경을 보며 빙그레 미소짓던 준구, 찰흙을 만지다가 작업대를 본다.
철로 만들어진 주걱 모양의 헤라를 집어 잽싸게 준구에게 건네는 민경.

준구 어떻게 알았어?
민경 척하면 알지예~

준구가 돌아보자 수줍게 미소 짓는 민경, 준구도 따라 웃는다.

준구 ... 고맙네..

고개를 끄덕이며 민경에게 미소짓는 준구, 헤라를 이용해 찰흙을 자른다.
호흡이 척척 맞으며 작업을 하는 두 사람의 모습.

(점프)

소조상을 덮기위해 모시천을 양동이에 담그고 있는 준구.
탈의실의 민경이 고개를 돌려 소조상을 보면, 어느새 전체에 고르게
붙여진 찰흙, 어렴풋하게 형체가 드러나 있다.

민경 선생님.. (주저하듯) 저.. 궁금한 게 있는데예..

308

준구 ?

민경 와.. 누드여야 되는데예? 어째서 옷을 다 벗어야 되는지...

민경은 부끄러움에 얼굴이 붉어진다.
소조상에 천을 덮다 말고 황당한 표정으로 민경을 보던 준구, 미소 지으며,

준구 그럼 뭘 입지?

민경 예?

준구 뭘 입으면 좋을까..

준구, 모시천으로 소조상에게 옷을 입히듯 걸치며,

준구 이런 옷? (다시 모시천을 두르며) 아님 이런 스타일?

그러나 아무리 생각해도 모르겠는 표정으로 소조상을 골똘히 보는
민경.

준구 난, 몸을 통해서 어떤 가치를 찾고 있는건데...

민경 ..?

준구 미의 본질까진 아니어도.. 이를테면 아름다움일수도 있고.. 옷이야 껍데기
일 뿐이고...

민경 ...

준구 아름다움은 좋은 거야. 좋은 거. 옳고 그름의 문제가 아니라. 좋은 거. 좋았
으면 좋겠네. 자네도. 나도. 모두다. 그리고 삶도...

얼굴만 남은 채 모시천으로 덮힌 소조상을 브며 고개를 끄덕이는 민경.

56. 민경의 집, 앞 (늦은 오후)

쪽마루에 커다란 장바구니 두 개를 놓고 앉아있는 경산댁, 무더위에
땀을 닦으며 부채질을 하고 있다.
잠시 후 인기척과 함께 민경과 송이가 들어선다.

경산댁 아이고 두 번만 기다리다 더워 죽겠다!
민경 아니, 아지매.. 여긴 우짠일로..
경산댁 장 보러 왔다가 함 들렸다.
민경 아이고, 더븐데.. 냉수라도 한잔내올끼예.

부엌에서 막사발에 냉수를 내와 경산댁에게 건네는 송이.

경산댁 하이고 착해라~ 송이 니가 니 에미보다 낫다.

민경은 경산댁 옆에 앉는다. 벌컥대며 냉수를 한 번에 들이키는 경산댁.

경산댁 카~ 목도 축였으니까네.. 어두워지기 전에 퍼뜩 가 봐야겠다.
민경 벌써예?
경산댁 (일어나며) 그럼 모, 자고 가까?

경산댁이 장바구니를 하나만 들고 일어서자, 나머지 장바구니를 들고
뒤따르는 민경.

민경 아지매, 이거예~
경산댁 그건 니꺼다.
민경 야?
경산댁 사모님이, 앞으론 장 보면서, 민경이 네 것도 챙기라 하셨다.
민경 ...

경산댁 고기하고 생선도 쪼매 샀으니, 아덜도 잘 맥이고..

민경 고마워서.. 우째....

경산댁 세상에 사모님 같은 분도 또 엄따.. 니는 복 받은 기라.

민경 (고개가 숙여진다) 야.. 압니더..

경산댁 낸 간데이, 욕 봐라.

경산댁을 따라 대문까지 나서는 민경.
어서 들어가라고 손짓하는 경산댁.

민경 들어 가입시더..

민경은 먹먹한 표정으로 송이와 함께 서서 멀어지는 경산댁을 본다.

57. 작업실 (낮)

디테일한 소조 작업을 하는 준구의 손동작과 진지한 눈빛.
민경, 슬며시 고개를 돌려 준구를 보지만 작업을 하느라 정신없는 준구의 표정.
민경의 허리와 소조상의 허리를 번갈아 보던 준구, 민경에게 다가온다.
얼른 고개를 돌려 원래 위치로 향하는 민경의 얼굴.
민경의 허리 근육을 만져 보는 준구, 마치 준구의 손길을 느끼듯 눈을 감고 있는 민경.
준구는 민경의 몸 여기저기를 만져 보고 있다.
준구가 고개를 갸우뚱하고 다시 자리로 돌아간다.
슬며시 다시 고개를 돌려 준구를 보는 민경, 준구를 관찰 하느라 미세하게 몸이 움직이자,

준구 아니야..

그 말에 놀라 다시 자리를 잡는 민경에게,

준구 힘든가?
민경 오데예..

손끝과 헤라를 이용해서 정교하게 작업을 하는 준구.

준구 자! 몸을 세시 방향으로 돌려봐.. 자세는 그대로.

민경, 준구를 향해 선다. 준구를 보는 민경의 눈빛.

준구 그렇지! 다리에 힘을 좀 줘봐.

자세를 잡고 선 민경, 당당한 표정이다.
민경의 골반과 복부에 잡히는 미끈한 근육 라인.

준구 그렇지, 그렇게. 자, 엉덩이도 한번 힘을 좀 줘 봐! 더... 더... 더....!

이때, 갑자기 뿜어진 민경의 방구소리.
준구가 슬쩍 눈을 치켜떠서 민경의 얼굴을 본다.
볼이 붉어진 채 두 손으로 얼굴을 가려버린 민경.
잠시 후 이를 악물고 다시 자세를 잡는 민경, 실눈을 떠 본다.
눈이 마주치자 고개를 돌려 버리는 민경. 그런 민경을 보던 준구.

준구 아니지.. 고개는 왜 돌려.

민경, 다시 고개를 원래대로 돌리며 민망해서 붉어지는 얼굴..
준구의 눈치를 보며 고개를 돌리는 민경.

준구 그렇지. 눈은... 감아도 돼..

그 말에 질끈 눈을 감는 민경, 자신의 행동어 미소가 지어진다.
알 듯 모를 듯 한 미소로 소조상을 만지고 있는 준구의 모습.
다시 슬며시 눈을 떠 준구를 보는 민경.
여전히 작업에 열중인 준구의 모습, 어쩐지 미소를 띠고 있는 것 같다.
한쪽 벽면이 활짝 열린 작업실.
하늘과 물의 경계가 없는 듯 아름다운 저수지의 풍광을 뒤로한 두 사
람의 모습이 그림처럼 아름답다.

58. 준구의 집, 거실 (낮)

화채를 쟁반에 받쳐 들고 거실로 들어오는 경산댁.
무언가 깊은 생각에 빠진 듯 눈을 감고 있는 정숙의 아름다운 얼굴을
보다가

경산댁 (혼잣말) 참말로 곱다.

경산댁의 기척에 눈을 뜨는 정숙.

정숙 경산댁.
경산댁 (당황하며) 예..?
정숙 요즘 선생님이 많이 밝아지셨지?
경산댁 아고 예~ 옛날 맹키로 다시 당당해지셨지예..
정숙 맞아. 당당해지셨어. (자세를 바로 잡으며) 작업은 어떤지 모르겠네.
경산댁 그 실력이 어디 갔겠십니꺼? 언제 한번 올라가 보시지 그래예?

고개를 젓는 정숙, 먼 산을 바라보며..

정숙 송이 엄마가 은인이야.. 정말로...

심란한 표정의 정숙을 경산댁이 물끄러미 본다.
정숙, 마음을 추스른 표정으로 바구니를 무릎에 올려 뜨개질을 시작
한다.

경산댁 아니, 사모님.. 한여름에 와.. 털옷을..
정숙 올 겨울에 입혀 드리려고..
경산댁 예..
정숙 (기분 좋은 표정으로) 참, 언제 오서방 시켜서, 작업실에 놓을.. 화력 좋은 난
로도 미리 좀 알아보라고 해야겠어.
경산댁 (흐뭇하게 웃으며) 예.

이때 테이블에 울리는 전화벨 소리에 수화기를 드는 정숙.

정숙 여보세요?
홍박사(V.O) 정숙이냐? 나다..
정숙 아 예, 홍박사님.
홍박사(V.O) 준구가 다시 작업을 시작했다지?
정숙 (밝은 표정으로) 안 그래도 말씀드리려고 그랬어요.
홍박사(V.O) 그래, 내 조만간 함 들리마..
정숙 네. 그러세요.

고개를 끄덕이던 경산댁, 정숙을 보고 빙그레 웃는다.

cut to #57

소조상에 젖은 광목천을 덮는 민경의 모습.
헤라등 각종 도구를 정리하는 준구의 모습.

314

준구 (미소를 띄우며) 제법 잘하는데?

민경은 광목천을 덮다 말고 소조상의 얼굴을 유심히 보고 있다.
누군지 모르게 단순하게 묘사된 소조상의 얼굴..

민경 근데.. 얼굴도 이래 완성이 되는 겁니꺼?
준구 거의 그렇지..
민경 지를 안닮았네예..
준구 특별히 누구여야 하는 건 아니지..
민경 (고개를 끄덕이며) 아....

물을 퍼 올리기 위해 데크로 나가는 민경.
준구는 빙그레 웃으며 개수대로 가서 소매를 걷어 올린다.
길어 올린 물을 개수대에 붓고 준구의 책상으로 다가가 이것저것 정
리하는 민경

민경 근데.. 지는 사람 얼굴을 봐야, 화가 난건지, 슬픈 건지, 좋은 건지, 행복한
건지.. 알 수 있거든예.. (골똘히 생각하는 표정으로) 그라모.. 선생님은... 사람 몸
만 갖고 그런 걸 다 표현 하시는갑지예? (미소 지으며) 참말로 대단하십니더..

손을 씻다말고 생각에 잠기는 준구, 골똘히 생각하는 표정으로 수건
에 손을 닦는다.
책상위를 정리하던 민경, 책상 근처에 놓인 자동차 미니어처를 발견
한다.
걷어올렸던 소맷단을 내리며 책상으로 다가온 준구에게,

민경 저.. 선생님.
준구 (시계 줄 채우고 있다) ...
민경 그.. 뒷마당에 있는 자동차 말입니더.. 그기 참말로 움직이는 겁니꺼?

민경을 빤히 쳐다보는 준구의 얼굴.

59. 도로 (낮)

끝없이 펼쳐진 거대한 평야에 빠른 속도로 피어오르는 먼지.
준구의 차가 거침없이 달리고 있다.
운전을 하던 준구, 선글라스를 쓴 채 고개를 돌려 보면, 손잡이를 잡
고 잔뜩 긴장한 민경의 모습.
준구는 한 손으로 뒷좌석을 뒤져 밀짚모자를 하나 꺼내 민경에게 씌
운다.
모자를 받아 써 보는 민경, 바람에 바로 날아가 버리는 모자.
놀란 민경, 고개를 휙 돌려 멀어지는 모자를 보고 마구 웃는다.
어느새 포장도로에 들어선 준구의 차.
기어를 변속하는 준구, 커지는 엔진소리와 함께 더욱 가속이 붙는 준
구의 자동차.
바람을 맞으며 밝은 표정으로 운전을 하는 준구, 다시 고개를 돌려 민
경을 본다.
속도감에 익숙해진 듯 민경, 창밖으로 손을 내밀어 바람을 느껴보고
있다.
그런 민경의 표정을 보는 준구의 시선..
준구의 시선에 고개 돌려 수줍게 미소 짓는 민경의 모습.

(점프)

바닷가에 세워진 준구의 자동차.
호젓한 백사장을 한가롭게 걷고 있는 두 사람.

60. 민경의 집 (밤)

콧노래를 흥얼거리며 방안에 모기향을 피우고 있는 민경.
근수가 세수를 한 듯 수건을 목에 걸고 방으로 들어와 앉는다.
어쩐지 기분 좋아 보이는 민경을 꼬나보던 근수, 방바닥을 짚으며,

근수 (진지하게) 니, 이래 와 앉아 봐라.

민경 (앉으며) ...?

근수 돈 좀 빌리온나.

민경 (놀라며) 지난번에 준 돈을 벌써 다 썼는교?

근수 (버럭) 누가 다 썼다카노? 만 원 정도가 필요하다 칸하나.

민경 (놀라며) 뭐라꼬요? 그래 큰돈을 말라꼬예?

근수 사나이 근수가 언제까지 이렇게 살수는 없다- 아니가?

민경 ...

근수 영덕 읍내에 쓸맨한 잡화점이 삼만 원에 나왔다카드라. 일딴은 만원 계약금만 내 노으모 나머진 쪼매씩 벌어가 갚을 수 있다- 카더라 그 짝에다 잘 애기하고 가불 좀 해 봐라.

민경 (단호한) 안됩니더! 이미 받을 돈 다 받았어예...

근수 (화를 참으며) 모라꼬? 안 돼? 니 지금 안된다꼬 했나?

민경 그기.. 아이고..

근수 (비꼬듯) 니, 그 교수 집에서 하는 일이 뭐오 고?

민경 (당황한) 뭐긴 뭐... 빠, 빨래나 청소 같은 허드렛일이지...

근수 (민경이 당황하자 삐딱하게) 참말이가?

민경 (얼굴이 붉어진) 뭐시 또 참말이고... 그럼 내가 쿠신 일을 하겠습니꺼?

근수 (공격적으로) 허드렛일 하는데 무신 돈을 그래 마이 주냐 말이다. 이씨!

민경 이, 일이 많아 안그랍니까? 그라고 몇 개월 치를 가불한 돈 아인교...

근수 (버럭) 그라니까 몇 년 치를 가불해오라 이 말이다. (민경의 멱살을 잡고) 와? 내가 가서 빌어보까?

숨이 막히는 민경, 마음을 가다듬고,

민경 아,아입니더.. 내일 가가 사정 좀 해볼끼예.. 저녁상 가 옵니더.

난감해서 방을 나가버리는 민경.

근수 두 번 얘기 안하다이..

61. 준구의 집, 서재 (밤)

왕진을 온 60줄의 홍박사, 준구의 팔에서 채혈을 하고 있다.

홍박사 너.. 요즘 무리하는 거 아니지?
준구 (홍박사를 본다) ... 네.

채혈한 유리관을 보던 홍박사, 그런 준구를 물끄러미 본다.
유리관을 왕진 가방에 넣고 청진기로 진찰을 하는 홍박사.
멀뚱멀뚱 천장만 바라보고 누워있는 준구.
청진기를 거두고 진맥을 하듯 준구의 손을 잡는 홍박사

홍박사 내 긴 말 안할테니.. 스스로 병을 더 키우진 마라.

천장을 보고 있던 준구, 고개를 돌려 홍박사를 본다.

홍박사 넌.. 이미 최고의 작가였고, 지금도 그래.. 욕심내지 말고 쉬엄쉬엄 취미처럼 하면 안되겠냐?
준구 박사님...
홍박사 온 김에, 영양제 하나 놔 주마.

62. 준구의 집, 거실 (밤)

전기가 나간 듯 컴컴한 거실, 촛불에 일렁이며 보이는 홍박사의 얼굴

홍박사 정숙아. 네 말대로 전반적으로 기운이 좋아진 것 같아. 뭔가.. 다시 작업도
하고 그래선지..

촛불 안으로 들어오며 안도의 숨을 내쉬는 정숙, 표정이 밝다.

정숙 얼마 전엔 운전도 했어요.
홍박사 (조심스레) 그래도 준구한테는 그렇게 얘기 안했다. 저러다가 무리하면
어떡하니?
정숙 잘 하셨어요..
홍박사 왜 하필 그런 병이 지한테 왔느냐고, 술 처먹고 지 몸 막 굴리다가 풍까지
맞고.. 그래서 여기까지 내려왔으면 무조건 조심 해야지..

정숙은 괴롭고 미안한 마음에 고개를 숙인다.

홍박사 풍이 문제가 아니야. 너도 알잖아?
정숙 그래도.. 저렇게 좋아진 건 내려와서 처음이잖아요.. 그래서 저도..
홍박사 아무튼, 오늘 채혈을 했으니까, 검사결과 나와 보면 정확히 알겠지..

이때, 탁! 켜지는 불. 환하게 밝아진 거실.
돌아보면, 멀리 툇마루 한쪽에서 두꺼비집 퓨즈를 갈아 끼운 오서방.

오서방 인자 됐심니더.

밝아진 실내를 둘러보던 홍박사.

홍박사 (한손 척 들고) 자, 난 간다.

왕진가방을 들고 거실을 나서는 홍박사.

63. 포항역 (낮)

조용한 기차 안. 짐칸에 가방을 올린 경산댁, 정숙과 마주보고 앉는다.

경산댁 참 세월 빠릅네예. 서울 어르신 큰 아가 벌써 시집을 간다카고.
정숙 (웃으며 끄덕이는) ...
경산댁 집안일은 걱정 말고 잘 다녀오시소.

객실로 하나 둘씩 들어오는 사람들의 모습.
출발을 알리는 안내 방송에 자리에서 일어서는 경산댁.

정숙 저기.. 경산댁.
경산댁 (돌아보며) 예?
정숙 송이 엄마 필요하다는 돈, 오늘 중으로 갖다 줘요..
경산댁 (웃으며) 야, 알겠심더..

믿음직한 경산댁을 보며 미소 짓는 정숙. 경산댁이 열차에서 내린다.

(인서트) 플랫폼을 벗어나는 열차

64. 기차 안 (낮)

마을에서 멀어지는 풍경이 차창 밖으로 흐르고 있다.

320

정숙이 근심어린 표정으로 창밖을 보고 있다.

(인서트) 대문 밖에서 고무줄을 하는 송이와 향숙, 그 너머로 달리는 기차의
모습.

65. 작업실 입구 (낮)

작업실을 향하는 민경, 작업실 입구 벤치 앉아 있는 준구를 발견한다.

민경 선생님...
준구 오늘은 작업하기가 곤란하게 됐네.
민경 뭐때매예?
준구 문제가 생겼어. 집에... 열쇠를 두고 왔네.
민경 아이고...

동시에 한숨을 쉬를 두 사람.

(점프)

준구 할만한가?
민경 예~ 요새... 행복합니다. 선생님.

준구가 민경을 물끄러미 본다.

민경 지가 하는 일이야 별거 아이지만... 뭔가 값어치 있는 일을 하는 맹키로...
준구 (미소) ...
민경 (진지해지며) 선생님과 사모님 덕분에... 잘 살고 싶어 졌습니더. 아덜도 열
심히.. 잘 키울끼라예~

준구 자네 얘기가 참.. 반갑게 들리네.

고개를 끄덕이며 미소를 지어 보이던 준구

준구 어떤가? 자네 남편... 요즘도 술 많이 마시나?
민경 예.. (표정이 어두워지는) 사실은...
준구 (민경을 쳐다보는) ...?

66. 민경의 집 (밤, 플래시백)

남편의 유품과 훈장을 받아들고 눈물을 훔치는 민경, 임신으로 배가 불룩하다.

민경(O.S) 아덜 아버지 전사 통보 받고 한 달쯤 뒤에 같은 부대에 있던 사람이라 꼬 찾아왔었어예.. 그 사람이.. 죽어가면서도 우릴 잘 돌봐주라꼬 부탁했다면서...

멀끔한 모습의 근수, 민경을 뚫어지게 쳐다보고 있다.

민경에게 인사하고 마당을 나서는 근수의 모습.
방에 홀로 남아 남편의 유품을 어루만지며 잠든 송이를 보는 민경의 모습.

(점프)

다시 민경의 집 마당으로 들어서는 근수의 모습.
민경이 문을 열고 의아한 표정으로 근수를 본다.

민경 우찌 또 왔십니꺼?

근수 그기.. 막차를 놓쳐가.. 못 탔네예.. 읍내 여인숙엔 쾅도 읍고..

민경 이를 우야노... 우리도 방이 하나 뿐이라..

근수 부엌에서 잠시 눈만 붙이고 새벽 첫차시간 맞춰 나가겠습니더. 형수님이 허락만 하시면...

이러지도 저러지도 못하고 망설이는 민경.

(점프)

방 안에는 송이가 잠들어있다. 송이를 보며 그 옆에 누워있던 근수가 슬며시 방문을 열고 부엌으로 기어나간다.
부엌 바닥에 돗자리를 깔고 잠들어있는 민경에게 조용히 다가가는 근수, 민경의 가슴으로 불쑥 손을 집어넣는다.
잠에서 깨어난 민경이 반항하자 입을 틀어막고 치마에 손을 집어넣는 근수.

근수 (팬티를 끌어 내리며 숨 가쁘게 내뱉는) 행님이 부탁했다 안하능교...

민경은 결사적으로 반항하지만 근수의 완력에 버둥거리기만 한다.

민경(O.S) 우짜다 보니.. 같이 살게 됐습니더..

cut to #64

촉촉해진 눈가, 슬픈 표정으로 민경을 보던 준구가 어렵게 말문을 연다.

준구 그 동안, 나도.. 자네에게 폭군이었지..

준구의 말에 가슴이 뭉클해진 민경, 고개를 떨군다.

민경 아입니더.. 절대 안 그렇습니더... 선생님...

민경은 고개를 들어 준구를 본다.

민경 선생님은 눈빛이 다르십니더..

가슴 아픈 표정으로 민경을 보는 준구.

67. 영덕 포구 (밤)

고깃배들이 나란히 정박해있는 조그만 포구.
포구 한쪽에 작은 창고에서 불빛이 새어 나온다.

68. 대형 창고 앞/안 (밤)

문 앞에서 담배를 꼬나물고 있는 친구1과 친구2.

친구2 완전히 개털됐네 개털됐어. 행님. 남은 아덜도 다 털렸답니다.
친구1 우짜것노. 다음에 따믄 되지.
친구2 행님! 우리 영덕까지 왔는데.. 남은 돈으로 대게나 사묵고 갈까요?
친구1 (친구2의 뒤통수를 때리며) 니나 많이 처무라.

그때, 다급하게 뛰어 나오는 친구 2,3.

친구3 근수!! 큰 판 붙었십니다! 큰판!
친구2 누구하고?
친구4 목포... 라이방있다이가?

324

서둘러 다시 도박장으로 들어가는 친구들

판돈이 수북이 쌓여있는 한쪽 테이블에 얼굴이 벌겋게 상기된 근수
가 앉아 마지막 패를 받는다.
근수 맞은편의 라이방을 쓴 남자, 패를 받더니 보란 듯 자신의 판돈
을 다 건다.
놀라는 근수. 거만하게 근수를 보는 라이방.

라이방 아따 이 양반, 완전 쫄아버렸는갑네이..

그때, 긴장된 분위기를 깨고 쑥 얼굴을 내미는 앳된 얼굴의 재떨이.
라이방의 재떨이를 갈자 팁을 주는 라이방.

재떨이 (깐죽거리며) 사랑합니다. 행님~

낄낄대는 라이방 친구들..
라이방을 보던 근수, 자신의 패를 쪼더니 그만한다.
그런 근수를 보던 라이방

라이방 칵 뒈지던가..

쓸어올 듯 판돈에 손을 얹는 라이방.

근수 있어 보소!
라이방 (멈칫하며) 옴마, 애 떨어지겠네이.

라이방을 노려보는 근수. 근수가 수북한 자신의 판돈에 손을 댄다.
그런 근수의 손을 잡는 친구1.

친구1 근수.. 니, 다시 함 생각해 봐라.
친구4 그래 많이 땄다아니가.

불안한 표정으로 친구를 보는 근수.

친구2 아이다, 이새끼 아무리 봐도 뻥카같다. 마! 이참에 한 번에 쑤셔 넣삐라!
근수 시팔. 인생 뭐있나? 한판이지.

긴장한 표정으로 판돈을 앞으로 밀어 버린 근수. 군침을 꿀꺽 삼킨다.
근수를 보며 가소로운 듯 비웃는 라이방, 썬그라스를 벗으며.

라이방 까 보쇼잉?

69. 준구의 집 앞 (아침)

작업실을 가려고 대문을 나서는 민경을 뒤따라 나오는 송이.

송이 엄마..
민경 와?
송이 아재 없으니까 좋다. 내는 아재가 없어 뿌렸으면 좋겠다.

걸음을 멈추고 물끄러미 송이를 보는 민경.

민경 그런 말 하지 마래이!
송이 와?
민경 그런 맴을 가지면.. 사는 게 힘들다. 알았나? (큰소리로) 알았나!

민경, 대답 없는 송이를 끌고 다시 집 앞으로 가는데..

그 서슬에 그제야 머뭇거리며 입을 여는 송이.

송이 .. 알았다.
민경 (달래듯) 생각도 하지 말그래이! 기주 잘보고..

(인서트)

한가로운 전봇대 길에 처연한 모습으로 걷는 민경의 뒷모습.

70. 대포집 (낮)

초췌한 모습으로 앉아 담배를 피우고 있는 근수의 모습.
그런 근수를 보며 조금 떨어진 테이블에 앉아 허탈한 표정으로
술잔을 기울이고 있는 노름판 친구들.

친구2 (근수를 돌아보며) 짜식, 막판에 신중했어야지.. 그 새끼 딱 봐도 고수던데..

그때, 대포집 안으로 얼굴을 내미는 향숙이.

향숙 아즈매, 요 있던 참기름 집 어디로 갔으예?
여주인 저 다리건너 그 우로 가봐라~
향숙 야!

대답을 듣자마자 엉덩이를 흔들며 길을 나서는 향숙.

여주인 미친년. 올때마다 물어보노. 몇 번째고!
친구4 자는 누꼬? 저.. 궁디 살랑살랑 흔드는 것 좀 봐라...
친구2 (막걸리 한 사발 들이키며) 자는 서울 간 방앗간 집 막내 딸래미 아이가?

친구1 몇 년 전에 홀라당 타버린 거 말이가?

친구2 (갑자기 소리 낮추며) 저 위에, 교수님 댁에.. 씨받이로 들어갔잖나, 쟈가.

그 소리에 미묘하게 반응하는 근수의 표정.

친구4 씨받이?

친구3 그 집에 자식이 없었나?

친구2 읍었지.

친구4 그래서... 아는 생깄나?

친구3 그 집에 아가 없잖나?

친구2 (한 잔 들이키고) 그러게 와 아가 없지?

친구1 쟈는 그냥 허드렛일 하는 식모 같은데?

친구3 그 집에는 원래 일 봐주는 아지매 안 있나? 뭔 식모를 또 드리겠노?

친구2 포항 갑부집이 그기 문제겠나?

친구1이 고개를 돌려 보면, 어느새 비어있는 근수의 자리.

71. 준구의 집, 앞 (낮)

(인서트)부엌일에 바쁜 향숙과 경산댁의 모습

대문 앞의 송이, 연못 위에 날아다니는 잠자리를 보며 혼자 쓸쓸하게 놀고 있다.
그때 저 멀리 송이를 노려보는 누군가.
송이, 고개를 돌려보면... 근수가 험악한 표정으로 송이를 향해 손짓한다.

72. 작업실 (낮)

소조상의 얼굴을 유심히 보고있는 준구의 복잡한 표정.
작업실 문이 열리고 헐래벌떡 민경이 들어온다.
탈의실로 향하며 준구에게 꾸벅 인사를 하는 민경

민경 미안십니다. 쪼매 늦었지예?

고개를 끄덕이는 준구의 얼굴 너머로 탈의실에 들어가 가방을 걸고
옷을 벗기 시작하는 민경의 모습이 보인다.

73. 준구의 집, 부엌 (낮)

부엌으로 들어온 송이, 일하느라 정신없는 향숙의 치맛단을 잡아당기
고 있다.

송이 언니야... 언니야..!
향숙 바쁘다 지금.
송이 (보채는 듯) 언니야..
향숙 와 그라는데?

그제야 송이를 보는 향숙. 송이가 울먹이고 있다.

cut to #71

소조상을 보며 생각에 잠긴 준구.
민경이 가운을 벗고 단상에 오르려 하는데

준구 잠깐만. 옷 다시 걸치고. (의자를 단상 위에 올리며) 오늘은, 앉아.

민경이 의자에 앉자,

준구 이 작품은 자네 얼굴로 완성 해 볼까 하고..
민경 (기분이 좋아서) 참말로 예?

민경과 소조상을 번갈아 보던 준구.

준구 목 근육이 잘 안보이니까 상의만 좀 내려봐.

민경, 앉은 채로 가운을 스르륵 내리는 것과 동시에 벌컥! 작업실로
뛰어 들어오는 근수.

근수 (일그러진 표정으로) 이 년놈들아...!

경악하는 표정으로 말도 제대로 못하는 민경.
민경이 서둘러 가운을 걸치고 단추를 채우며 단상에서 내려온다.
절룩거리며 민경에게 다가가는 근수를 당황한 채 보는 준구.
광기어린 근수, 민경을 향해 달려들어 엉켜 자빠진다.

민경 그런거 아니다. 내가 다 설명할게!

민경에게 올라타 퍽! 퍽! 주먹질을 하는 근수.

근수 드러운 화냥년아!

분노가 폭팔한 준구, 고함을 지르고 근수에게 다가간다.

준구 그만 해!

근수의 어깨를 잡은 준구.
돌아보는 근수, 일어서더니 준구를 쳐서 넘어뜨린다.

민경 아악! 안 돼! 선생님!

민경, 넘어진 준구에게 기어가 자기 몸으로 감싸며 근수를 노려본다.

민경 쌤한테 이러지 마라. 내가 존경하는 분이다'

민경의 말과 행동에 놀라는 준구의 눈빛..
당황스런 표정으로 민경을 보던 근수

근수 조.. 존경? 이런 미친...!

눈에 핏발이 선 근수, 목발을 치켜들고 민경에게 달려든다.
이때, 준구가 민경을 자신의 뒤로 숨기며 내려치는 근수의 목발을 잡
는다.
목발을 잡은 준구의 팔과 눈이 부르르 떨린다.
근수가 괴성을 지르더니 힘껏 준구를 밀치자 바닥에 처박히는 준구
와 근수.
씩씩대던 근수, 소조상을 잡고 일어서서는 넘어뜨릴 듯 흔든다.
달려와 소조상을 붙잡고 소리를 지르는 민경

민경 안 된다! 이건 안 된다!! 차라리 내를 죽여라 내를!!

민경의 행동에 놀라서 쳐다보는 준구. 근스의 눈빛에 광기가 서린다.

근수 시발. 이기 다 먼데!!!!

휘두른 근수의 주먹에 나동그라지는 민경.
있는 힘껏 소조상을 넘어뜨린 근수, 바로 옆 테이블까지 엎어 버린다.
민경에게 달려들어 머리채를 잡아 끌고 나가기 시작하는 근수.

근수 양갈보 맹키로 벌건 대낮에 서방질이가! 이 쳐 죽일 년아!

바닦에 질질 끌려 나가고 있는 민경의 발목과 맨발..
사력을 다해 민경의 발목을 잡는 안타까운 얼굴의 준구.
근수, 준구를 노려보더니 그대로 준구를 쳐버리고는 민경을 끌고 나
간다.
나가 떨어져 신음하는 준구, 호흡이 불안정해 지다가 정신을 잃는다.

(점프)

경산댁과 향숙이 헉헉대며 작업실로 뛰어 들어온다.
턱까지 차올라 가쁜 숨을 쉬며 소리 지르는 경산댁.
준구에게 달려온 경산댁과 향숙.

향숙 괘안으십니꺼?!

준구의 코에서 코피가 흘러나오고 있다. 울상이 된 경산댁과 향숙.

경산댁 아이고.. 이를 우야노.
준구 송이 엄마는...?

경산댁과 향숙이 서로 쳐다만 본 채 말을 하지 못한다.

332

74. 몽타주 (밤)

민경의 집, 방
눈을 감은 채 신음 소리를 내며 누워 있는 민경, 얼굴에 피딱지가 그
대로 붙어있다.

대포집.
혼자 술을 마시다 대포집을 엎어버리는 근수의 모습.

75. 민경의 집 (밤)

민경, 눈을 뜨더니 조용히 일어나 앉는다.
잠시 후 절룩거리며 방을 나가는 민경.

76. 준구의 집, 서재 (밤)

흔들의자에 미동도 없이 앉아있는 준구의 모습.

77. 전봇대길 (밤)

다리가 엉켜 넘어지는 민경, 진탕 바닥에 자빠진다.
이를 악물고 다시 일어나 걷기 시작하는 민경.
만신창이가 된 채로 처량하게 걷고 있는 민경의 모습이 작고 초라해
보인다.

78. 준구의 집, 거실 (밤)

정숙과 통화를 하고 있는 경산댁.

경산댁 선생님은 괘안습니더. 예, 사모님..

그때 다급하게 뛰어온 향숙.

향숙 아즈매!!

수화기를 든 채 그 모습에 놀라는 경산댁의 표정.

cut to #75

거실 문 밖에 인기척이 들린다.

경산댁(OS) 선생님 혹시 깨어 계십니꺼?

준구가 몸을 일으켜 스탠드 불을 켠다.

경산댁(OS) 송이 어메가 왔습니더.

79. 준구의 집, 욕탕 (밤)

민경은 더러운 몰골로 욕탕구석에 웅크리고 앉아 몸을 떨고 있다.
향숙이 눈물을 뚝뚝 흘리며 욕조에 뜨거운 물을 붓고 있다.
민경에게 다가가 어깨를 다독이는 경산댁

경산댁 아덜은 잘 자고 있다. 걱정하지 말고.. 아휴.. 이를 우야노..

이때, 욕탕으로 들어오는 준구.
고개 숙이고 물러서 밖으로 나가는 경산댁과 향숙.
준구를 보자 감정이 복받치지만 꾹 참고 비틀거리며 몸을 일으킨다.

준구 그냥 있어..
민경 괘안십니꺼? 선생님...
준구 난 괜찮아...

준구가 민경의 얼굴 여기저기를 확인해본다.

준구 자네가 걱정이네...

민경, 차마 준구를 보지 못하고 고개를 돌린다. 민경을 감싸 안는 준구.
준구의 품에 안긴 채 터져 나오는 울음을 참던 민경, 결국 끄윽 끄윽
신음소리를 내며 울기 시작한다.

불 켜진 준구의 집 전경에서 페이드아웃.

80. 준구의 집 (오전)

준구의 집 대문 앞. 한숨을 내쉬며 부채질을 하고 있는 경산댁.

경산댁 참말로 덥겄다. 오늘도.
향숙 소나기 한번 안오나.

그때 민경은 헝클어진 머리 그대로 별채에서 나와 집을 나서려는데

경산댁(O.S) 일어났나?

민경 (놀라서 돌아보며) 미안십니더.. 고마.. 늦잠을 잤네예..

경산댁 선생님이 오늘은 그냥 쉬라카시든데..

민경 지를 예?

경산댁 니 거울 함 봐라, 그래 가꼬 선생님이 심란해가 우에 작업을 하시겠노? 에
이.. 쯔쯔쯔

자신의 얼굴을 쓰다듬고 고개를 숙이는 민경.
이때, 짐을 들고 마당으로 들어서는 정숙의 모습에 놀라는 향숙.

향숙 어? 사모님.. 일찍 오셨네예?

향숙이 정숙에게 달려가 짐을 받는다.
정숙을 보자 고개를 푹 숙이는 민경.
그런 민경을 보는 정숙의 얼굴이 어둡다.

81. 작업실 (낮)

난장판의 작업실.. 준구가 들어온다.
바닥에 처박힌 작품을 한동안 보고 있는 준구의 모습.
준구는 쓰러진 작품을 들어보려 하지만 역부족이다.

82. 민경의 집 (낮)

방문 앞에 서서 근수를 보고 있는 오서방.
근수, 문지방에 놓인 돈봉투를 집으며 비릿한 미소를 짓는다.

근수 아니.. 낸, 예술. 뭐 그런 건 내가 잘 모르겠꼬.

오서방 알았다. 그라모 작품 끝날때지만 송이 어메 가만히 놔두라.. 며칠이면 된다.

돈 봉투를 열어보는 근수에게

오서방 그 돈으로가 술을 더 처묵든 노름을 하든, 니 맘디로 해고. 대신에.. 송이 어메는 절대 건들면 안된다. 아랐나? 송이 어메가 귀해서 그런게 아이다. 선생님 작품 때매 안글나! 작품때매. (겁주려는 듯) 어휴. 개자슥아!

오서방, 근수와 말이 통하지 않아 답답한 듯 한숨을 쉬며 뒤돌아 나서자 근수, 같잖은 표정을 지으며.

근수 뭐, 그라입시더.

83. 준구의 집, 별채 (낮)

민경이 잠든 송이와 기주를 물끄러미 보고 앉아 있다.
정숙이 들어오자 일어서서 인사를 하고 고개를 푹 숙이는 민경.
정숙이 민경을 앉히고 새로 사온 옷을 민경에게 꺼내 보이며

정숙 (애써 밝은 얼굴로) 이쁘겠다.

민경은 미안한 마음에 고개를 숙이자,
정숙이 민경에게 다가가 민경의 머리를 쓰다듬고 멍든 얼굴을 살핀다.

정숙 (한숨 쉬는)고운 얼굴이.. 얼마나 아팠을까?.... 남편 문젠 해결 해 놨으니, 작품 완성할 때 까지만이라도 여기서 맘 편히 지내요.

민경은 여전히 죄인처럼 고개를 못 들고 있다.
그 모습에 정숙이 다가가 민경을 따뜻하게 감싸 안는다.
그제야 마음이 놓인 듯 민경이 울음을 터트리고.

정숙 (눈시울이 빨개지며) 울지마. 울지마. 괜찮아.
민경 고맙십니더.

눈물이 그렁그렁이는 정숙, 흐느끼는 민경을 하염없이 다독인다.

84. 준구의 집, 거실 (낮)

정숙이 오서방과 마주 서 있다.

오서방 일딴.. 얘긴, 잘 전달 했는데.. (머리를 긁적이며) 지가 누굴 협박하고 그런
기.. 영 서툴러가.. 쫌 찝찝하네예.
정숙 그래.. 수고했네.

정숙에게 꾸벅 인사를 하고 떠나는 오서방과 심란한 표정의 정숙.

85. 몽타주

노을 지는 작업실 주변 풍경, 데크의 준구가 혼자 앉아있다.
컴컴한 작업실 한 구석에 처박힌 소조상의 모습.

어둑한 강가의 길을 홀로 걸어 집을 향하는 준구의 뒷모습.

86. 준구의 집, 서재 (밤)

적막한 밤. 서재 안에서 깊은 생각에 빠져있는 준구.
정적을 깨고 서재 안으로 정숙이 들어온다.
정숙, 준구의 이마에 난 상처가 걱정이 된 듯 어루만지려하자
정숙의 손을 거두며 자리에서 일어서 방문을 여는 준구.
정숙, 아무말 없이 준구를 바라보는데

준구 (방문을 연채로) 서울 식구들은 안녕하시고?
정숙 (말없이 고개만 끄덕인다) ...

잠시 정적이 흐르고..
방으로 들어가버리는 준구를 차마 어쩌지 못한 정숙, 불 꺼진 방 앞에
혼자 남는다.

87. 작업실, 앞 (낮)

작업 중이었던 소조상의 얼굴을 떼어 단상에 올려놓고 보고 있는 준구.
바닥에 처박히는 순간 일그러졌는지 마치 우는 듯 한 소조상의 얼굴.
그동안 끊었던 담배를 다시 꺼내 피우기 시작한다.

(플래시백)

소조상의 얼굴 부분을 조심스레 걷어 보는 민경.

민경 어? 눈도 감고 있네예? (혼잣말로) 자고 있나...?

개수대에서 손을 씻던 준구, 무의식중에 나오는 말

준구 눈도 뜨고 표정도 있다고 생각을 해 봐... 누가 몸을 보겠나~ (목소리 잦아들며) 얼굴을 보지.... 얼굴을..

자신이 말 해놓고도 놀라는 준구의 표정.
동작이 멈춘 준구를 의아하게 보는 민경의 표정.
그리고 이어지는 민경의 여러 표정들..
다슬기를 잡던 민경의 얼굴.
맞고 와서 고개 숙인 민경의 얼굴..
바닷가에서 웃는 모습.. 등..

작업 중이었던 소조상의 얼굴을 떼어 단상에 올려놓고 보고 있는 준구.
바닥에 처박히는 순간 일그러졌는지 마치 우는 듯 한 소조상의 얼굴.

일그러진 소조상의 얼굴을 보며 골똘히 생각에 잠긴 준구의 모습.
이때, 중절모로 부채질을 하며 들어오는 홍박사, 작업실 내부를 두리번거린다.

홍박사 어, 정숙이가 보내서 왔다. (내부를 둘러보고) 아, 이거 뭐, 전쟁터가 따로 없네!

(점프)
조용해진 작업실. 소파에 누운 준구의 모습.
적막함 속에 홍박사가 움직이는 소리만이 작업실에 떠돌고 있다.
준구에게 링거의 바늘을 꽂고 호스를 조절하는 홍박사, 조치를 다 취하고 나더니 끼익- 의자를 당겨와 준구 옆에 앉는다.
작업실에 흐르는 무거운 정적을 깨고 너스레를 떠는 홍박사.

홍박사 난 요즘도 말이야. 화실에 있을때 내 머리 끄댕일 잡고, 끌고 가서는 날 의과 대학에 쳐 넣은, 우리 아버님한테 감사한다. 암..

340

준구는 홍박사를 보고 힘없이 엷은 미소 지으며.

준구 의사가 돼 주셔서 고맙습니다.
홍박사 에휴.. 예술이 뭔지..
준구 인생은 짧고 예술은 길다. (미소 지으며) 히포크라테스죠.
홍박사 넌 하난 알고 둘은 모르나 본데.. 자코메티가 그랬다. 예술보다는 삶이라고..

홍박사의 말에 눈만 껌벅이는 준구.
준구를 보던 홍박사, 고개를 돌려 일그러진 조품의 얼굴을 본다..

홍박사 그래.. 저거.. 저거.. 저거 좋네. 작품 성격이 바뀌었나 보군..

준구도 고개를 돌려 흉상을 본다.

홍박사 지금 내 심정이 딱 저렇다.
준구 ?
홍박사 야, 지금 니가 여자 몸뚱아리나 만들 대냐? 현실을 직시해라, 좀.

준구, 물끄러미 홍박사를 보다가 창가로 고개를 돌린다.
긴 한숨을 내쉬는 홍박사.

홍박사 그놈에 예술 한답시고 니 꼴이 이게 뭐냐? 정숙이는 또 어떻고.. 에휴...
쯔쯔쯔.

(인서트)

작업실 내부로 길게 드리워진 오후 햇살에 너풀거리는 커튼자락.
반쯤 비워진 링거병과 호스가 덩그런히 걸려 있다.

작업실에 걸린 거울에서 물끄러미 자신의 얼굴을 들여다보고 있는
준구.

홍박사(V.O) 그놈에 예술 한답시고 니 꼴이 이게 뭐냐? 정숙이는 또 어떻고.. 에
휴... 쯔쯔쯔.

88. 준구의 집, 앞 (낮)

양산을 펼쳐 들고 작업실로 나서려는 정숙.
따사로운 태양 아래 차마 발걸음을 떼지 못하고 머뭇거리다, 씁쓸한
미소를 띄우며 양산을 접고 발길을 돌린다.

cut to #87

새로운 흉상을 만들기 시작하는 준구의 모습.
찰흙을 붙이다가 오그라들기 시작하는 손가락을 억지로 펴 보는 준구.
그래도 안 되자 흙 묻은 손가락을 물어뜯어보는 준구.
거친 호흡 속에 준구의 처절한 작업이 이어진다.
뚝뚝 떨어지는 땀방울...
다시 손가락을 물어뜯던 준구... 갑자기 복 받쳐 울기 시작한다.
하지만 이내 마음을 추스린 준구, 다시 작업에 열중한다.

(인서트)

어둑해진 저수지 전경에 불 켜진 작업실의 모습.

찰흙으로 된 소조상에 거칠게 석고를 바르는 준구의 모습.
땀으로 흠뻑 젖은 준구의 셔츠..

고무 그릇에 석고를 풀던 준구, 손가락에 마비가 오는 듯 툭 떨어지는
고무 그릇.
바닥에 엎어진 흰 액체 석고..
그것을 주어 담다가 풀썩 주저앉는 준구, 힘에 부친 듯 숨 고르기를
한다.
잠시 후, 땀을 닦고 다시 작업을 하는 준구의 고습.

(인서트)

어두운 밤, 불 켜진 작업실 전경.
수건으로 땀을 닦고 옷을 터는 준구, 숨그르기를 하다가 고개를 든다.
흰 석고가 발려진 흉상을 보던 준구, 옷에 뭍은 흙을 마저 털며 자리
에서 일어선다.

작업실 입구. 복잡한 표정으로 불을 끄고 문을 닫는 준구.
작업실을 떠나는 준구의 어깨에 밝은 달빛이 드리워져 있다.

89. 준구의 집, 거실 (밤)

찻잔을 들고 뜨개질을 하는 정숙에게 다가온 경산댁.

경산댁 선생님께서 너무 늦으시는기 아인지..

벽시계를 보는 정숙. 밤 11시를 넘긴 시간이다.

정숙 괜찮아. 한창땐 밤도 새셨는걸 뭐.. (미소 지으며) 오늘은, 작업이 잘 되시나
보네..

90. 준구의 집, 앞 돌다리 길 (밤)

(인서트) 새벽 2시를 지나고 있는 벽시계

집에서 멀리 떨어진 돌다리 길. 정숙이 걱정스러운 얼굴로 서성인다.
잠시 후 정숙의 시선에 나타나는 준구의 모습, 땀에 쩔어 파김치가 되
어있다.
그런 준구를 보며 안쓰러운 표정의 정숙, 그러나 일부러 미소를 보이
며 준구에게 다가간다..

정숙 당신 시계도 못보고 했구나.
준구 그러게.. (착잡한 표정으로) 걱정되면 작업실로 오지 그랬어..
정숙 제가 언제 작업실에 간 적 있어요?
준구 그랬나?

말없이 길을 걷던 준구.

준구 그러네..

말없이 나란히 논길을 걷는 두 사람의 모습.
정숙은 달빛에 반짝이는 풍경을 보다가 기분 좋은 표정으로 쉼 호흡
을 하며.

정숙 당신, 기억나요?
준구 (보며) ?
정숙 우리 신혼 시절 때.. 원효로였지 아마. 그 땐 전화도 없었으니까, 당신 밤새
작업하면.. 난 새벽부터 뚝방길에 나와서 하염없이 당신을 기다리곤 했는데..

고개 숙인 채 복잡한 표정으로 말없이 걷기만 하는 준구의 모습.

정숙 그래도 신혼인데, 어쩜 저리 작품만 할까.. 닳이 야속했었는데.. 지금 생각해보면 그때가 제일 행복했던 것 같아..

91. 준구의 집, 가랑채 (밤)

준구의 잠자리를 말없이 챙겨주고 있는 정숙, 이불을 덮어주고 일어나려는데, 갑자기 정숙의 손을 잡는 준구. 정숙이 다시 자리를 잡고 앉는다.
준구, 눈을 감고 정숙의 손을 잡은 채 마른 입술을 연다.

준구 당신한테 미안하오.

손을 잡힌 채 물끄러미 준구를 바라보는 정숙.

준구 늘 고맙고..

눈시울이 뻘게지던 정숙, 결국 울컥 한다.

준구 당신을 만난 건.. 나한텐 축복이었고..

정숙, 감정을 추스르느라 한동안 말이 없다가 침묵을 깨고.

정숙 여보, 나는요..

고개를 들어 준구를 보는 정숙, 준구는 이미 잠이 들었다.
준구를 보던 정숙, 혼자말로 나지막이 하는 말.

정숙 지금도 충분히 행복해..

정숙, 준구가 깰까봐 터져 나오는 울음을 틀어막는다.

정숙 그리고.. 사랑해요..

입을 막고 조심스레 방을 나가는 정숙의 모습.
잠시 후, 가만히 눈을 뜨는 준구의 모습.

(점프)

불 꺼진 어두운 방에 우두커니 앉아있는 준구의 모습.

92. 강가 길 / 작업실 앞 (아침)

파란 새벽공기가 깔린 논길을 터벅터벅 걷는 준구의 모습.

아침 새소리가 들리는 안개가 낮게 깔린 물가의 작업실로 걸어가는
준구.

93. 작업실 (아침)

흉상 크기의 석고 형틀을 만지며 한 바퀴 돌아보는 준구.
석고 형틀에서 물러나서 자켓을 벗어 의자에 걸쳐 놓는다.
정과 망치를 들고 석고 형틀에 다가가는 준구.
큰 덩어리가 우수수 떨어지는 소리와 망치질 소리가 번갈아 들린다.
작은 망치를 들고 후후 불어가며 작업을 하는 준구, 부서진 석고를 손
으로 쓸어내며 조심스럽게 작업을 하고 있다.

94. 준구의 집, 마당 (낮)

아무 말 없이 빨래를 널고 있는 경산댁과 향숙
잠시후, 옷을 차려 입은 민경이 나타난다.

경산댁 와? 쌤이 오늘부터 나오라 하시드나?
민경 ... 우예됐든 가볼가꼬예.

그때 들리는 소리.

순경(OS) 계십니꺼?

널어놓은 빨래 사이로 대문으로 나가는 경산댁.
향숙이 민경을 걱정스런 얼굴로 보면서

향숙 송이랑 기주는 걱정하지 말고.

민경, 고마운 마음에 미소만 짓는다.

순경 이민경씨가 여 있다카든데...

뒤 돌아보고 순경에게 얼굴을 보이는 민경.

95. 다리 밑 (낮)

멀리 다리 밑에는 무슨 구경이라도 났는지 사람들이 모여 있다.
순경의 뒤를 따라가는 긴장된 민경의 얼굴.

순경(V.O) (길을 재촉하듯) 가입시더.

구경꾼들이 길을 터주자 보이는, 커다란 거적으로 덮인 어떤 물체.

순경 치아봐라.

현장에 있던 다른 순경이 거적을 걷어내자, 고개를 돌려버리는 구경꾼들..

순경 남편분 맞습니꺼?

멍한 표정으로 고개만 끄덕이던 민경.

민경 근데... 우째 된 일입니까?

96. 준구의 집, 거실 (낮)

대문에 들어서서 숨을 고르는 홍박사, 한 손에 노란 차트를 들고 진지한 얼굴로 마당 안으로 들어선다.

(점프)

정숙을 쳐다보지 않을 채 담담한 얼굴로 말을 꺼내는 홍박사.

홍박사 너.. 저번에 서울 가서 김박사 만났다며?

홍박사를 물끄러미 보던 정숙, 긴 한숨과 함께 고개를 푹 숙인다.

정숙 죄송해요..

그런 정숙을 보던 홍박사, 긴 한숨을 내 쉬며

홍박사 죄송할 건 없다. 걘, 내 대학 후배다. 그 분야에선 그 친구가 최고인거야
누구나 다 아는 사실이다만.. 그게.. 의사 바뀐다고 나을 수 있는 병이 아니잖니..
정숙 (고개 숙인 채) ...
홍박사 에휴.. 너도 오죽했으면 그랬겠냐...

왕진 가방에서 서류를 꺼내 테이블에 내려놓는 홍박사.

홍박사 휴.. 그리고 검사 결과가 나왔는데...

정숙, 의아한 얼굴로 서류를 들어 본다.
잠시 후, 충격적인 표정으로 홍박사를 보는 정숙.

홍박사 내가 수십 번도 더 들여다봤다.. 근데.. 힘들겠다.. 이번은.

정숙을 보지 못한 채 담담하게 말 하는 홍박사.

홍박사 전에 좋아 보인 건 일시적인 현상이었던 거지.. (괴로운 한숨을 내쉬며) 찬
바람 불 때 쯤이면, 아마 거동도 못할 거다... 마음 단단히 먹고...

정숙, 눈물을 뚝뚝 흘리며 고개를 끄덕이고 있다.
고개를 숙인 채 긴 한숨을 내 쉬는 경산댁과 눈물을 훔치고 있는 향숙.

97. 다리 주변 (낮)

구경꾼들을 뒤로 하고 걷던 민경, 복잡한 표정으로 선다.
다시 뒤돌아 다리 밑에 모인 사람들과 덮여진 거적을 보는 민경.

98. 강가 길 (낮)

작렬하는 정오의 태양에 피어오르는 아지랑이..
뜨거운 강가 길을 멍한 표정으로 걷고 있던 민경의 모습.

(인서트)

탕-! 하는 총소리에 날아가는 수십마리의 백로들.

고개를 들고 놀란 표정으로 두리번거리던 민경, 작업실 방향으로 시
선을 돌리더니 뛰기 시작한다.

99. 작업실, 안/밖 (낮)

헐레벌떡 작업실로 들어오는 민경. 말끔하게 치워져 있는 텅 빈 작업실.

민경 선생님...

아무런 대답이 없자 작업실 데크로 나가는 민경.
피가 흐르는 준구의 손에 쥐어진 채 땅바닥에 닿아있는 권총.
이미 준구는 머리가 한쪽으로 기울어져있다.

민경 선생님... 눈 떠 보이소.

민경, 미동도 없는 준구의 몸을 잡고 흔들어보는 민경.

민경 (눈물을 왈칵 쏟으며) 눈 떠 보이소! 선생님!!

눈 감은 채 대답 없는 준구.
준구의 얼굴을 바로 해 보는 민경, 눈물처럼 흘러나오는 신음소리

민경 작업 하셔야지예..

준구의 몸을 끌어 안는 민경.

민경 (큰소리로) 작업 하셔야지예!!!! 선생님..

민경은 준구를 끌어안고 오열하기 시작한다.

100. 준구의 집, 서재 (밤)

컴컴한 서재에 망연자실한 정숙의 모습.
경산댁이 상복을 들고 들어온다.
침울한 정숙을 살피던 경산댁이 정숙 앞에 상복을 조용히 내려놓고
나가려는데..

정숙 가지마..
경산댁 ....

측은한 표정으로 정숙을 보던 경산댁, 정숙의 옆에 앉는다.

경산댁의 품으로 파고드는 정숙. 경산댁이 놀라서 굳어 버린다.
정숙을 따뜻하게 품어주는 경산댁.

경산댁 이제 그만 보내 드려야지예..

그때 눈물을 쏟아내기 시작하는 정숙.

정숙 그러고 나면... 뭘 어떻게 해야해..

정숙을 다독이는 경산댁의 눈시울도 촉촉이 젖어든다.

경산댁 잘 살아 가야지예.. 아마도.. 그기, 선생님의 뜻일낍니더..

경산댁의 품에 안긴 채 흐느끼는 정숙.
친 자매처럼 꼭 껴안고 있는 두 사람의 모습.

101. 준구의 집 (낮)

기독교식으로 간소하게 차려진 장례식장 풍경.
대청에 물끄러미 앉아 준구의 영정사진을 보고 있는 정숙의 모습.
마당에 깔린 자리에 일렬로 앉아 찬송가를 부르는 교인들과 상주처
럼 서 있는 무거운 표정의 집사.
멀리 별채 툇마루에서 망연자실한 표정으로 장례식을 보는 홍박사.
별채 안의 송이, 기주를 안고 발 너머로 홍박사의 뒷모습을 보고 있다.
묵도를 하던 중년 남자들이 물러나 마당 천막으로 들어가 앉는다.
묵묵히 음식을 나르는 경산댁과 향숙 그리고 함께 쟁반을 든 채 음식
을 나르는 어지럼과 혼란스러움에 지친 민경의 모습..
이윽고 오서방의 안내로 한복을 입고 중절모를 쓴 지역유지들이 분향

소에 들어선다.

담배 연기를 길게 내 뿜는 홍박사.

그 앞에 작은 소반에 육개장을 들고 다가서는 민경의 모습.

홍박사, 소반을 받아 툇마루 뒤편에 내려놓고 옆에 앉으라고 자리를 내준다. 홍박사 옆에 앉은 민경, 긴 한숨을 내 쉬고 고개를 푹 숙인다.

그런 민경을 보는 홍박사.

어둑해진 하늘. 대문에 걸린 근조등에 불이 켜는 오서방.

정숙에게 다가간 홍박사, 돌처럼 굳어진 정숙의 어깨를 감싸준다.

홍박사를 보는 정숙. 정숙을 부축해서 일으켜 세우는 홍박사.

대문에 걸려있던 근조등의 불빛이 스르륵 꺼지며 암전.

102. 민경의 집 (낮)

말끔히 정리된 느낌의 민경의 방 안. 짐가방이 하나 놓여있다.

근수의 유품을 물끄러미 보던 민경, 박스를 덮고 잠이든 송이와 기주를 본다.

민경의 집으로 들어오는 우편배달부. 편지를 받는 의아한 표정의 민경.

다급히 봉투를 뜯고 편지를 꺼내 읽기 시작하는 민경의 얼굴에서..

준구(V.O) 여태껏 나는 그저 사람의 몸뚱이어서 아름다움을 찾아 헤맸었지.. 그러나 자네 덕분에 진정한 아름다움을 알게 되었어. 바로, 삶이라는 거... 사람의 얼굴에 베인 삶의 흔적이 얼마나 아름다운 것인지.. 나는 이제야 비로소 내 자신을 돌아보게 되었네. 자네는 내게 큰 가르침을 준걸세..

벌게진 눈시울로 편지를 읽고 있는 민경.

준구(V.O) 자네 남편은 돌아오지 않을 걸세.

놀라움에 입을 틀어막는 민경의 얼굴에서

(플래시백)

근수의 시체를 내려다보는 멍한 민경의 얼굴에서..

민경 근데.. 우째...
순경(O.S) 처음엔, 실족산줄 알았는데.. 총에 맞았습니다.

편지지를 잡은 민경의 손이 부들부들 떨리고 있다.

준구(V.O) 부끄럽지만.. 내가 자네에게 해 줄게 이것밖에 없더군. 진심으로 행복하길 비네. 정말 고마웠네..

눈물을 뚝뚝 흘리며 준구의 편지를 가슴에 품는 민경.

103. 에필로그 (낮)

강가로 난 시골길을 홀로 걷는 정숙, 멀리 작업실이 보이는 저수지 옆 길을 돌아 작업실을 향한다. 조용히 문이 열리고 작업실로 들어온 정숙, 작업실 내부를 한 바퀴 돌아보면서 준구의 작업도구들을 만져본다. 조용히 문이 열리고 작업실로 들어온 정숙, 작업실 내부를 한 바퀴 돌아보면서 준구의 작업도구들을 만져본다. 작업대 위에 편지를 발견한 정숙, 데크로 나와 아련한 표정으로 편지를 펼쳐본다.

준구(V.O) 알고 있었지.. 시간이 얼마 남지 않았음을.... 비록 내 몸은 겨울을 맞고 있지만, 다행히 내 작업은 비로소 봄을 맞았어.

정숙, 인기척에 작업실 안을 돌아본다.
정으로 석고형틀을 깨고 있는 마지막 준구의 뒷모습.
정과 망치를 놓고 입김을 후후 불며 석고 가루를 털어내고 있는 준구.

준구(V.O) 나는 이 작품의 제목을 '봄'이라 지으려고 해.. 어느 조각가의 말처럼 예술보다는 삶. 그 자체가, 더 값어치 있다는 걸.. 이제야 깨닫게 되었어.

완성된 흉상을 만져보며 만족스러운 표정의 준구, 고개를 돌려 정숙을 본다.
눈물이 복받치는 표정으로 천천히 일어서는 정숙.
혼신의 힘으로 만든 흉상은 준구 자신의 얼굴이다.

준구(V.O) 이 얼굴에는 내 삶이 배어 있고, 내 삶에는 당신이 투영되어 있지.

자신의 흉상을 보다가 고개를 돌려 다시 정숙을 향해 빙그레 미소 짓는 준구. 함께 미소 짓는 정숙.

준구(V.O) 부족한 사람이라.. 처음 봤을 때부터 지금 이 순간까지 당신을 사랑하고 있다는 말을 이제야 고백하네. 당신에게 이 작품을 남길게.. 당신 덕분에 지금 이순간, 난 웃고 있어.. 사랑해..

엔딩타이틀.

봄

1판 1쇄 인쇄 2014년 11월 2일
1판 1쇄 발행 2014년 11월 7일

각본 신양중
소설 조민기

발행인 김성룡
편집·교정 김은희
디자인 황선정
삽화 코믹스토리 대표작가 서범강(cartman@storysoop.com)

펴낸곳 도서출판 가연
주소 서울시 마포구 월드컵북로 4길 77, 3층 (동교동, ANT 빌딩)
구입문의   02-858-2217
팩스   02-858-2219

ISBN 978-89-6897-016-0 13810